相信阅读，敢于想象

幻想家

银河行星拯救系列

1 | 第三个太阳

THE THIRD SUN

银河行星————著

北京理工大学出版社
BEIJING INSTITUTE OF TECHNOLOGY PRESS

科幻
硬阅读
DEEP READ
不求完美 追逐极致

目 录

第 1 章　神秘引力源

　　"大地大地！我是游子！我是游子！塞德娜附近突现强引力场，我们无法返航！无法返航！"

　　"大地大地！我是游子！我是游子！引力急剧增强！急剧增强！我们正在坠落！我们正在坠落！"

　　"大地大地！我是游子！我是游子！我们无法解释正在发生的事件！塞德娜正在和我们一起坠落，飞船完全失控，我们……"

　　国家航天局外太空监测中心气氛凝重，数十位专家坐在监测大厅的椅子上一动不动，目光都聚焦在前方的大视屏上，面露惊愕之色。

　　一向从容自信的王浩颓然立于操控台旁，指了指侧面的大视屏，无比沉痛地说："以上 3 段电文是从游子号上发来的，电文之间间隔时间均不超过两分钟，我们一收到就立即不间断地向他们发出呼叫信号，但遗憾的是，我们再也没有收到游子号的任何回复。大家都很清楚，在塞德娜附近的游子号距离地球 70 多亿千米，游子号与地球之间的通信延时为 6 个半小时左右，到现在已经过去 14 小时，足够电磁波信号走一个来回，但仍然杳无音信，杳无音信！今天把大家从各地召来，任务只有一个，就是一起想想看，这一切到底意味着什么？"

现场鸦雀无声，仿佛空气都在这一刻凝固了。

过了好久，高天云才第一个从座位上站起来，打破了这难堪的沉默："王局，下命令吧，我立即带领舰队前往柯伊伯带附近营救他们。"高天云的请求显得有些勉强，跟他一向坚决果敢的表现有明显落差。

"天云，我知道你这是在安慰我，也是在安慰大家……"王浩在触摸屏上抹了几下，放出了游子号舰长林远带领几十位探险队员在五个月前出发时的视频。视频中的林远意气风发，正在对着全体队员激情演讲。因为这是人类第一次向柯伊伯带远征，任务之一就是要近距离地目睹塞德娜的芳容，而登陆那颗比月亮还大的矮行星一直是林远的梦想。没想到，梦想实现之时，却成了林远与塞德娜一同毁灭之日。

"已经没用了。"王浩摇了摇头。

其实，包括他在内，在场的专家们都明白，若游子号陷入了突然出现的强大引力场，后果不堪设想，林远他们多半凶多吉少。但在场的专家并不都能接受这种残酷现实。其中一位女科学家接话道："我们现在还没有得到游子号失事的确切消息，这时就说'已经没用了'有点早吧？"

"是的，我们每个人都希望全体船员能够安全回来！"另一位男科学家说道。

没等他们再说下去，王浩已经首先站了起来："全体起立，为林远及游子号全体船员送上我们的祝福和致敬！"

众人刚刚站起来，天体物理学家周际急匆匆跑进来报告：

"王局，全球所有大口径射电望远镜都对准了塞德娜方向，观测结果出来了，得出的结论跟我们的观测结果一致。"

"快说！你们都观测到什么了？"王浩急迫地问。

周际的眼中掠过一丝恐惧："我们……我们……什么都没看到。"

高天云一惊，抢着问："什么都没看到？你的意思是说那颗跟月球一般大小的塞德娜不见了？"

"我想是的。我已经反反复复搜寻了好多遍，连周围上亿千米的空间都搜索过了。更令人吃惊的是，运行在塞德娜附近的数百颗小行星也不见了，太阳系边沿的柯伊伯带好像被谁咬开了一个大口子，足足有一亿千米长！"

"什么！这怎么可能？"在场的好多人几乎同时发出了这样的惊问。

王浩也被惊得愣愣地站在原地，活像一个没电的仿真机器人。但他的大脑却没闲着，一位法国科学家在50年前预言的世界末日画面正在他脑海中不断闪现：一颗神秘天体直奔太阳——碰撞，爆炸，行星奔逃，光线消失，一切陷于虚无……

"王局，你怎么了？是不是哪里不舒服？"高天云怕他血压陡升，赶紧扶住了他。

王浩清醒过来，吃力地摇了摇头："各位，与游子号失联相比，我们可能正在面临着一个更大的危机，一个关乎整个人类生死存亡的巨大危机！游子号电文没能完全发出，但意思非常清楚，我们太阳系正面临一场有史以来最大的威胁，这个威胁来自那个连塞德娜都可以一口吞没的引力源。而更可怕的是，那个引力源在吞没了柯伊伯带一亿千米范围内的小行星之后，我们却观测不到它的踪影！大家想想看，它会是一个怎样的天体？"

向下属发问是王浩向来的习惯，但他今天的每一问都让在场的人头皮发麻，心惊胆战！

几十个人面面相觑，最后还是周际硬着头皮说道："从那个不明天体引力的大小来看，它的质量应该与太阳质量相当，但那么大的天体，我们的大型射电望远镜怎么观测不到呢？只有一种解释，它是一个类似于黑洞的天体，并且，按照我们对柯伊伯小行星带消失的轨迹判断，这个看不见的神秘天体正朝着太阳系的内侧呼啸而来。"

"周际，你这就有点危言耸听了！有那么严重吗？"一直在一旁沉默不语的王欣发言了。他是高天云的助手，年富力强，一向以思想活跃、想法新奇著称。"各位前辈也许听说过宇宙巨鲸的传闻，那是一种跟恒星一般大小的球形怪物，浩渺的宇宙是它游弋的海洋，整颗整颗的行星是它果腹的美食，也许柯伊伯带的缺口就是它一口咬下的，就像一个甜甜圈儿被一个小孩儿咬去一小段那样。因此我认为……"

"无稽之谈！"高天云及时制止了他，"你小子是不是读科幻小说走火入魔了？"

王欣白了他的上司一眼："队长，我说的是真的，也许真是这样呢？也许那个宇宙巨鲸在太阳系边沿轻轻咬了一口，尝了尝，觉得我们太阳系的口感不佳，不是它的菜，于是就游到别的地方去了。这样一来我们就安全了，并因此再也找不到它的踪影——这说得通吧？"

高天云皱眉，向他摆了摆手："闭嘴，你那智商怎么跟看动画片的孩子差不多呢？"

"你说什么？我智商低？难道你自己的口头禅都忘了——一切皆有可能，意外随时发生！"

"你……"高天云被问得哑口。

"是的，一切皆有可能发生，超出我们想象的事情还会越来越多的。"王浩叹了口气，转身看了看一脸无奈的高天云，"天云，接下来就要看你的了。"

高天云有一副一米九的魁梧身材，一张帅气十足、剑眉斜飞的脸。他虽然从小在孤儿院长大，但却以优异的成绩考入之江大学航天专业，并在该校读完博士。他现在是国家航天局太空拦截大队队长，号称世界头号拦截专家，曾经两次对飞临地球的小行星成功实施拦截。"变一切不能为可能"是他坚守的信条，"实现大行星级别的天体拦截"是他一直以来的追求和理想。

高天云看了看表情凝重的王浩，又看了看身边那些不知所措的专家，才沉声说道："我们还是耐心等等吧，等看清了那个引力源的庐山真面目再说。我建议立即和 M 国航天局沟通，看他们对此事件有没有定性。当然，如果真像王欣说的那样更好。这样大家都省事，只当是虚惊一场。但如果它是直奔太阳系内部来的，那样巨大的质量，那样势不可挡的动量……就太可怕了，仅凭我们人类目前的能力，别说拦截它，就连改变它的运行轨道的可能性都很小……"

"难道你们太空拦截舰队是吃素的？你们不是有很多动量式核弹吗？你不去试试怎么知道改变不了它的运行轨道？"王浩对高天云的"怯战心理"很不满。

"是啊，天云，我也赞同王局的意见，你们还是赶快出动吧。对这样大的天体来说，越早出动越有利于我们。"周际附和着。他的话获得了在场所有科学家的赞同，大家都将目光聚焦在高天云身上。

高天云哭笑不得。他脑海中不停地闪现着林远舰队连同塞德娜被那神秘引力源吞噬的画面。等大厅再度安静下来，他才不无沮丧地说："我想请教王局和在场的专家们，我们该往哪里出动？我们要拦截的对象是谁？它长什么样子？它的体积有多大？它的质量是多少？它的空间坐标确定了没有？它的运行轨迹指向哪里？……"

高天云语气很轻，却把专家们问得哑口无言。

见一向自信从容的下属们都被吓得不轻，王浩赶紧安慰说："大家不必惊慌，天大的问题总有解决的办法，高天云不是经常说要'变一切不能为可能'吗？现在我就把这件事交给他好了！这样吧，今天是元月29号，还有4天过年。今年大家都在基地过年，一个都不许走，跟天云一起多想想办法，人多力量大嘛。周际，你的任务是随时与M国航天局保持联系，一有新消息立即通知我……"

第 2 章　L 基因的秘密

2 月 12 日上午。H 市北郊。国家基因研究所。

江临枫刚一走进实验大楼二楼的研究室，助手叶知秋就告诉了他一个惊人消息 —— 从"闲置基因"中破译出了有明确意义的文字！

江临枫一愣，第一反应是他的漂亮助手又在跟他开玩笑。就跟以前有过的几次那样，不过是为了让他开心一会儿罢了。揭开"闲置基因"的秘密一直是江临枫梦寐以求的目标，也是他与竞争对手暗中较劲的关键所在。如果他最终能够成功，他遭受的所有打击和不公，以及内心一直经受的压抑和憋屈都将烟消云散。但想取得成功实在太难，他已经为此苦苦探索了多年，到现在却一直一无所获。

"捉弄人真的很好玩儿吗？"江临枫也不去看助手的表情，径直走到自己的实验台前。

叶知秋一脸兴奋地跟到他身边，冲着不以为然的江临枫轻声说了句："不信拉倒，我把实验记录删除就是。"

"删吧。"江临枫不以为然，"你这也太小儿科了吧！"

"这可是你说的啊！"叶知秋瞪着一双杏眼盯着他问。

"删啊，谁拉着你的手了？"江临枫仍是一副不以为然的样子，连看都不看她一眼。

这下叶知秋真生气了，她一把抓起桌上的鼠标，啪啪点击两下唤醒电脑，然后直接进入一个界面，动作之快完全超出了江临枫的想象。"好，我删，我删！"

江临枫从未见过叶知秋生气时的样子，并且还离他那么近，近得不仅听见呼呼的喘气声，连因生气而涨红的脸颊上的毛细血管都看得一清二楚。

江临枫顿时警觉起来，当叶知秋的鼠标滑到那个与基因分析仪的链接时，他一把抓住她的手，强行夺过了她手中的鼠标。江临枫的心都快要蹦出来了，如果叶知秋这次所言不虚，那不正是他多年来一直盼望出现的结果吗？江临枫不再迟疑，滑动鼠标啪啪一阵点击，在闪过几个图像画面之后，一行诡异的文字在视屏中显现出来：

＃＃＃＃＃＃＃基因信＃＃＃＃＃奥古特星＃＃＃＃神人之间的交合＃＃＃＃南极＃＃＃＃＃行星推进器＃＃＃＃＃

在这段诡异文字的下方，还有一行小号的红字不停闪烁：

L基因段出现乱码，破译无法完成。

江临枫显然是被这几个闪电般的词语击中了——基因信、奥古特星、神人之间的交合、南极、行星推进器……每一个进入他眼帘的词语，都像一道致命的闪电，直击他的脑海，让他大脑间的沟回顿时短路，无法形成回路！

江临枫被"闪电"击中之后的好长一段时间，他的身形都保持僵直着前倾，一动不动。

不言而喻，这段奇异的文字给江临枫带来了极大的震撼，同时也让他重新燃起了扬名天下的野心。因为"闲置基因"早就成了一个人见人弃的研究项目，全世界的基因学家当中，恐怕只有脑子进水的人还在苦守这块阵地，而他江临枫就是那几个少有的脑子进水的基因学家之一。

"闲置基因"又叫"多余基因"，它在人体基因中所占比例高达97%，这让历代基因学家都感到大惑不解：这是为什么？为什么人类遗传基因中的"废品率"会那么高？其中隐藏着怎样不可告人的奥秘？这一奇妙的现象曾一度引来几代基因学家趋之若鹜。但不幸的是，几代基因学家呕心沥血，最终却没能产生任何科研成果。换句话说，就是谁都没能找到"闲置基因"的存在理由和应有价值。正因如此，在昨天江临枫出席的国际基因大会上，国际基因学会对"闲置基因"判了死刑："闲置基因"是人类遗传过程中产生的乱码，没有任何研究价值和遗传学意义。会后，国际基因学会会长詹姆斯还向江临枫提议，希望他果断放弃"闲置基因"研究，以便把更多的精力投入有价值的研究项目上来。没想到，江临枫开完国际会议刚刚回到研究所，便收获了这样一个意外的巨大惊喜……

良久，江临枫终于缓过神来。他极力抑制住内心的波澜，转身面向叶知秋，看着她的漂亮脸蛋问："你能详细讲讲破译L基因段的具体过程吗？"

"你不觉得这太小儿科了吗？"

"哪来那么多废话，讲！"江临枫正色道。

"好吧，你厉害。人在屋檐下，不得不低头。谁让我将来的毕业论文需要你签字通过呢！"叶知秋顽皮一笑，拉过一张转椅坐到江临枫身旁，滔滔不绝地讲述起来。

原来，在江临枫出席国际基因大会的那几天里，叶知秋又把不同人种的基因序列检测了一遍。此类工作她此前已经做过，或者是因为无聊，当她检测到阿拉伯人的基因标本时，百无聊赖间竟然玩起了字母置换游戏，这种游戏无须动脑筋，只需把各种文字的字母输进基因分析仪里，去置换某个基因段的蛋白质单元。她想看看能不能玩出一些文字游戏之类的花样来。结果让她意外，在向 L 基因段输入希伯来字母之后，竟出现了那段匪夷所思的文字。

江临枫听完，盯着眼前这位眼睛里闪着灵气的女孩儿，突然心生一种想一把抱起她、像拥抱自己女儿一般的冲动。但他的身体却没有动，他那双凹陷、深邃的眼睛微眯着，大脑开始像超级电脑似的飞速运行：

基因信——奥古特星——神人之间的交合——南极——行星推进器……

这是叶知秋文字游戏产生的游戏结果？还是"闲置基因"真有什么重大信息被破译出来了？直觉告诉他，这应该不是文字游戏。但这些词语要表达什么意思呢？

江临枫心中一动，突然想到叶知秋用来替换基因单元的是希伯来字母，那跟犹太人或犹太典籍或许有关，难道……那是古犹太人用希伯来语给现代人留下的一封信？不可能！当时人类还没有这种技术。如果不是古犹太人，那又是谁？难道有一个远高于人类文明的文明存在？

江临枫越想越头大。与其苦想，不如行动："知秋，快，换一枚纯正犹太人的基因标本！"

叶知秋不明所以，茫然地问："纯正犹太人的基因标本？"

"分析仪里装的仍是那枚阿拉伯人的标本吧？"

"是的，当我在玩游戏的过程中破译出阿拉伯人基因中的信息后，就再没有更换，我得等你回来确认这个好不容易才得到的结果啊。"

"这就对了。你想想看，你在分析仪中装的是阿拉伯人的基因，输入的却是希伯来字母，结果就出现了一段带有乱码的文字，对吧？"

"对啊。"

"但希伯来文并非阿拉伯人的母语 ——"

"啊，我明白了。"叶知秋冰雪聪明，"我马上去换。"

叶知秋奔向旁边的冷藏室，站到一个冰柜前，噼噼啪啪输入一段密码，然后拉开柜门，把一支冒着白烟的试管取出来，麻利地装进工作台上的基因分析仪里。

两人并肩而立，紧张地站在基因分析仪前……等待结果的过程中，他们都没有说话，好像一说话就会破坏基因分析仪的正常工作似的。

激动人心的时刻终于到来，正如江临枫所料，视屏上出现了一大段希伯来文！江临枫略微迟疑了一下，立即输入了自动翻译系统。很快，一大段更加匪夷所思的文字出现在视屏上：

可怜的人类小朋友：

当你们能读懂这封基因信的时候，证明你们已经长大了，我们由衷地为你们高兴。写这封信有两个目的：一是让你们明白人类处于婴孩时期的真正历史，以免在将来造成错误的推断；二是告诉你们在星系行将毁灭时的一种可行的自救办法，借此延续我们作为碳基生命的脆弱的文明之火。

我们就是你们的神话中所描述的神类，生活在奥古特星系第五行星上，而你们人类就生活在比邻我们的第六行星上。其实，我们和你们一样，都属于灵长类哺乳动物，外形特征和大脑构造都极其相似，发展方向也是一致的。只是，你们还处于婴孩时期，对经历的历史还没有多少记忆。为了从你们身上再现我们神类婴孩时代的历史，因而我们没有过多地干预你们的发展进程——神人之间的交合是绝对禁止的。当然，有没有神违背这条禁令，我们谁也不敢保证。

作为神类，我们已经进入文明发展的壮年期，比你们至少领先20万个行星圈（就是你们所说的"年"）。我们的文明程度是还处于冷兵器时代的你们所无法理解的，我们已经发现了3种物质存在形态。我们的超光速飞船已能穿越弯曲的宇宙空间，探索范围达到百万光年以外，我们的平均寿命已达1 960个行星圈，我们对自身生命的认识已趋完成，基因技术运用自如，所有已知病毒均被攻克。此外，我们还打赢了几场惨烈的星际战争，他们都是一些不好对付的异类。唯一让我们担忧的是，奥古特星已近暮年，随时都有####

接着是一行闪烁的红字：出现碱基脱落和乱码，以下内容无法破译。

"天哪！"叶知秋被惊得失声大叫，"原来真有神存在啊！"

"是啊，所谓的'神'，其实就是被人类远古先民称为'神族'的物种。但我还是没想到他们真的存在过，更没想到他们竟然跟我们是同类。你看这里，'比你们至少领先 20 万个行星圈'，这就是说，他们的文明程度至少领先我们 20 万年！——我们如今已经发展到现在这个程度，那他们呢？你可以尽情发挥自己的想象！"

尽管江临枫在思想上已经有所准备，但这样的结果还是让他颇感震惊，就像突然有人跟他说他不是母亲亲生时的情景一般。

"可是，他们在'基因信'中说，我们和他们都生活在奥古特星系，难道奥古特星是他们对太阳的称呼？还有，'第五行星'和'第六行星'分明是木星和土星，难道我们曾经在那上面生活过？这怎么可能？他们还说'奥古特星已近暮年'，是不是说我们的太阳能量即将耗尽，就要熄灭了？"叶知秋满心疑窦，一双杏眼向上斜视，好像答案就在她的额头上似的。

"这……我也没想明白。"江临枫同样迷惘，"但我坚信，答案就在尚未译出的基因中，只要能把后面的内容破译出来，一切都会水落石出的。只是，他们用闲置基因向人类传递信息的方式太不可思议了，既然会使用希伯来文，他们直接给人类留一封信或一本书不是更好？"

"也许是担心那时的人类还看不懂，无法保存下来吧？"叶知秋说罢，立即否定了自己，"书无法保存，但可以刻到石头上啊，就像贺兰山山岩壁画那样。算了，先不想这些，我们现在该怎么办？要把这个研究成果报上去吗？"

江临枫想到这次国际基因大会对"闲置基因"做出的宣判，又想到曾经窃取他研究成果的上司卓尔，心里顿时涌起一阵恶心，于是他马上否定说："不，现在还不能报，搞不好会被扣上

‘伪科学’的帽子。那样的先例太多了，何况国际基因学会刚刚对‘闲置基因’判了死刑，等把全部内容破译出来再说。对了，我们可以问问高天云，看他对我们的这个发现有什么看法……"

可高天云的电话怎么也打不通。江临枫这才想起，在整个春节期间，高天云的电话都一直处于关机状态，一次也没打通过，连他妻子袁佳欣都说"不知道他死到哪儿去了……"。

"大过年的，难道是去拦截小行星去了？"叶知秋嘀咕。

第3章 "吞噬者"

2月12日上午10时，国家航天局外太空监测中心1号监控大厅，对柯伊伯带神秘引力源的最终鉴定会正在紧张进行。这个引力源已经被国际天文大会正式命名为"吞噬者"。

王浩局长先介绍了同联合国以及M国航天局沟通的情况，初步方案是组建一支太空联合舰队，尽可能在土星轨道圈之外对"吞噬者"实施拦截，迫使其改变轨道。具体方案要等"吞噬者"的最新数据出来之后再行定夺。

这之后，一位胖将军从战略高度上对这次"入侵"事件进行了强调："……我们要从战略上藐视敌人，从战术上重视敌人，我们一定要打赢这场有史以来最为壮烈的星空阻击战，要把土星轨道圈当作第二个塔山！"在引用一位古代伟人的至理名言作为讲话的结束语后，胖将军满意地坐回正中的座位。

稀稀落落的掌声，夹杂着几声干咳，之后就再没人说话。上百双眼睛都睁得大大的，盯着1号监控大厅的大视屏，几乎看不见眨动。其实，视屏上也没什么好看的，只有一行闪烁的蓝字——

晨光6 000正在为你运算，请稍候。

高天云觉得这个大厅从来没有现在这样严肃过，严肃得有些滑稽，又严肃得有些恐怖，他想故意干咳两声来放松自己，但看到旁边那位胖将军正像小学生看黑板似的盯着视屏，就打消了这个念头。

从"吞噬者"于元月 29 日出现以来，高天云连春节都没有回家和家人团聚。他一直驻扎在河西走廊腹地的国家航天城里，和周际一起密切观察那个神秘引力源的动向。经过半个月的日夜观测，他们除了测算出那个引力源正在往太阳系内侧移动以外，还是没有看到任何可视目标。周际想到了太阳的背面，那颗应该出现的天体是不是刚好被太阳遮住了？于是，他们动用了火星 3 号深空探测卫星，对太阳背面的情况进行了地毯式搜索。火星 3 号是去年年底才抵达火星并开始绕火星运行的，此时它刚好处于太阳的侧面，能把太阳背后的情况看得清清楚楚。经过很长时间的高精度搜索拍摄，他们还是没有发现任何异常天体的蛛丝马迹。随后，高天云和周际又去了一趟月球，借助月球上的良好观测条件和一台引力波观测仪，他们才得到了一些意想不到的收获，为这次最终确认"吞噬者"的身份创造了条件。

大约过了半个小时，晨光 6 000 终于运算出结果，逐行显出以下文字：

"吞噬者"最新信息分析：

直径：320 千米

质量：26.7%M ⊙（注：M ⊙ 为太阳质量）

表面温度：−236℃

反光率：1.44%

相对太阳速度：849.8 千米 / 秒

相距太阳距离：62.5 亿千米

运行轨迹：与太阳轨迹交汇，碰撞概率 99.99％

推算碰撞时间：4 月 28 日

身份推测：一颗死亡恒星——黑矮星

接下来，晨光 6 000 极其逼真地模拟了惊心动魄的碰撞过程——由碰撞激起的烈焰远达几十亿千米，地球很快被淹没在火海之中。

还没等图像显示完，监控大厅已经开始骚动。王浩立即站起来，示意大家保持安静，但因为他此时内心同样受到冲击，大脑断片，一时间竟然想不出该如何安定众人情绪。情急之下他一眼瞥见高天云，就像见到救星似的说："镇定，镇定，不要慌。没有蹚不过的河，也没有迈不过的坎！下面，我们请太空拦截专家高天云队长给大家谈谈应对办法，有请高队长！"

混乱的场面立即安静下来，大家都把目光聚焦在眼前这位仪表堂堂的拦截专家身上。

被一百多双眼睛盯着，高天云如芒刺在背，一种前所未有的压力让他一时间难以承受，但他还是挺了挺身板，说："各位，灾难迫在眉睫，这是毋庸置疑的。说实话，面对这样的事实，我也感到恐惧，并且从来没有这样恐惧过，我仿佛已经看到了太阳和地球……"

高天云说到这里，大厅内又是一阵骚动，王浩赶紧提醒他："少讲这些没用的，作为太空拦截专家，我们需要的是拦截办法！"

高天云把思绪从可怕的想象中拉了回来，看着台下那一双双交织着绝望与希冀的眼睛，只好硬着头皮谈了几点看法："第一，'吞噬者'是不是黑矮星尚难定论，因为以目前的理论来看，光是从白矮星冷却到黑矮星就需要漫长的 100 亿年，宇宙的年龄好像还太年轻，因此不排除是其他天体的可能，比如超级强大的外星飞船，比如黑洞，等等。第二，人类从未实施过这种恒星级天体的拦截，它的质量和速度都是人类对其实施拦截的最大障碍。第三，需要对现存的所有核弹头进行改装，这将取决于几个核大国是否配合。第四，联合国必须立即成立一个'拯救地球委员会'之类的机构，马上开会解决拦截舰队的组建和核弹头的征集问题。"

尽管高天云的发言生硬且不太连贯，但还是获得一片掌声。那位胖将军也对他刮目相看，要他挺身而出勇挑重担不负众望，争取成为拯救人类的大英雄。高天云的手被胖将军肥厚的手握着，感到有一种被十床老棉絮同时压在身上的厚重压力。他心里非常清楚，即使国家首脑机关和联合国完全采纳了他的建议，他也未必能够拯救人类于水火 —— "吞噬者"实在是太强大也太神秘了！

王局长马上把"吞噬者"的最新信息和高天云的 4 点建议分别发给了国家首脑机关和联合国总部，请求立即答复。

难熬的一小时之后，国家首脑机关来电，通知国家航天局的领导、部分天体物理学家和高天云等 9 人秘密飞往 M 国 N 市，于 N 市时间 2 月 12 日 5 时在联合国总部参加紧急会议，并附言高天云立即拟定"拦截计划"草案，提交大会讨论。

联合国总部扇形会议大厅，象征和平的橄榄绿地毯在凌晨的灯光中显得有些幽暗。

坐在第一排的高天云看到秘书长卡罗尔和几位副秘书长坐

在主席台上，正在传阅他刚刚拟好的"拦截计划"。卡罗尔个子不大，有点像东方人，却有一幅棱角分明的刚毅面孔。前面的讲坛还空着，只有一排麦克风立在那里。

高天云回头环视了一圈，发现四五百人都板着面孔，很少有人说话。在后排的过道上，有一架炮筒似的摄像机正对着正面的主席台。高天云知道，那是供联合国内部记录用的，刚才还在大楼前吵吵嚷嚷的记者们，已经被面无表情的警察驱赶到 300 米之外去了，大会必须保证在绝密状态下进行。

高天云回身坐正，这时卡罗尔身边那位副秘书长已经站在讲坛上，正在用流利的英语宣布本次会议的 4 个议题：

成立"拯救地球委员会"，讨论通过委员会的权力、目标和任务。

讨论表决"拦截计划"。

讨论表决"拦截部队人员组成方案"。

讨论表决"核弹头征集方案"。

接着就是"拯救地球委员会"的机构选举。此项工作进行得异常顺利，迫在眉睫的危难使得所有与会者都抱着认真务实的态度，少了很多以往的吵吵嚷嚷与钩心斗角。

仅仅用了 20 分钟，一个听上去有些滑稽的机构 —— "拯救地球委员会"就诞生了。

联合国秘书长卡罗尔以全票当选为主席，Z 国和 M 国的国家元首任名誉主席，Z 国航天局长王浩、Z 国驻联合国大使叶沃、M 国航天局长查尔斯等任副主席。高天云等 30 余名专家及官员担任常务委员，其余与会者任委员。

选举结束后，全体委员讨论通过了"拯救地球委员会"的第一项议程，明确规定了"拯救地球委员会"有权调用各国专家学者、有权调动各国军队、有权按比例向各国征集核弹头等特别权力。而尽一切可能拦截"吞噬者"，使之避免与太阳相撞，维护全世界的安全与稳定则是其最根本的任务。

接着，高天云在掌声中走上讲坛，宣读拦截计划草案。他用流利的英语指出了拦截的时机、方位、角度和拦截部队的组建方式、规模以及所需核弹头的数量等。回到座位时，高天云感觉头脑中一片空白，就像一个刚刚交了考卷并且担心自己考砸了的小学生。

"老师"的批改当场进行，一个叫比坎尼奇的著名物理学家当即给他打了个大大的"×"。他振振有词地指出，人类目前的拦截体系应对的是小行星级别天体，而"吞噬者"的质量远非小行星可比，人类的拦截打击对超大质量天体全无作用，也不可能让它的运行轨迹发生丝毫改变。没等他说完，有人立即插言质问："既然你说高先生的拦截方案不行，就请你提出一个可行的方案出来！"

比坎尼奇一愣，支吾半天，却未能提出一个像样的方案。他只得耸耸肩，无奈地坐下，引来一阵哄笑。

当然，也有很多学者赞同高天云的意见，希望尽快实施"拦截计划"，尽快解除这把高悬于人类头顶的达摩克利斯之剑。

"拯救地球委员会"别无选择，只好把高天云的方案提交大会表决。结果不言而喻，绝大多数委员投了赞成票。"委员会"随即任命高天云为太空拦截舰队总司令，并授权他全权负责实施深空拦截计划。

接下来，在讨论拦截部队组成方案和核弹头征集方案时，几个大国之间出现了较大分歧，焦点主要集中在出兵多少和征集核弹头的数量上。其中 M 国和 E 国之间争论最为激烈，M 国代表查尔斯要求 E 国必须按一等大国标准出兵和提供核弹头，理由是 E 国虽然综合国力早已沦为二流大国，但其超级大国时代留下的核武储量和航天优势仍然处于世界前列。而 E 国则坚决反对 M 国的提议，长着一脸大胡子的 E 国航天局长格林卡冲上讲台大声抗议，愤然指出 M 国的提议有违宪章精神，E 国只能按二等国家标准承担义务。M、E 两国争得不可开交，其他大国的代表也都站在各自的立场上，都想少出兵、少提供核弹头。

在各国代表各为其主、争吵不休的时候，卡罗尔主席满脸焦虑、一言不发。坐在他右侧的两位 Z 国副主席没有参与争论，他们已经隐约感到了问题的严重性，如果照眼前的事态发展下去，"拦截计划"将变成一纸空文，拯救地球的一切努力将付诸东流，地球人就只剩坐以待毙的份儿了。王浩和叶沃经过简短商讨，立即向卡罗尔主席提议暂时休会，先由常委会对两个方案进行修改后再提交大会表决。

在常委会议开始之前的间隙，王浩通过热线把目前的局势向 Z 国高层做了汇报，得到的指令是：在不过分损害我方利益的基础上可做适当让步。

在常委会上，M、E 两国代表继续争吵、互不相让，眼看当年赫鲁晓夫在联大会议上脱下皮鞋敲打桌子的闹剧又要重演，卡罗尔愤然吼道："你们到上帝那里去吵吧！我们没时间听你们争论！80 亿地球人也不容许你们争论！下面我们请 Z 国代表发言，大家都听听 Z 国代表有什么意见！"

　　王浩肃然起立，看了看怒气未消的查尔斯和格林卡，又看了看其他三十几位地球命运的决策者，胸中顿时涌起一阵悲凉，他用微微颤抖的声音说道："各位，我们都是人类中的精英，站在一艘即将沉没的巨轮上去争持财富的多少绝非明智之举。我重申我国政府的立场——坚决拥护'拯救地球委员会'做出的任何决议！我们已经做出决定，按一流大国标准参与这次拯救人类行动！"

　　王浩的表态不但赢得了掌声，还赢得了多数代表的钦佩和信任。由 Z 国代表提出的修改方案也得到广泛认可，在全体委员大会上的表决也意外顺利，绝大多数代表投了赞成票。

　　具体方案为：总舰只 2 000 艘，总兵力 40 000 人，核弹头40 000 枚，Z 国、M 国各承担四分之一，其余由几个太空强国按国力强弱合理分摊。整个舰队分为 4 个分队，由高天云任舰队总司令。

　　最后，卡罗尔强调了"拯救地球委员会"的保密纪律，要求所有委员不得透露"拦截计划"的任何细节，否则将受到国际法严惩。

　　走出扇形大厅，高天云恍若梦中，没想到在短短几小时内，一个有史以来从未出现过的机构——"拯救地球委员会"，就这么突如其来地诞生了，而自己，竟然在一夜之间成了这支历史上最大的太空部队——"太空拦截舰队"的总司令。这一切，是人类在面临绝境时高效迅捷的表现，还是一种病急乱投医的盲目冲动？高天云不愿去想，也不得而知。他只觉得，一部堂吉诃德勇斗风车的喜剧，将在更大的舞台上隆重上演。

第 4 章　南极金字塔

2 月 14 日上午，江临枫早早来到研究室，继续和叶知秋一起向基因信发起冲击。两天来，那封神族基因信让他食不甘味，寝食难安。见他心不在焉神思恍惚的样子，妻子尚雅仪以为他生病了，硬要拉他到她上班的医院去做全面体检。但江临枫死活不去，尚雅仪只好作罢。

江临枫被那个谜团搅得特别难受，他和叶知秋想尽一切办法都没再取得一点进展，而他又恰恰是个不达目的誓不罢休的人。

"老师，看样子一时半会儿不会再有新收获了，我看还是先报上去算了，看科学院的那帮老家伙怎么说。"叶知秋建议道。

江临枫对叶知秋的话没做理会，他再次想到了他的铁哥们儿高天云，要是能打通他的电话就好了，他一定会对这个发现有他的独特看法的。江临枫又拨了一次高天云的电话，还是关机。

正在这时，电脑上滑过一行提示语："电话进入，请接入！"

哈！是天云！江临枫赶紧点开接入框 —— 视屏上出现的是一位年轻女性的半身像。原来是欧阳可心，她正斜靠在自家的沙发上对着他笑呢。

欧阳可心是江临枫的儿子江子豪和高云天的女儿高袁飞雪

的老师，她特别崇拜高天云，也是一个考古迷，她的容貌虽比不上叶知秋漂亮，但她却总是显得落落大方的，是那种越看越耐看的女孩儿。

"江大哥好！"欧阳可心甜甜地打了个招呼。

"呵呵，是欧阳老师啊。你是来提醒孩子们开学事项的吧？"江临枫见是儿子的老师，赶忙笑着问。

"是啊，孩子们明天就开学了，他们的家庭作业都做完了吧？你这个当父亲的可不能光顾自己的事业，也得管管孩子们的学业哦。"

"不对呀，欧阳老师，孩子们的事你平常都是跟雅仪联系的，今天怎么找到我这里来了？你是不是还有别的什么事啊？"说到这里，江临枫一下子明白了，"对了，你一定是在找高天云，对不对？"

听江临枫这么问，欧阳可心的脸上一下子飞出了红晕。"找他也没什么别的事，只是想让他看看这个，看他能不能带我到现场去看看。"欧阳可心说着随手发了个网址过来，"你先看看这个。明天就开学了，今天不去看就没机会了。"

江临枫立即点开它，出现在眼前的是一条匪夷所思的新闻，惊得他差点蹦了起来：

据最新报道，昨天上午，两位法国探险家在南极点附近探险时，意外发现了一处巨型建筑物遗址，据两人描述，这处遗址才刚刚从消融的冰盖中冒出头来，看上去就像一座金字塔的顶端部分。但这座"金字塔"的形状很特别，既不像埃及金字塔，也不像玛雅金字塔，它的表面呈暗灰色，平滑如镜，有金属质感，通身找不到一丝缝隙。它的建造者是谁？建于何时？建之何用？用何材料？一连串的问号摆在了考古学家们面前。目前，该金字塔周围的冰雪还在继续融化，被埋在冰雪下面的塔身还有多高多大？还有多少秘密会随着冰盖的消融逐一浮出水面……事态的发展尚难预料。截至发稿时，已有来自Z国、M国、F国、J国等国的考古学家和好奇者数百人赶往南极。本站将对此做进一步追踪报道。

"你是什么时候得到这个消息的？"江临枫惊愕地问。

"刚才，是刚刚才贴出来的。我本想让高大哥开飞机带我去的，现在看来只有指望江大哥你了。你知道的，我对考古的爱好，就跟你喜欢基因里的大分子一样。还有，我也想顺便看看南极冰盖消融得有多厉害，看看温室效应是不是已经到了难以遏制的地步，到时候录一些视频资料回来，给孩子们上课时才不至于空洞无物……"欧阳可心噼里啪啦地说着，完全没有留意到江临枫已经被惊得说不出话来了。

叶知秋见江临枫痴痴地看着视屏发愣，还以为他是被身材丰满的欧阳可心迷住了。当她探过头来，看到网页框里的文字时，也被惊得不轻："我的老天，原来南极还真有那个东西啊！"

"什么东西？知秋，你在说什么？"欧阳可心听得莫名其妙。

"哦，没什么，她是看到这条消息特别振奋，也想到南极去一睹为快。这样吧，我马上联系飞机，到时候……" 不等江临枫说完，又有一个电话打入，一看是高天云的，赶紧接驳过去："天云，你终于露面了，我正要告诉你……什么？你说什么？在其香居茶馆？好的，我马上赶过去。"

江临枫切换画面，对视屏里的欧阳可心说了声"先到我家去等着"，就关了视屏，然后对叶知秋说："你等会儿和欧阳老师先到我家，叫你雅仪大姐多烧几个菜，我要给天云接风。"

江临枫说完丢下叶知秋，蹬蹬蹬跑下楼去，急匆匆钻进了他那辆蓝色光能跑车。

其香居茶馆坐落在西山"高知区"南缘，几间竹墙小屋和几处茅草小亭呈现出一派闲散清雅的情调，因而成了住在附近的"高知"们经常光顾的场所。江临枫一路小跑，急匆匆踏进那间可以一边品茗一边欣赏湖光山色的飞檐小亭时，一把冒着袅袅白气的紫砂壶已经摆在亭子中间的雕花小桌上了。高天云并没有坐着，而是反剪着手，正在仰头欣赏亭子隔断上的两幅晚清山水赝品。

听见江临枫的脚步声临近，高天云立即转过身来，大为恼火地说："你怎么现在才到，你以为我是请你来品茶听曲的？"

江临枫本来兴致勃勃，听他这么一说，情绪顿时低落了下来："城里出现了骚乱，有人在制造紧张空气，说是末日到了，所以堵车耽搁了一会儿。说吧，有什么天塌下来的大事？"

高天云剑眉微蹙、面色凝重，起身把着紫砂壶为他倒了一杯茶，然后坐下来做了个请的手势说："坐吧，老兄。算你说对了，确实发生了天塌下来的大事。"

"什么事？"

"本来不该告诉你的，有纪律，如有泄密将会受到严惩。但我又不得不告诉你，因为我放心不下佳欣和小雪，万一我有什么不测，我还得指望你帮我照顾他们娘儿俩。"

"呵呵，十几天不见就学会危言耸听了。快说吧，是不是又有一颗直径若干米的小行星要光顾地球了？"江临枫满不在乎地说着，端起茶杯品了一口，"嗯，不错，刚刚焙制的龙井！"

高天云有些生气，盯着他的眼睛问："告诉我，如果我真有不测，你肯帮我照顾被我丢下的娘儿俩吗？"

"那还用说，我们谁跟谁啊？哎，你这人今天怎么了？难道真的发生什么大事了？你我哥们儿弟兄的，干干脆脆地告诉我得了。"

"那好，我也不再瞒你。"高天云像是下了很大的决心似的，沉声说："你可坐稳了，千万不要被吓趴下！"

"你就直接说好了，总不至于有我最近经历的事情离奇古怪吧。"江临枫翘起二郎腿，全不当回事地催促道。

"你可听仔细了：一颗质量是太阳四分之一的神秘天体已经闯入太阳系，轨迹直指太阳。"

"什么？你说什么？"江临枫赶紧放下二郎腿，坐直身子望着高天云。

"有一颗叫'吞噬者'的黑矮星以惊人的速度飞过来了，已经把柯伊伯带中的几百颗小行星连同塞德娜都吞没了，还有两个多月就会和太阳相撞。这下你该明白了吧？"

江临枫显然听明白了，他只觉大脑嗡嗡作响，顿时出现了好长一段时间的意识空白。他赶紧用双手扶住桌沿，生怕自己会在不知不觉中猝然倒地。

高天云看到江临枫脸色煞白，身体微微发抖，赶忙一把扶住他的肩膀问："老兄，你不会真被吓着了吧？你没事吧？"

过了好久，江临枫才缓过神来，喃喃地说："原来真是这样……原来真是这样……"

就在江临枫大脑出现空白后的短短几秒钟内，他已经把"基因信""南极金字塔"和这个恐怖的"吞噬者"联系了起来。可以想见，这些原本互不相干的事件在他大脑中相撞的一刹那，会给他带来多么强烈的震撼，要不是具备足够坚韧的神经，恐怕早就把他吓得疯掉了。

高天云安慰他："你不用怕，也不用着急，我刚刚从联合国开会回来，联合国已经成立了'拯救地球委员会'，同时还组建了太空拦截舰队，我是绝对不会让'吞噬者'威胁到地球安全的，你放心好了！"

"你是说你们准备对它实施拦截？用核弹之类的去拦截？"

"是的。"高天云肯定地点点头，"我们已经集结了 2 000 艘太空战舰，正在征集改装 40 000 枚核弹，我相信我们有这个能力改变它的轨道，只要我们出击得足够早。"

"你那是螳臂当车！"江临枫提高了声调，以一种反客为主的语气问道，"难道连你都不清楚，由'吞噬者'的质量和速度合成的动量有多么大吗？那岂是区区几万枚核弹摇撼得动的？！"

"那你告诉我，你有什么更好的办法去对付那个'吞噬者'？你有吗？"

"我恰恰就有，我最近一直在找你，给你打过多次电话，打不通，我……" 江临枫把破译闲置基因的过程、基因信目前所显示的所有信息以及网上刚刚出现的"南极金字塔"的事原原本本说了出来。

"无稽之谈！"这是高天云听完江临枫的讲述后给出的第一判断，接着他毫不客气地说："我知道你是在为我好，不希望我去送死，但你也用不着煞费苦心编这种故事吧！你说的那些谁会信？骗鬼呢！"

"骗你？我闲的啊！我是搞基因研究的科技工作者，科学是讲逻辑的。闲置基因信的破译过程虽然有些不可思议，但你在我们研究所的计算机上是能查到的，而南极是否出现金字塔同样一查便知真假，包括你所说的那个'吞噬者'，你觉得这几个事件同时出现难道只是巧合吗？这世间哪有这样巧的事……"江临枫极力想向高天云阐明，依他目前所掌握的信息，南极出现的金字塔，应该就是更高文明为人类留下的行星推进器。

高天云不屑："老兄啊，南极若真有金字塔，很多国家的先进仪器早就探测到了，还会等到今天？网上那些乱七八糟的八卦你也信？"

"不！天云，你要相信我……"

"扯淡……算了，先不说这些了。我这次回来，主要就是为了把佳欣和小雪托付给你。我还有事，可能今天就得走。"

江临枫听他这么说，于是说道："那好吧，先到我家吃个饭。你老婆孩子都在我家……另外欧阳可心也在找你，她以为你已经知道了南极'金字塔'的事儿，所以想让你带她去南极看看。"

"好。"高天云起身，"哦，对了，今天我托付你的事，一定不要告诉佳欣。"

"好的。"

说着，两人默默走出茶舍，向几百米外的别墅区走去。江临枫和高天云两家所住的"高知区",又称"西山别墅",是 H 市政府于十多年前为奖励高级知识分子修建的,就建在接近山顶的缓坡上,是一些粉墙红瓦的两层洋楼,带有宽阔的草坪和车库。两家的院落紧挨一处,仅隔一片窄窄的橡树林。

高天云跟随江临枫到他家,两家的女人孩子,还有叶知秋和欧阳可心等人,已经围在客厅的圆桌旁等着他们了。尚雅仪特地为高天云烹制的"翠云麻辣鱼片"已经摆在桌上,袁佳欣从自家酒窖中拿过来的法国葡萄酒也斟在了高脚杯里醒着了。

可是,正当满心欢喜的袁佳欣等女人和孩子们都围着两个男人举杯共庆团圆的时候,高天云却接到了河西航天城打来的电话。高天云闪到大厅一角接罢电话,回到桌前一口便干掉杯中红酒,满脸歉意地看看众人:"抱歉,航天城出了点事,我得马上赶回去。"

"可是高大哥,我们还都等着你带我们到南极去看'金字塔'呢,你带我们去看了再赶回去不行吗?"欧阳可心眼神中带着一丝央求。

高天云看了看欧阳可心:"等回来再带你们去吧。"

"不,爸爸,我要你现在就带我们去嘛!"女儿高袁飞雪跑过来拉着高天云的手使劲摇着,江子豪和江子都两个孩子也围过来,拉着高天云的衣服不让他走。

高天云一脸无奈,俯身摸摸几个孩子的头:"你们几个小家伙别捣乱啊,大人有大人的事,我答应你们,等我把事情忙完了马上回来接你们。我保证,等我们赶到南极的时候天还没黑呢。"

高袁飞雪感觉到爸爸是在骗他们,立即回嘴说:"大骗子,我不跟你玩儿了！"

江子豪也跟着附和说："高叔叔肯定是在骗人，现在南极正是极昼，你十天后带我们去都不会天黑呢。"

"就你小子聪明，有你这样跟高叔叔说话的吗？"江临枫拧了拧儿子的耳朵说。

"好了，我真得走了。去南极的事就拜托临枫你了，你带他们去吧。"高天云说罢转身抱了抱袁佳欣，说了句保重，就急匆匆地向门外草坪中的小飞机走去。

"可是，我专门为你煮的麻辣鱼片，你还尝都没尝一口呢。"尚雅仪冲着高天云的背影喊道。

"等下次吧，下次一定好好尝尝嫂子的手艺。"高天云头也不回地向院子中的飞机走去。

见高天云走得如此决绝，一向豁达乐观的妻子眼圈一红，声音中透出一丝抱怨："天云，你不是才回来吗？连家门都还没迈呢，你就不能吃完饭再走吗？你心里还有没有我们娘儿俩啊？"

妻子的话像箭镞般从身后嗖嗖飞来，支支扎进高天云的心里。他又何尝不想留下来和老朋友们欢聚，和妻子孩子共享天伦之乐呢？但时间不容许，"吞噬者"正在一刻不停地向着太阳系内部飞来，他得尽快组织拦截舰队上天迎击！

尚雅仪和袁佳欣刻意操办的"接风宴"少了个主角，大伙都吃得很压抑，很安静，都对高天云的反常行为大惑不解。

吃过午饭，江临枫从一位朋友那里借来一架垂直起降飞机，载着几个大人孩子往南极飞去。经过近两小时的飞行，飞机在南极点附近着陆。

此时的南极正值极昼，太阳如夕阳般斜挂北天，淡淡的红霞辉映着广阔雪野，给原本冷寂的雪地蒙上了一层温暖的色彩。冰雪正在消融，厚厚的南极冰盖已被温暖的太阳揭开大半，裸露的岩石散落雪地，宛若印在白色宣纸上的水墨画。远处，一个暗灰色的东西从冰雪中冒出来，恰似一只倒扣的巨碗，更像一座另类的金字塔。

远远地，江临枫就被这个实实在在蹲在那里占据了小半个天空的"金字塔"震撼到了。天哪！这一切竟是真的，我不是在做梦吧？江临枫悄悄掐了下自己的脖子，顿时感到一阵钻心的疼痛：没错，这不是梦，一切都是真的！基因信是真的！"吞噬者"是真的！这个行星推进器也是真的！我们人类所面临的有史以来最大的劫难更是真的！

江临枫感到身子一阵发飘，全身的毛孔一阵扩张，汗水就顺着脊背冰凉冰凉地流淌出来。

尚雅仪牵着子豪和子都跟着人群一路小跑，回头见江临枫发愣，赶忙叫他："临枫，还愣着干吗？快点啊！"

江临枫这才咯吱咯吱踩着冰雪向远处的人堆走去。等他挤进人群，才发现已经有戴着联合国维和部队徽标的士兵在那里执行警戒，一条醒目的红色警戒线把好奇的人们拦在了外面。实际上，这条红线已经把整个"金字塔"围了起来，人们只能站在百米开外的地方远远地观看。

欧阳可心和叶知秋这时正在与一个黑人士兵努力交涉，她们希望利用自己的美貌让他"网开一面"，好让他们和那个神秘的金字塔来个零距离接触。可是，她们的美色和口舌都白费了，那个黑人士兵自始至终只说了一个单词："NO！"

正当欧阳可心绝望之际，却一眼看见一位她认识的考古学家走了过来，就赶忙叫住了他。那位考古学家也认出了欧阳可心，便走过来半开玩笑地打招呼："欧阳，你也想来挖古董吗？"

"陈老您取笑我了，我只是想来看看它究竟是个什么东西，您能告诉我吗？"

陈老是科学院的考古权威，他皱着满是皱纹的额头说："目前来看还很难验证，这应该是我考古生涯中遇到的最费解的问题。你们也看到了，这东西跟以往所有的考古遗存都大相径庭，它是那么完整如新，就像是谁才刚刚安放在这里似的。"

"您认为它会是个什么东西呢？"江临枫忍不住插嘴问他。

陈老看了看一脸迫切的江临枫，以为遇到一个铁杆考古迷了，便不乏卖弄地讲道："我们已经对它做了初步考察和研究，目前可以初步确定的是：第一，它肯定不是自然界的产物；第二，它肯定不是人类的产物；第三，建造它的材料地球上不可能有；第四，它的物理性质奇特，强度惊人，可能连原子弹轰击都不能给它留下一点痕迹；第五，它的化学性质我们无法研究，因为我们找不到超过它硬度的工具来取样；第六，它是谁建造的？用途何在？目前还是个待解之谜；第七，它反光很弱，对声波和各类射线均无反射，因而用回声仪和射线探测不到它的存在，这也是若干年来我们一直未能发现它的原因……"

"真是太神奇了！"没等陈老讲完，欧阳可心已经叫了起来，"我敢担保，当今世界十大考古奇迹马上就要改写了。"

……

正当来自世界各地的人们用不同语言讨论着这是不是外星

人的杰作时，一队头缠黄巾的人举着横幅、喊着口号涌了过来，横幅上是用中文和英文同时书写的标语："末日即将降临，神墓不容侵犯！"

人群因为这些人的涌入而发生了激烈的冲撞和厮打，小孩的哭声、女人的尖叫声、男人的呼喊声顿时响成一片！

江临枫慌忙一边招呼同行的女人们，一边护着几个孩子往人堆外挤。还好，雪地上空间很大，他们很快就挤出人群，跑向自己的飞机。

情况已然明朗，劫难迫在眉睫，必须尽快破译基因信，尽快探明眼前这个"金字塔"的秘密，否则，人类就会在由恐慌造成的极度混乱中走向毁灭！

唉，天云应该知道这里的情况了吧……

第 5 章　拦截与搬家

N 市时间 2 月 14 日 21 点。

联合国总部扇形会议大厅。

"拯救地球委员会"委员大会正在紧张进行。

在主席台后方的墙面上，一幅巨幅视屏正在演示核弹攻击"吞噬者"的全过程。Y 国天体物理学家莱登·伯格正在移动光标对攻击过程进行解说："各位，这个黑球就是'吞噬者'，我们已经把它的体积、质量、速度、轨迹以及引力值等数据输进电脑。这些小白点就是我们的攻击舰队，总共有 2 000 艘空天战舰。下面开始模拟攻击，按每次每舰发射 1 枚核弹的数量进行，也就是每次 2 000 枚，当量在 20 万吨至 50 万吨之间……你们看，所有核弹头都被迅速吸向球面，爆炸并未发生！这只能有一种解释，弹头的原子都被瞬间瓦解成一个个均匀的原子核，甚至成为一个个中子，成为黑矮星的一部分了。再看，我们连续攻击 10 次，因为我们每艘战舰上只有 10 枚核弹头……结果还是一样！现在我们再来看对'吞噬者'轨迹所产生的影响。各位请看，产生的偏角还不到千亿分之一度 —— 这无法改变它与太阳相撞的结果……"

莱登·伯格的分析一出，整个大厅顿时骚乱起来，吵嚷声、吼叫声、谩骂声响成一片。这些人类的精英们，这些所谓的真理的发现者和掌握者们，当他们面对即将临近的末日时，居然也失去了往日的绅士风度和镇静自若……

卡罗尔敲了好久的惊堂槌才让乱哄哄的会场安静下来。

"伯格先生，难道我们就没有别的办法了吗？"他问。

"没有。至少现在没有。"

"高天云说他有，他有办法解决这道难题。"查尔斯插言。

"他什么时候说的？"卡罗尔忙问。

"刚才，就在刚才混乱的时候，他来过电话。"

"他有什么办法？"

"他说他反正有，但不会现在就说。他说伯格先生的推论结果他早就知道了，那是一个错误的推论。"

"那你怎么看，伯格先生？"卡罗尔问。

莱登·伯格长满胡须的窄脸和他那宽凸的前额不成比例。他沉默了好一会儿，才颤巍巍地站起来，很绅士地向主席台鞠了个躬，又转身向全体委员鞠了个躬，然后说："主席先生，各位朋友，高先生不可能再有别的办法，他是在安慰大家。"

莱登·伯格的话刚一出口，会场再次骚动起来，有位年迈的委员可能因担心家人、自己以及人类命运，瞬间血压上升，竟晕倒在坐椅上。现场因此一片混乱……

这时，叶沃的电话突然响了，他打开视屏，屏幕上出现了女儿叶知秋的笑脸。"你等等，这里太闹，爸爸到一边去接。"

等叶沃重新坐回主席台时，好多委员已经在开始往后面的大门涌去，只留下几个不知死活的委员瘫坐在椅子上。叶沃赶忙对着话筒大喊："各位委员，江临枫先生已经找到了拯救人类的办法！我们有救啦！"

听叶沃这么一喊，委员们又拥挤着退回座位，会场很快安静下来。

"什么？江临枫是谁？他有什么办法？"卡罗尔不解地问。

叶沃立即把刚才从女儿那里得到的有关"基因信"的信息复述了一遍。刚一讲完，就引来一片嘘声与质疑。

有的委员甚至指责叶沃是在宣扬伪科学，妖言惑众，是在动摇"拦截计划"的军心。

针对部分委员的质疑，叶沃调动自己几十年外交经历所锻炼的口才，以缜密的思维和逻辑提醒众人注意以下几个事实：

第一，他刚听到这些信息时也是充满怀疑的。当叶知秋告诉他那封尚未完全破译完成的"基因信"内容时，他的第一反应就是：又一个耳朵听字、信息治病之类的伪科学诞生了。

第二，但江临枫并不是江湖术士，而是全球知名的基因学家……

第三，南极最新发现的"金字塔"恰好与"基因信"所描述的"行星推进器"相吻合……

叶沃最后说："江临枫可能是拯救人类的最后希望，我建议立即组织一个有他参加的研究小组，火速赶往南极去实地考察那个'行星推进器'，尽快着手制订一个把地球搬离太阳系的可行计划！"

H市时间2月15日上午11点，江临枫接到国家科学院的通知，要他立即乘坐前来接他的飞机赶往南极。江临枫一阵欣喜：哈哈！他们终于肯相信我了！我们人类有救了！

两小时后，飞机降落在南极"金字塔"的塔顶上。

这个"金字塔"实在太大，仅圆型塔顶就有4个足球场那么大，表面平滑如镜，呈现出一派幽深的暗黑色，斜照的阳光也不能在其表面投下一点光影，让人有种凭虚御空、置身于深渊之上的感觉。

随行工作人员立即把江临枫介绍给已经到达的研究小组成员。研究小组组长叫杰克，M国人，极像近代史上那位风靡全球的歌星瑞奇·马丁。杰克草草问了几句江临枫的新发现后，就带着十来个专家绕着"金字塔"顶的平台察看起来。这些专家各自拿着不同的仪器，开始对"金字塔"的高度、大小以及它的内部进行探测。

只有江临枫无事可干，他花了20分钟顺着平台的边缘绕了一圈，发现这个平台很像一个倒扣着的巨碗的底座。底座高约200米，在顶端的边缘整齐地内收，形成一个厚度不超过10厘米、高度约1米的"卡口"，看上去像是用一台巨型车床加工出来的。如此强烈的"人工感"让江临枫极度兴奋，他开始向这个巨大底座的中心区域走去，他想立即在这个"金字塔"的顶端找到作为巨型推进器的蛛丝马迹，想找到喷气孔或气缸盖之类的东西。可是，等他把整个底座都找遍之后，才发现整个底座的顶端和边缘连一丝缝隙也没有，好像与下面的塔身一起，都是由一个超大模具浇铸而成的。江临枫不免有些失望，只好一边等着其他成员的探测结果，一边望着数百米之下的雪地发愣。

在对着斜阳那面的雪地里，几十个红色军用帐篷十分打眼，雪地的风把竖在上面的几面旗帜吹得呼啦啦地响。远处，数十架银灰色轻型战机反射着耀眼的白光，旁边的一队企鹅正迎着柔和的阳光，蹒跚远去，渐行渐远。

江临枫被眼前这幅图景吸引了，以至于很快忘记了自己身在何方。直到研究小组成员连珠炮似的责难一齐向他发来，他才如梦初醒。几乎所有专家都在用不屑甚至愤怒的目光盯着他，盯得他头皮发麻。江临枫这才明白，这些人除了得到一些表面的几何数据之外，对"金字塔"的内部情况一无所获。

最后，杰克在全体专家面前对脚下这个简单得难以置信、神秘得令人生气的大家伙下了结论：这绝不可能是什么推进器，顶多是个史前文明留下的遗存而已，江临枫的所谓发现值得怀疑。说完就当着江临枫的面把这个结论报告给了拯救地球委员会。

江临枫本想据理力争，想对他们说脚下的"金字塔"肯定是一个大型推进器，"拦截计划"肯定行不通，太阳系即将毁灭，地球必须搬家。可是，他已经看出他们不会听他的，他在他们的心中只是一个想出名或者想搞破坏的骗子、疯子而已。

"拯救地球委员会"没有邀请江临枫前往 N 市，他也就失去了当面说服那些委员们的机会。

江临枫的情绪异常沮丧，他甚至想到就此留在南极，和那些无忧无虑的企鹅终日为伍，直到在将来的某一天，与它们一同灰飞烟灭……

回到研究所，近乎绝望的江临枫在叶知秋的鼓励下开始起草一份材料，他想通过叶沃转给"拯救地球委员会"，希望全体委员能够相信他的发现，能够明白太阳系所面临的空前浩劫只有利用"行星推进器"才可挽回。他想要让委员们相信，他能够在很短的时间内破译基因信的全部内容，揭开"行星推进器"的全部秘密，确保"搬家计划"的顺利实施。对，就叫"搬家计划"！只有让"搬家计划"取代"拦截计划"，人类才有绝处逢生的机会和希望。

不想还没等他写好开头，《之江在线》《之江晚报》等媒体的记者就纷纷涌进他的研究室，试图对他"别有用心的伪发现"的产生过程及思想根源进行全面挖掘。

第二天，各大网站即以《基因密码岂是"文字游戏"》《不要被"伪科学"蒙蔽了眼睛》《精心炮制"基因信"，意在破坏"拦截计划"》等标题披露了江临枫的"虚假研究"和"险恶用心"，并配之以编者按，提醒人们要警惕研究领域的浮躁、弄虚作假、哗众取宠甚至迷信倾向，要严厉打击那些打着科学旗号蛊惑人心、破坏"拦截计划"的行为，应该立即停止类似"闲置基因"等毫无实用价值的研究项目。

下午，基因研究所接到国家科学院关于停止"闲置基因研究课题"的电子文件。当卓尔笑容可掬地站在江临枫面前时，江临枫正坐在他的研究台前快速敲击着键盘。

"老同学，我不得不遗憾地通知你，你被解职了。闲置基因研究室立即关闭，你可以回家休息了，叶知秋小姐调所长办公室工作。"

"你，你凭什么解我的职？秦所长，我必须向你严正声明，'基因信'的破译一分钟也不能停，不然包括你我在内的所有人都得彻底完蛋！"

"看看这个。"卓尔把一份下载文件丢在了江临枫的键盘上，"这可不是我要挤兑你，一切都是你想出名想疯了造成的。好好看看吧！"

江临枫很快看清了上面的内容，顿觉血气冲顶，呼呼两下就把那文件撕了个粉碎，然后站起来，双目血红地瞪着卓尔，近乎低吼地说："非常感谢你们的英明决定！不过我不得不告诉你们，你们这是在犯一个人类历史上最大的错误！也是人类历史上最后一个错误！你们会成为千古罪人的！"

"是吗？"卓尔嗤笑了一声，"那你也不可能名垂青史啊。因为照你的想法，我们人类马上就要彻底完蛋了，所以就不再有啥历史可言了。"

"卓尔，你太无知，太混蛋，你……"叶知秋呼地站到他面前，握拳耸肩，一副母鸡面对老鹰的架势，"我要控告你！我要向科学院提出申诉！"

"呵！看不出叶小姐还会生气呢，你生气的样子真是妙不可言……好了，你们想告就告吧，悉听尊便。"

"你……"叶知秋气得眼泪都快流出来了。

"算了，知秋。现在谁还会相信一个'科学骗子'的申诉？我们总算解脱了，不用瞎操心了。秦所长，我可以走了吗？"

"当然，但不得带走任何资料，你的任何研究成果都归研究所所有，明白吗？"

"这不用你说。"江临枫看了一眼满脸得意的卓尔，又看了看还在一旁流泪的叶知秋，冷冷地说："知秋，我走了，你保重。"

"不！我要跟你走，我马上辞职！"

"别这样，知秋，你先留下再说，也许你还能派上大用场。"江临枫拍了拍她的肩，随即拎起工作包，毫无表情地走出了研究室。

"老师！"叶知秋想去拉他，但被卓尔拦住了。她只得哭着跑到窗前，看着江临枫头也不回地走出研究所，然后开着他的跑车呼呼地穿过雨帘，溅起一路白亮的水花，很快消失在大门外的雨幕里。

江临枫愤激的表现不免让卓尔心里发虚：如果江临枫所破译的内容是真的怎么办？这样我岂不真的成千古罪人了？我和他之间就算有再大的过节也不能拿整个人类的前途开玩笑啊，那样一来，我们岂不都得完蛋？天哪！我都干了些什么？国家科学院那帮老家伙又干了些什么？该不该马上把江临枫找回来，然后立即向科学院那帮老家伙提出申诉呢？但一看到在窗前抽动着肩膀的叶知秋，他这种心虚和担忧很快就被一种报复的快意所取代了。算了，等等再说吧。就算真要恢复研究，也轮不到他江临枫，我照样行嘛。如果再加上叶知秋，我就不信搞不出个名堂来。

刚一走出研究所，江临枫外表的镇静立即被倾泻的骤雨冲刷一空，内心的愤懑如山洪般夺路而出，一股巨大的能量驱使着跑车在雨雾中左冲右突，一路飞驰。

不到一刻钟，江临枫就坐到了"巴堤雅·阳光屋"的情侣座上。只不过此时的阳光屋既无阳光也无情侣，只有一派海天一色的烟雨飘摇。

还没弄清楚该喝点什么，手机就响起来，是一名男记者打来的，他想请江临枫谈谈被解职后的感受。江临枫愤怒地挂断手机，干脆要了杯白兰地，咕咕地来了个杯底朝天。他向侍者要第二杯的时候，手机又响起来，他正想破口骂娘，却听到了一个温柔的女声，自称是《联合晚报》的记者，她首先对江临枫的遭遇深表同情，然后对闲置基因的研究前景表示关注，希望江临枫不要放弃研究，彻底揭开基因信之谜，这样既可为自己正名又可为人类找到更好的自救方案。江临枫听了心里涌起一丝暖意，但却没有正面回答她的提问，只是客套了几句就挂断了电话。

正当江临枫把第五杯白兰地倒进喉咙的时候，周围发生了骚乱，他看到对面那对刚才还卿卿我我的男女，不知怎么就突然站起来发疯似的跑了，其他座位上的人也跟着站起来，纷纷向电梯口涌去。

"发生什么事了？"江临枫赶忙顺手拉住一个从身边跑过的人问。

"说是外星人来啦！地球要爆炸啦！"说完就拼命跑开了。

江临枫好不容易开车冲过混乱的街道回到家，已是骤雨初歇。葱茏的西山被一层薄薄的雾气缭绕着，显得格外的清新宜人。尚雅仪已经闻讯赶回，正坐在客厅的沙发上等他。

尚雅仪一副很恐惧的样子，只草草问了几句他被解职的情况，就转向了"吞噬者"是不是真的，高天云他们能不能把它拦住的问题上。媒体的嗅觉太灵了，短短几天时间，"吞噬者"正撞向太阳的消息已经传遍世界。江临枫还能怎样说呢？他只能安慰他那温顺胆小的妻子说，那只是一个直径仅仅三百来千米的小行星，这对于高天云他们来说并不是大问题。

江临枫见尚雅仪已经信以为真，就暂时放下心来，一边喝着她为他准备的醒酒茶，一边在脑海中回放着基因信的破译过程。应该说破译的程序是没有问题的，破译的结果不也正是自己所希望的吗？基因信 —— 神族给人的基因信确实太离谱了，也难怪被人质疑。叶知秋怎么会想到用它来玩文字游戏呢？把 DNA 中的大分子用字母去取代毕竟是人为的，既然这个程序是人为的，那么由这个程序所导致的结果也有可能是人为的，或者说是编造的。难道我们真的是错了，他们 —— 那些记者、卓尔之流都是对的？可是，"南极金字塔"已经实实在在地摆在那里，难道这只是一个纯粹的巧合？真有这样巧的事吗？

江临枫一向以思路清晰、逻辑严密著称，可这封"基因信"却把他带进一个牛角尖里……妻子已经把几盘香喷喷的菜肴摆在桌上。江临枫只简单扒了几口，就到客厅打开了墙上的视屏 —— 满屏都是对他"编造神话"被解职之类的报道，同时还配以他愤怒地对着镜头吼叫的特写，连他独自一人一副苦瓜脸坐在"巴堤雅·阳光屋"的顶楼喝闷酒的照片也被记者贴了上去。信息时代，人是无处遁形的。如果真如某些记者所言，江临枫这样做的目的是"想让地球人都知道"的话，那么他的目的确实是达到了。但那又能怎么样呢？能阻挡"吞噬者"撞向太阳的步伐吗？能改变高天云他们赴死的命运吗？

江临枫又想到了他的老朋友，他必须再次和他取得联系，他必须不遗余力地去说服他，让他好好地、心平气和地从逻辑推理上去分析"基因信""吞噬者"和"南极金字塔"这三者之间的内在关联，这样一来，他自然就会相信这一切都是真的，然后就会去权衡"拦截计划"和"搬家计划"各自的利弊，最后就能得出一个正确的结论了。

江临枫不再迟疑，立即拨打高天云的电话。这次一拨就通，耳机里传来嘈杂的背景音。

　　高天云说他正在河西航天城指挥装载核弹头，已经有一半被装进几百艘战舰的弹仓里了。他听了老朋友的遭遇，并不感到吃惊，他说这是他预料中的事情，任何人都不可能相信所谓的神族的基因信是真的，就算相信那是事实，也不会相信它能够在这么有限的时间内拯救人类。

　　江临枫并不死心，又把到南极实地考察的情况告诉高天云。他希望高天云能相信他，能尽快敦促"拯救地球委员会"制订一个新的拯救计划。但高天云听后只沉默了几秒钟，就用一种居高临下的口吻说："老兄，既然如此，我们就来个竞赛好不好？你继续破译你的基因信，我这边执行我的'拦截计划'，让世人都来看看，谁才是人类的最终拯救者？"

　　"天云，你……"江临枫被呛得哑口无言，胸中顿时涌起阵阵悲凉。

第 6 章 "拦截计划"

2月18日夜晚,正值元宵之夜,一轮满月斜挂深蓝的天空,清幽的月光碎银般洒满河西走廊一望无垠的戈壁。南面的祁连山和北面的马鬃山白雪皑皑,一高一低、遥相对峙,在朦胧幽暗的月色中,恰如两线淡淡的鱼肚白,轻抹天际。

地处河西走廊腹地的河西航天城一片寂静,几天来的喧嚣繁忙、烟尘滚滚已经在两小时前尘埃落定。在国家航天中心测控大厅西边的发射场上,500架重型 U-39 航宇飞船沐浴在清冷的月色中,蓄势待发。

在那个高塔般矗立在航天城西侧的圆形测控大厅里,高天云坐在控制台前,正在和地面测控专家一起设计舰队飞行轨迹。正面墙上的大视屏上,一幅太阳系行星运行图正在随着舰队的运行不停地变换着角度,给人一种在星际空间穿行的现场感。

从这条飞行轨迹可以看出,高天云的舰队从地球起飞后,将贴着黄道面向太阳系内侧飞行,然后切线金星轨道、贴近水星飞出一条漂亮的曲线从太阳的右侧擦身而过,随后就从太阳的背面沿一条直线直奔"吞噬者"。

"太完美了!"测控专家吴虞叫了起来,"天云,这下该行了吧?"

"行，就这么定下来。"高天云满意地说，"只是，我们的飞船将首先接受高温的考验，在贴近水星时，飞船表面温度将达到600℃。"

"应该没问题的，飞船在冲出大气层时也接近这个温度。"

"好吧，只有这条线路最省时间，我们别无选择了。各位，就此别过，我要到母舰上去了，我们将在舰上等待'拯救地球委员会'的最后命令。"

高天云说着站起来，向各位专家拱了拱手，就匆匆走向右侧的电梯。他要好生看看他那威风八面的母舰，那可是他与"风车巨人"决斗的"长矛"啊！也许，他正值盛年的最后日子就要在那里面度过了。

就在测控大厅的专家们若有所失地看着高天云走进电梯的时候，"拯救地球委员会"关于"拦截计划"的最后决议正在联合国大厦紧张进行。

大多数委员都对"拦截计划"充满信心，都对高天云不愿揭秘的"办法"深信不疑，都认为这个计划是解决燃眉之急的不二选择。但以莱登·伯格为代表的少数几位委员仍然极力反对，他们认为围绕"拦截计划"的种种努力都将是徒劳的，除非"吞噬者"自行改变轨道，否则人类将毫无希望可言。而以叶沃为代表的部分委员则认为上述两种意见都是各走极端，应该更多地把希望寄托在江临枫身上，武断地把他逐出基因研究所是非常危险的，应该给他提供一切可能的条件让他尽快破译基因信的全部内容，至于"拦截计划"，完全可以推迟几天执行，视江临枫的破译进展再行决定。

三方各持己见，争执不休，会议很快进入胶着状态。

江临枫被逐出研究所后，想的最多的还是 L 基因尚未破译出的部分。

在当晚和高天云通完电话后，他立即对 L 基因的破译过程重新梳理了一遍。他感觉自己的破译过程是符合科学逻辑的，他和叶知秋的发现绝不可能是一种偶然出现的巧合。他必须想办法继续破译 L 基因，把 L 基因的谜底全部揭开，只有这样，人类才有获救的希望。

他想到了叶知秋，想通过叶知秋暗中继续进行 L 基因的破译工作。可是，叶知秋的电话关机，研究室的电话也打不通，一连 3 天都是这个样子。

江临枫急得活像热锅上的蚂蚁，不停地打研究所的电话，打科学院的电话，打高天云的电话，但大家都像约好了似的，要么是不接他的电话，要么是对他不冷不热。到了第三天，江临枫实在坐不住了，于是开着车在街上的凄风冷雨中到处乱转着，他希望能在无意间碰见叶知秋，他没去过她家，平时因为忙于科研，也没问过。

H 市的街道已经相当混乱，到处是拥塞的车辆和慌乱的人群……灾难将至，绝望情绪迅速蔓延，自杀现象频发，社会秩序开始出现崩溃迹象。江临枫甚至还目睹了一家三口自焚的场面……在这种极为压抑的心境中，他到处瞎撞了两天，在第三次吃了研究所门卫的闭门羹后，才垂头丧气地开车回家。

车上西山，山顶的天空出现了一抹暗红的晚霞。天放晴了，该是个好兆头吧？江临枫这样想着把车开进了自家的院门。

只见袁佳欣和欧阳可心的车都停在车道上。几个孩子欢跳着跑过来把他迎进了饭厅。尚雅仪见人已到齐，就招呼大家吃饭。江临枫这才知道，高天云要启程了，估计就在今晚，他可能要大家去为他壮行。

餐桌上，江临枫看着几个天真活泼的孩子，想到了这几天在街上看到的乱象，心里有些发堵。袁佳欣看他气色不对，便问他是不是在街上看到了不开心的事，并劝他说："这段时间，无论看到什么，都别往心里去。"袁佳欣是医生，最近这段时间接诊了多起意外入院的患者，她说她们医院这些天都快成自杀未遂者的专科门诊了，吃药的、割脉的、上吊的、跳湖跳海的五花八门应有尽有。她说，"都是那些烂记者惹的祸，照他们的说法，我们只有等死算了，那还要天云他们干吗？难道他们是吃素的吗？"

"其实'吞噬者'也没那么可怕，听说直径才300多千米，这对高大哥他们来说应该是十拿九稳的事。"欧阳可心接话。

"不，是'十拿十稳'，我相信天云他们有那个能力！"袁佳欣特意纠正。她已经不再生高天云的气，又开始以丈夫为荣了。

"是的，还真没有天云兄解决不了的问题。"江临枫立即附和，可他心里却说："女人的头脑怎么都这么简单？"

"谣言太可恶了，我们学校最近已经乱了。"欧阳可心不无担忧地说，"许多家长都到学校来把孩子接走了，特别是女孩子。他们都怕最近会出大乱子呢。"

"都是那些无良媒体闹的。"尚雅仪插话，"听说最近有个叫黎洪石的人还搞了一个什么'神罚教'，宣扬什么'末日审判'，说是只有入了他的教才能躲过劫难。听说参加的人还不少！"

江临枫听不下去了，他怕自己露出破绽，赶紧来到客厅，悄悄打开了视屏。

刚好是记者们在各国拍摄的拦截部队的最新情况——有装运核弹头的紧张场面，有太空舰队列队待命的长镜头，有满脸兴奋的太空战士意气风发斗志昂扬跃跃欲试的特写画面。随后就是高天云接受媒体采访，他信心十足地告诉大家，各国拦截部队已经准备就绪，他们正在等待"拯救地球委员会"的出征命令。当有记者问他对本次拦截有多大胜算时，他用了两个中国的成语作答："瓮中捉鳖，十拿九稳！"那口气听上去就像是那只闯入太阳系的"大鳖"已经被他紧紧地攥在了手里。江临枫明白，这都是为了"辟谣"才及时赶制出来的作秀场面，是稳定人心的需要。接着是许多国家同时出现"神罚教"的消息，"拯救地球委员会"已经通告各国政府，要严密监视、严厉打击，谨防邪教泛滥。

看到这一切，江临枫忧心如焚，抱着试试看的心态，他又一次拨打叶知秋的电话，仍是关机。这不是要把人活活闷死憋死吗？江临枫再也坐不住了，他狠狠地砸了下自己的头，起身就往门外走。

正好从饭厅出来的尚雅仪见了，赶紧追上来拉住他，"你要到哪里去？你在生哪门子气啊？"

"我要到研究所去，我要找卓尔那混蛋理论！我要找他算账！"江临枫说着甩开尚雅仪的手，几步跨下大门外的台阶，气冲冲地向自己的跑车走去。

尚雅仪急了，赶紧冲屋里大喊："佳欣！快来帮我拉住临枫，他要到研究所去惹事，我怕对他不利。"

袁佳欣和欧阳可心闻声跑出来，跟着尚雅仪冲向江临枫，几个女人一同拦住了他的去路。

"你们这是干啥？老子出去散散心都不行吗？"江临枫的眼睛都快喷出火来了，居然爆出了粗口。

袁佳欣扑哧笑出了声："原来知识分子也会说粗话啊，好玩儿！"

尚雅仪也跟着笑了："你看你，何必把自己气成这个样子嘛，天云他们马上就要出发了，还用得着你在这里干着急吗？"

江临枫听他们这样说，更是气不打一处来："白痴！女人统统都是白痴！"

"你说什么啊江大哥？我可没得罪你哟。你可不能打击一大片啊！"欧阳可心不乐意了，似笑非笑地对江临枫说。

"你……"江临枫无言以对。

正在大家不知该如何收场的时候，袁佳欣的电话响了，一看是高天云的，她顿时有一种说不出的激动："天云，我终于又听到你的声音了，你现在……哦……好的……好的……好的。"

袁佳欣说完最后一个好的，脸色已经由晴转阴，渐渐暗淡下来。

欧阳可心觉察到她脸色的变化，不安地问她："佳欣姐，你怎么了？高大哥他……"

"他要我们今晚去为他们壮行，接我们的飞机等会儿就到。"

高天云的母舰停靠在 500 米开外的发射场最东头，像一尊巨型金刚似的在月色中蹲着，显得神秘而威猛。在它身后，U-39 重型飞船如巨剑林立，黑压压一大片，似狼群拱卫着它们的头狼。

高天云从测控大厅走过来，爬上位于母舰心脏部位的指挥舱，坐到了自己的指挥座上。

指挥舱实际上是设在一个球状体内部的，在球状体下部约 1/3 处被隔成一个平面，以此作为指挥舱的地板。在这个约有 90 平方米的圆形地板上，固定着几十名指挥员的座位和控制视屏。最为奇特的是，这个球形指挥舱可以绕着前后左右上下 3 个方向的轴任意旋转，以便让里面的人尽可能保持"站立"的姿势。比如飞船在太空中加速时，球面大厅的地板平面就会与前进方向呈垂直状态，这样就让人感到跟站在地板上一样，如果加速度刚好是一个 g，那就让人以为是站在地球上了。当然，两边的"舷窗"中星空退行的方向必须与地板平行，不然会让人觉得飞船是一直在爬一个陡坡。而更为奇特的是，指挥舱的整个半球面墙壁和地板组成了一个三维视屏，可同步显现周围和上下的视觉图像，让人感觉周围都是悬空的，像是仅仅坐在一把椅子上在太空中飞驰。

高天云向助手王欣询问了飞船的全面情况。王欣告诉他，飞船的各大系统都经过 3 次检测，全部正常，母舰与其他各国指挥舰的联络系统也全部通畅。

正当高天云准备亲自对母舰的各大系统进行最后检测时，他接到了"拯救地球委员会"主席卡罗尔发来的命令："拦截计划"启动时间已经确定，命令拦截舰队于 2 月 19 日零时起飞。

高天云看看离起飞时间还有三四个小时，就给袁佳欣和江临枫打了电话，希望他们能赶往河西航天城为他壮行。

在等待妻女和江临枫到来的时间里，高天云的思绪如奔马在脑海中飞驰，40 年的人生历程如闪电般不断回放，好多原以为淡忘的生活片断都重新清晰地闪现出来。他突然觉得他 40 年的人生精彩纷呈，有好多好多的经历值得他去慢慢回忆，细细品味。可是，今后可能就没有这样的机会了……

高天云不得不去设想待会儿与妻女的最后一别，他不知能否很好地控制自己的情绪，好让他们看不出一点破绽，好让他们以为这只是一次平常的告别。还有江临枫，这个他此生最要好的哥们儿，这个他值得以妻女相托的挚友——他居然声称破译了神族的基因信，并想据此让他放弃"拦截计划"——这究竟是一个惊世大发现，还是为了阻止他去送死而编造的一个谎言呢？高天云因为最近一直忙于"拦截计划"的前期筹备，千头万绪诸事缠身，因此一直没时间静下心来思考江临枫的"基因信"。但不管怎么说，他还是感激江临枫的，因为他知道他不想他们去白白送死。

高天云知道此行凶多吉少，说他不害怕那是假的。他还年轻，才 40 岁，还有好多好多的凤愿没有完成，还有好长好长的人生没来得及书写。但他是位军人，他没有退路，与其像狗熊一样退却，不如像猎豹一样出击！也许，几十天过后，地球照样还能绕着太阳旋转，阳光照样普照大地，孩子们照样在鲜花丛中幸福地生活……如果真是那样，他和那些陪他一起送死的太空战士们，就是死得其所，死而无憾了。

正月十五，元宵佳节，皓月当空，在河西走廊腹地银沙漫漫的千里荒漠，一场生离死别的人间大戏正在上演。

江临枫一行刚走进河西航天城测控中心底楼大厅，高天云便满脸自信地迎了过来。此时，他已经换上一身笔挺的将军装，肩扛三星，威风凛凛。

"呵！我们的太空司令真帅呀！"远远地，欧阳可心发出一声由衷的惊叹。

随着这声惊叹，袁佳欣情不自禁地迎过去："天云！你都准备好了吗？你们真的有把握吗？"

"呵呵，佳欣，这还用说吗？你就静候我们凯旋的佳音吧。"高天云张开双臂把满脸担忧的妻子拥入他那宽阔的胸膛。

"爸爸！"高袁飞雪也亲热地扑向她的父亲。

高天云放开妻子，一把举起女儿，乐呵呵地说："呵！我的小宝贝儿送爸爸来啰！爸爸真高兴啊！"

"爸爸，听同学说那个'吞噬者'好大好大，又飞得老快老快，你害怕它吗？"

"嘿嘿，我的宝贝儿，你说呢？你说爸爸会怕它吗？"

"爸爸肯定不怕！爸爸肯定能够把它赶跑，是吗爸爸？"

"是的，爸爸一定把它赶得远远的，让我的宝贝儿和你妈妈还有所有人都平平安安的。"

"爸爸真棒！爸爸是个大英雄！可是，爸爸需要多久才能把那个坏蛋赶走呢？你走得太久我想你怎么办呢？"

"顶多3个月，爸爸就可以凯旋了——'待从头收拾旧山河，朝天阙'！哈哈哈哈……"

接下来，荆轲与燕太子丹在寒风凛冽的易水边上演的那出戏开始重演。江临枫拿出事先准备好的红酒和酒杯，一人一杯，杯杯斟满。

"来，天云！我们敬你 3 杯酒。这第一杯，祝你一帆风顺！干！"

"这第二杯，祝你马到成功！干！"

"这第三杯，祝你早日凯旋！干！"

3 个祝愿，3 次碰杯，3 次豪迈地一饮而尽。

"嘿嘿，"高天云放下酒杯，不觉笑起来，"我还真有点荆轲在易水边的感觉了呢，'风萧萧兮易水寒，壮士一去兮不……'"

"天云！"袁佳欣赶紧捂住了他的嘴，把"复还"俩字生生地闷回他的嘴里，"别瞎说！"

"是啊，高大哥，我们都等你凯旋呢。"欧阳可心赶紧补了一句。

"好，好，我们会凯旋的，到时候通知你们到这里来迎接我们就是。"高天云深情地看了两个女人一眼，随即把目光转向江临枫，"对了，临枫，你答应我的事可别忘了。"

江临枫不敢看高天云的眼睛，他知道，高天云虽然面带微笑，但那双眼睛一定充满了忧伤、依恋，甚至是绝望和恐惧。他只得敷衍地点了点头。

"好了，临枫兄，我要走了。"

高天云把"走"字说得很重，说得怪怪的，听得江临枫心惊肉跳。他突然一把抓住高天云，像是要抓住最后一丝挽留他的希望："天云，你能不能再考虑考虑？我想我一定……"

"谢了，临枫，都这个时候了，你还是多保重自己吧。"高天云放开他的手，在他的双肩上拍了拍，随即转身再次把女儿高高举起，"来，宝贝儿，再让老爸亲一个。"说罢，啵啵地在女儿红扑扑的脸蛋儿上亲个不停。

"爸爸，我们等你回来。"小飞雪抱着爸爸的头认真地说。

"行，到时候爸爸一定通知你来接我。爸爸不在家，你可要听妈妈的话哟。"

"好的爸爸，我一定听妈妈的话，我和妈妈都等你回来。"小飞雪使劲点点头说。

"真是爸爸的乖女儿，爸爸都舍不得离开你了。"高天云的眼睛闪出晶莹的光亮。

"好了，飞雪，你快下来，爸爸要去宣誓了。"袁佳欣把高袁飞雪拉了下来，泪眼盈盈地说，"天云，今天是元宵节，本该是团圆的日子，你却要走了，且走得那么远，你可要记住，我和小雪在家等你回来！"

高天云心里一阵酸楚，强忍眼泪，一把抱过袁佳欣："好好带我们的女儿，等着我，我很快就会回来的。"

2月19日零时，高天云坐在母舰中的指挥座上，向分布在世界各地的太空舰队下达了起飞命令。

一阵长时间的轰鸣，一艘艘战舰腾空而起，舰尾喷出的烈焰把广袤寒冷的河西走廊映得如同白昼。不到半个小时，整个舰队便穿过厚重的夜色，置身于炫目的阳光中了。

太阳，这个高天云将要誓死捍卫的对象，此时正在舷窗外闪着迷人的光芒。

第 7 章 第六行星

2月21日早晨，当一轮红日正好挂在 H 市著名景点镇海塔的塔尖上时，江临枫从牛奶树上取下了他的绿色早餐。他眯缝着眼睛喝了一口，就开始欣赏山下蓝湖的景色。他已经好久没有这样清闲过了，因此眼中的蓝湖和远处的海景又有了一些新鲜感。

孩子们都住在学校，尚雅仪在医院加班，听说自杀的人越发多起来。知秋上班了吗？L 基因的研究她会继续吗？天云现在到了哪里？"拯救地球委员会"那帮老家伙们一定在等着高天云的好消息吧？

正想着这些，突然有电话打来。是研究所办公室主任小王打来的，他告诉江临枫，科学院已经撤消了对他的处理，并要他立即返回研究室，火速破译 L 基因。

"真他妈的一群疯子！"江临枫冲着电话骂了一句。撂下电话，开上车，急急向研究所奔去。

赶到研究室，卓尔已经等在那里了。

见江临枫进来，卓尔赶紧伸出手来向他道歉："对不起，临枫兄，我们委屈你了。其实，让你离开研究所并非我的本意，我对你的发现也是持赞同意见的，只是……"

　　江临枫没理会他的道歉，也没去握他伸过来的手，就径自坐到自己的电脑前。叶知秋见到江临枫，满腹的话却没有说出一句，只是大方地向他伸出右手。江临枫与她做了一秒钟的眼神交流，会意地在她的掌心击了一下，就立即问道："开始多久了？有新发现吗？"

　　叶知秋见卓尔还站在那里，就耳语似的说："幸好，我借悄悄整理资料的机会，把分析仪悄悄设置成了自动状态，等打开视屏就知道了。"

　　"好吧，临枫兄，我就不管你们的过程了，我只要结果，你们必须尽快找到人类的自救办法。"卓尔敷衍几句，出去了。

　　待其走远，江临枫问叶知秋："你用的什么人种的？"

　　"是一名纯种犹太人的。上次那枚可能弄错了。"

　　"好吧，但愿已经有结果了。"

　　正当江临枫在心里暗暗祈祷的时候，叶知秋叫了起来："呵！真的有结果了！"

　　视屏上现出了一满屏的希伯来文，江临枫立即点开自动翻译软件，很快，一段中文跳了出来，除了原来已经破译的之外，新增了下面一段内容：

　　　　智元 213763 行星圈，我们担忧的结果极其不幸地出现了，奥古特星即将膨胀爆发。末日就要来临，我们危在旦夕。一向自信从容的我们出现了极度的恐慌。而更要命的是，一种让我们无法抵抗的瘟疫同时爆发。在不到 10 个自转圈内，我们的族类数量就由 120 亿骤减至不到 1 000 名。

在第十个自转圈，有个叫埃塔的医者终于找到了治疗方法，我们才得以幸免于难。在巨大的恐惧和悲痛之中，我们选出了新的首领，名叫迪克斯，他问：现在，我们该怎么办？

埃塔说：我们逃到太阳系去吧。我去过，那里的空间环境跟我们的星系差不多。

迪克斯说：不行，以我们目前的种群数量，不足以延续生命，另外我们不能丢下第六行星上的数千万人类不管。

那该怎么办？我们没有那么多飞船。

迪克斯说：我们可以把第六行星推到太阳系去。我们的行星太大，只能放弃了。

于是，我们在第六行星的南极建造了一个行星推进器，这都是在你们人类不知不觉中进行的……

接着是一行闪烁的红字："出现乱码，以下内容无法完成。"

江临枫一边飞快地看着，一边兴奋地叨念："没错，就是它了——'把第六行星推到太阳系去'，原来地球竟然不是太阳系的本土星球，而是从奥古特星系用行星推进器推过来的……"

江临枫立即通过叶沃把刚刚译出的内容传了"拯救地球委员会"，并建议立即停止"拦截计划"，重新制订一个"搬家计划"。

南极金字塔的出现，再加上 L 基因此时破译出新内容，两两印证，让绝大多数委员打消了对江临枫的怀疑。另外来自科学界的不同声音，也让他们明白了"拦截计划"的致命缺陷……就这样，委员会很快做出决定，派叶沃立即前往 Z 国，对江临枫进行鼓励和慰问，顺便对他的研究发现做一个最后的确认。

很快，江临枫便收到"拯救地球委员会"的回电，卡罗尔主席的头像出现在视屏上，他首先对江临枫的遭遇深表歉意，接着对江临枫取得的成绩表示肯定，然后把叶沃副主席马上要到他们研究所去慰问的消息告诉了他，但对江临枫建议停止"拦截计划"的请求避而不谈。

江临枫虽说有些扫兴，但还是抑制不住内心的兴奋，冲着叶知秋大声喊："知秋！快出来，待会儿你爸爸要来看我们了。"

"是吗？"叶知秋欢天喜地地跑过来，差点撞进江临枫的怀里。

下午，当卓尔领着叶沃一行拥进来时，江临枫还窝在他的电脑前冥思苦想。

"爸爸！"叶知秋欢叫着迎了上去。

江临枫站起身，握住了叶沃伸过来的手："叶老，想不到您这么快就到了，快请坐。"

"座就不要让了，现在需要的是快节奏和高效率。快，让我看看你们的进展情况！"叶沃用力握了握江临枫的手，把他让回座位。

江临枫立即把译出的内容调出，并简短地汇报了思路和过程。

叶沃的手再次和江临枫的手紧握一起："小江啊！我代表'拯救地球委员会'和全人类感谢你，你就要成为地球人类的救星了。"

"叶老您谬赞了。我和知秋也是在不经意间发现的，没什么大不了的。知秋也出了很大的力，应该说有一半的功劳都是她的。"

"哦，好！"叶沃非常欣赏江临枫的谦逊，"不过，从译出的内容和到南极实地考察的情况来看，我们还不知道该怎样使用那个'行星推进器'啊，必须加快破译进程，不然就前功尽弃了。"

"好的。只是我们的基因库太陈旧了，从现有的标本中恐怕已经无法破译出新内容，我们得到世界各地去采集一些新标本，这方面我们急需叶老提供一些方便。因为……您是知道的，闲置基因研究经费一向很拮据，我们……"江临枫欲言又止，卓尔那张刚才还笑得很灿烂的脸瞬间转紫。

"是呀爸爸！我们也不想让卓尔所长为难。"叶知秋瞪了卓尔一眼说。

"这……这主要是所里的经费一直紧张……"卓尔越发尴尬。

"不用再解释了，我已经明白是怎么回事了。"叶沃挥了挥手，果断地说，"我马上从清华大学调一架装备基因分析系统的专机供你们使用，并通知所到国家做好配合工作，无论你们去哪里采集标本，都会有人配合你们的工作，你们可以边采集边分析……"

"好……好的，谢谢，谢谢！"江临枫对叶沃的安排大感意外，激动得都有些语无伦次了。

2月21日晚上8时。当湖滨路的灯光如碎金般洒满蓝湖的时候，江临枫和叶知秋已经坐上了飞往南美的飞机。

两小时后，引人遐想的复活节岛很快进入他们的视野，那一长溜憨态可掬、目光忧郁、凝视远方的巨石人像在晨光中列队而立，好像在期待着谁的到来。但江临枫这时却没时间留意当地风光，在提取几名当地人的细胞后，他们又登上飞机，往中美洲赶去。在飞行的空隙，他们利用飞机上的基因分析系统对提取的细胞进行逐一分析。结果发现，这些人连L基因段都不存在。

不到一小时，他们又飞临中美洲丛林的太阳金字塔上空。江临枫叫飞行员把飞机降至适当高度悬停，他显然是想依凭一个不寻常的视角去感受太阳金字塔的神秘。在朝阳的阴影中，那座周围有着无数"射线"的太阳金字塔显得神秘而阴冷。江临枫突然产生了一种错觉，仿佛看见在塔顶的祭台上，有一群虔诚的玛雅人正在对着自己顶礼膜拜，好像自己已经成了驾着飞行器来去无踪的"神"。难道当年确实出现过这样的情景？

尽管江临枫还想多保留一会儿这种当"神"的良好感觉，但时间却不允许他们在此流连。他们很快在山下的小镇提取了几名"土著"的细胞后又往埃及赶去。对这些细胞的分析表明，"神"好像也并不青睐他们，没有在他们的基因中留下一丁点儿信息。江临枫对此次采集标本的线路首选南美感到有些后悔，这都是他的错，都怪他太把神秘的玛雅文明当回事了。看来，还得把目光投向西方，应该把采集新标本的重点放在埃及和希腊才对啊。

飞机在北大西洋上空迎着太阳高速飞行，两万米下的洋面像一张纯蓝的画布，上面随处点缀着一朵朵雪白的云彩。一小时后，满目的蓝色和白色就被无垠的黄色所替代，这是撒哈拉沙漠特有的颜色，这种颜色让人看不出一丁点水分，干燥得令人心痛。

飞机很快降落在尼罗河畔的金字塔边，面对那尊沐浴着夕阳余晖的狮身人面像，江临枫提出了一个值得玩味的问题："知秋，你说这尊石像的造型是源自古埃及人的想象呢还是源自当时的现实？"

"当然是源自古埃及人的想象呀，它是埃及哈夫拉王根据自己的头像命工匠雕刻出来的。"叶知秋不假思索地说。

"呵呵,我却不这样认为,我认为恰恰相反。"江临枫有几分得意地看着叶知秋。

"你是说它不是古埃及人头脑的产物?"叶知秋似有所悟。

"对!它绝对不是古埃及人凭空想象出来的,而是当时确实存在过这样的人狮兽。"

"你是说……它是基因技术的产物!"

"对,它就是基因技术的产物!"江临枫肯定地说,"当然,还包括传说中的美人鱼、人头马以及中国龙。"

"哦,我算是明白了,这些东西极有可能是神一时好奇临时造出来的。它们没有繁殖能力,不可能一代一代地繁衍下去,因此只能昙花一现。看来,我们得重视埃及人的基因研究了。这里应该是神活动比较频繁的地区之一吧?"

"是的,我们绝不能忽视这一地区,我们抓紧干吧。"

意识到这一地区的重要性后,他们的飞机就在尼罗河两岸蜻蜓点水般飞来飞去。在满目黄沙的棕榈树下,在灰白低矮的石头房子里,几十名当地人的基因标本被叶知秋采进了试管箱。从分析结果看,神确实青睐过埃及人,他们的基因中有 L 基因段存在。但还是因为杂交、变异等原因,致使 L 基因"污染"严重,除了读出很少已知片段外,绝大部分内容仍然无法解读。

江临枫的信心有些动摇了。难道这仅仅是神的恶作剧吗?不可能,绝不可能!可是,如果到了"拦截计划"实施的最后一刻,我们都还一无所获呢?天云怎么办?他们岂不是必死无疑了?江临枫是了解他的性格的,他真有些古希腊英雄的气质啊!

希腊英雄？他们不就是传说中的那些人神交合的产物吗？"神人交合是绝对禁止的"，基因信中明明这样写着。难道在公元前1000年前后，有神违犯了禁令，偷尝了禁果？希腊神话为何如此丰富？古希腊艺术何以达到如此辉煌的境界？难道这仅仅是个偶然吗？不！这一切一定与神有关。在公元前1000年前后，希腊一定是神最重要的表演场所，他们很可能把表演的舞台从古埃及、古巴比伦搬到了那里。对，去希腊！那里一定有更大的惊奇在等着他们。

江临枫顾不上吃饭，马上下令：改变航向，全速飞往雅典。同时，江临枫立即与"拯救地球委员会"取得联系，要他们敦促希腊政府及同行立即采集50名纯正希腊人的基因样品送往雅典。

半小时后，他们的飞机在雅典帕特农神庙的残垣断壁前降落。漫天的晚霞映照着这座位于雅典卫城最高处石灰岩山岗上的神庙，看上去显得庄严而凄美。这座始建于公元前5世纪伯利克里当政期间的神庙，是为祭祀女神雅典娜而建的。整座神庙全部用白色大理石建造，神庙前还塑有一尊用黄金和象牙制作的雅典娜雕像，堪称希腊建筑艺术中的杰作。可是，它却毁于1687年土耳其与威尼斯之间的战火，女神的金像和精美的雕刻也被盗走了。此时，仅仅从那一根根高耸的灰白石柱中还能看出几分神的威严。

江临枫和叶知秋还来不及仔细欣赏眼前的杰作，从希腊各地采集的样品就纷纷送达。一个个经过处理的细胞在江临枫的指令中被装进基因分析仪：一个、两个、三个……随着一个个标本进入分析仪，江临枫心中那个希望的气球被越吹越大。他坚信，他要的东西就在这50个标本里，就像花生仁一定会长在花生壳里一样。

当最后一个标本分析结束时，显示结果仍然是"排列文字无意义"，这个结果就像一根锋利的钢针，哧地刺破了江临枫心中的气球。他再也支撑不起早已疲惫的身躯，一下子瘫软在椅子上，一双无神的眼睛无奈地望着空荡荡的视屏，一言不发。叶知秋静静地站在他的身后，失望之情溢于言表。

经过近两小时的飞行，他们在迷茫与绝望中返回研究室。江临枫呆呆地坐在电脑前，想找几个妥帖的词去回复叶沃的期待，但最终，却只说了句："抱歉，我们已经尽力了。"

江临枫又想到了高天云。看来，在这场拯救人类的悲壮战役中，还得由他来唱主角啊 —— 尽管是一个注定要以失败收场的主角！

第8章　吞噬冥王星

　　高天云坐在母舰的指挥座上表情肃穆，目光冷峻。舷窗外，密密麻麻的飞船喷着橙红的烈焰，把深邃的苍穹映得星光灿烂。前面的 6 个电子视屏正在不停显示上下前后左右的空间情况，坐在视屏前的 6 名高级指挥员及话务员正在一边敲击键盘，一边传达指令。

　　高天云没有穿宇航服，挺括的军绿毛呢将军装使他显得格外威严。船舱显得很宽敞，但他仍然感到来自四周的压力在不停挤压着他的胸腔，压得他喘不过气来。

　　是啊，换谁来都不会感到轻松，因为这是人类有史以来最沉重的一副担子 ——2 000 艘重型太空战舰，4 万名有血有肉的太空战士，再加上一个几乎不可完成的要命任务！

　　舰队一进入太空，高天云就命令各分队按"1 号编队"飞行。整个太空舰队被分成 4 个分队、20 个大队、80 个中队、400 个小队，以小队为基本单位集结飞行，舰与舰、队与队之间的间距从 3 秒距到 10 秒距不等。

　　舰队在粒子束推进器的推动下，以高达 2g 的加速度迅速加速，在不到 9 小时内就加速到预定的 600 千米／秒，此后舰队将做匀速飞行，除了转向及调整姿态需要启动推进器外，将不再轻易耗费燃料，以确保有足够的燃料安全返回地球。

这时，整个舰队形成一条长约 50 万千米、宽约 4 万千米的长龙，活像一颗拖着长长彗尾的巨型彗星，在深邃的太空中逶迤奔突，浩荡前行！

这是人类有史以来最庞大的舰队，照理说高天云应该有一种从未有过的神圣感和骄傲感，但他却没有，他有的只是压抑、恐惧和负罪感。压抑来自对人类前途的无限忧虑，恐惧来自对超级强大的"吞噬者"的无可奈何，而负罪则来自让 4 万名太空战士陪着自己去执行这样一个不可能完成的任务。

在这种百感交集中，高天云指挥着舰队，让这条庞大的长龙沿着预定的航线向着太阳奔去。离开地球 23 小时后，舰队已经穿越金星轨道，航行距离超 5 000 万千米。两天后，舰队继续航行 1.1 亿千米，从迎面驰来的水星身边擦肩而过，这让高天云和 4 万名太空战士一起，有幸目睹了那颗时常隐没在太阳光辉中的行星的真容。当这颗中国古代称之为"辰星"的行星从舰队的左舷呼啸而过时，它那没有大气遮蔽的裸露表面展露无遗，巨大的环形山和幽深的裂谷在阳光的映照下历历在目，震撼人心！

在告别水星之后，高天云借机近距离观察了太阳。透过左舷的滤光玻璃看去，太阳看起来比大圆桌还大，显得如此之近，它表面的黑子和耀斑都清晰可见，喷发的日珥远离球面几百万千米，好像随时都会抛向惊扰它的飞船。他们的舰队也确实经受了高温的考验，有 20 多艘飞船在 600 摄氏度高温的炙烤下退出了远征的行列，这让高天云深感痛心。

然而，来自"吞噬者"的威胁却不容他有时间伤感，他必须把所有的精力放到思考对付它的办法上。他不能让旁边这个生机勃勃、正值壮年的太阳在它的碰撞下灰飞烟灭，更不能让地球上的亿万生灵在太阳死亡后身销魂殒。

当舰队飞过水星轨道切点后，整个舰队已经处于太阳的侧面，原来被太阳以及它的强光隐没的星空就显现出来。高天云已经命令随队前行的天体学家把观测目标锁定到"吞噬者"上，并随时向母舰同步传输它的运行数据。

"吞噬者"的图像已经出现在前面的大视屏上了，只见在漆黑的天幕上，一颗绿豆大小的小灰点似有若无，在它的右边，一颗硬币大小的星星发着柔和的光亮。经过天体学家周际指点，高天云知道这是一幅经过高倍放大的图像，中间的小灰点就是"吞噬者"，右边的"亮星"就是冥王星，而那颗处于同一方向的海王星刚好被框在图像之外。此时的冥王星处于近日轨道，离海王星只有 12 亿千米。

高天云久久地注视着那个不起眼的小灰点，再次陷入沉思之中。它究竟是个什么东西呢？如果真是颗黑矮星，那可就麻烦了。莱登·伯格的预测和演示应该是正确的，我们的核弹在攻击它时还来不及爆炸就会变成等离子状态，然后就变成它的一部分了。如果真是那样，我们还有别的办法吗？看来真得用上那最后一招了，就让这 4 万名太空战士跟着我去陪葬吧。嗨，若它是一艘外星人的巨型飞船就好了，那样它就不会去撞毁太阳。即便它有恶意，它的目标无非是来争夺太阳系罢了，也比是黑矮星要好，也不至于让地球生命完全灭绝，何况，我们还有同它拼死一搏的机会，即使拼个全军覆没也在所不惜。这样一来，佳欣和飞雪她们就有机会活下去了，地球上的 80 亿人类就有机会继续创造灿烂的文明了……

正当高天云再次由"吞噬者"想到江临枫的"发现"时，坐在他右侧的天体学家周际突然一声惊呼："快看视屏！"

高天云一惊，赶忙把目光投向视屏，只见那个钱币大小的冥王星以及它的伴星卡绒，正在迅速移向旁边的小灰点，转瞬间就不见了。

"怎么回事？"高天云惊问。

"冥王星和卡绒被它吞噬了。"周际颤声说。

"这怎么可能？连一点碰撞的痕迹都没有。"

"唉！怎么说呢？主要是接触的那一瞬间速度快得难以置信，快得冥王星还来不及爆炸就变成'吞噬者'的一部分了。"

"太可怕了！"那几名高级指挥员几乎同时发出了惊呼。

高天云虽然同样感到了害怕，但他的心中却涌起一丝希望："对了，你测测它的轨迹，看是否有一些变化。"

"好的，我马上。"周际说着劈劈啪啪敲击了一阵键盘，"好像有点偏移，遗憾的是，偏移率还不到百亿分之一。"

"你是说偏移率太小？"

"是的，小得还不足以错开太阳轨迹。"

"唉！"高天云摇头叹气，痛心疾首，"怎么就不能多偏那么一点点呢？就那么一点点！那样我们就省事了。"

尽管惋惜，但高天云还是从这次碰撞中看到了改变"吞噬者"轨迹的希望，这无疑又让他重新找回了成功实施"拦截计划"的信心。

这时，高天云回望地球，只见一直在变小的蓝色星球就要被挡在太阳光芒的后面，凭肉眼已经看不分明了。

第9章　龟兹干尸

　　"拦截计划"可能无法改变"吞噬者"轨道的传言，以及随之而来的无法找到"行星推进器"启动办法的消息，就像两只漆黑的巨翅，迅速扑灭了人类刚刚燃起的希望，地球迅速陷入极度混乱之中。人类的末日感从来没有像现在这样强烈过，对生的绝望迅速转化成对死亡的恐惧和对生命的憎恨，所有指向自身和指向外界的愤怒都在那一瞬间爆发了。于是，无怨无悔的自杀和肆无忌惮的残杀纷纷上演，而大张旗鼓的通奸和强奸则成为人类留恋生命的最后一道风景。人类不再需要秩序，也不再需要尊严，生命的烈火在熄灭之前就是燃烧得这样肆意，这样惨烈！

　　"拯救地球委员会"的精英们却不甘心人类的生命之火就此熄灭，他们用连续召开会议的方式，来表达对生命的尊重和对挽救人类的竭尽全力，尽管只是一些混乱的争吵和毫无建树的讨论。在江临枫的破译毫无进展之后，他们又把赌注押在了高天云身上，希望他能在危难时刻找到最佳的拦截方式。

　　袁佳欣是在"拯救地球委员会"赶制的"高天云专访"上觉察出丈夫义无反顾、视死如归的决心的。她独自一人坐在客厅的沙发上，看着视屏里丈夫清瘦的面容，心里倍感酸楚。她已经非常清楚，如果人类拿不出比"拦截计划"更好的办法来拯救地球，高天云就不可能回到她身边了，他将和 4 万名太空战士一道，把土星轨道圈附近的那片星空作为自己最后的战场和墓地。没想到河西航天城一别竟会成为永别！袁佳欣沮丧极了，她决定去找江临枫，现在，也许只有他才能挽救天云了。

袁佳欣走进江临枫家的客厅时，他正和尚雅仪坐在沙发上木然地望着电视。

"临枫，你救救天云吧。"袁佳欣等不及坐下，就用少有的哀怨眼神望着他说。

"佳欣，你坐下来说，天云不是好好的吗？"尚雅仪疑惑地打量着她的同事。

袁佳欣在江临枫身边的沙发上坐下，目光里带着祈求："不用瞒我了临枫，快告诉我实情吧！"

江临枫看着袁佳欣红肿的眼睛，知道她已经哭过："唉，其实，天云一开始就没打算回来。"

"怎么可能？他走的时候显得那样从容自信。"尚雅仪插言说。

"快说说，他都对你说了些什么？一定要告诉我实情！"袁佳欣急切地问。

"这就是天云的性格，他不会把心中的恐惧轻易在女人面前表露。他在临走前曾约我到其香居茶馆，从交谈中我听出了他对'吞噬者'的恐惧，也听出了他赴死的决心。他把你和飞雪都托付给我了。"

"天哪！他居然骗我，他……"袁佳欣急得浑身战栗起来。

"佳欣，你别急，临枫会有办法的。"尚雅仪赶忙移到袁佳欣身边，把她搂在怀里，回头对丈夫说，"临枫，你快想办法呀，你忍心看着佳欣这个样子吗？"

"这个……我……好吧，我这就到研究室去，只有把基因信全部破译了，找到了'行星推进器'的启动办法，才能让天云他们放弃'拦截计划'。雅仪，你好好陪陪佳欣，我必须抓紧时间干才行。"江临枫说着起身就往门外走。

"你放心去吧，我们等着你的好消息。你可一定要抓紧啊！"尚雅仪目送丈夫走出大门，心里顿时显得空落落的。

"哎，今天是几号了？"江临枫从门外探回头问。

"24 号。你问这个干吗？"尚雅仪觉得他怪怪的。

"没什么。我是想'吞噬者'已经出现快一个月了。哦，差点忘了，下午学校来过电话，要我们赶快把孩子接回家，说是怕出意外。"

江临枫走后，两个女人就在傍晚的余晖中，驱车赶到孩子们就读的第一实验小学。果然，学校已经处于无序状态，昔日安宁的校园已经被车声、喊声、哭声弄得乱七八糟。两个女人的心都吊到了嗓子眼儿。她们的车被堵在校门处无法动弹，只得下车在狭窄的车缝和人流中穿行。挤了将近十分钟，才挤到子豪和飞雪就读的"培英楼"前，等她们气喘吁吁赶到孩子们的教室时，里面已经空无一人，也不见老师的影子，连欧阳可心的电话也打不通了。她们又赶到孩子们的宿舍，仍然没有他们的踪影，还在楼道中大声吆喝的生活老师也说不知他们的下落，她已经找过好几回了。两个女人听了心里直发毛。正在他们不知所措的时候，子豪和飞雪牵着子都从幼儿园那边蹦蹦跳跳地跑过来，弄得两个女人喜极而泣。

第二天一大早，江临枫一脸倦容地回到家。袁佳欣已经过来帮着尚雅仪弄早餐，3个孩子正在草坪上做早操。

"临枫，这么早回来，是不是……"袁佳欣放下手中的刀叉，从厨房跑过来问他，问到一半就打住了，她怕得到一个她不愿得到的结果。

尚雅仪端着一盘糕点，也跟了出来："是不是已经找到解决办法了？"

江临枫看了两个女人一眼，一屁股瘫到沙发上，疲惫不堪地闭上了眼睛。

"那你回来干什么？佳欣正着急呢。"尚雅仪把糕点搁到茶几上，"来，先吃点东西，吃饱了回去接着干。"

"叶知秋在研究室看着，有情况她会通知我。"

"那你认为还有希望吗？"袁佳欣急切地问。

"又把基因库中的标本反复分析了两三遍。"

"你的意思是……"袁佳欣连把话问完的勇气都没有了。

"除非能找到更原始更纯正的基因。"江临枫不敢看袁佳欣的眼睛。

这时，3个孩子一阵风跑进客厅，围着江临枫要他讲故事。两个大孩子分坐左右，说他们非常想听他上次讲的神族的故事。最小的孩子子都却自得地骑在父亲的腿上，一边用小手揉着他的耳朵，一边吵着说不听神族的故事，要听龟兹干尸的故事。

"龟兹干尸？你听谁说的？"

"哥哥给我讲的，他讲到一半就不给我讲了，他真坏！"

江临枫心里一颤！那不是几十年前克孜尔千佛洞附近挖出的那具色目人女尸吗？他赶紧放下女儿，到书房的电脑中很快搜到了这个条目：

龟兹干尸 —— 于 2048 年在克孜尔千佛洞附近的古墓中发现，现存放于龟兹博物馆内。该干尸为一年轻女性，尸体保存完好，出土时皮肤尚有弹性，头发为金黄色。经遗骨 DNA 鉴定法测定，该干尸为"色目人"，具有纯正的希腊血统，距今已有 1 500 多年的历史……

读到这里，江临枫放大了旁边的干尸图片 —— 出现在他眼前的简直就是一副沉睡的雅典娜女神！

江临枫感到他的身心都在那一瞬间紧缩了，直觉告诉他，在这具 1 500 年前的希腊女尸身上，很可能隐藏着神的基因信的全部内容。

此时已是晚上 8 点，江临枫立即和叶知秋乘坐研究所的小型飞机赶往那里。

好在路程不是太远，他们于 21:30 分左右在克孜尔千佛洞附近的一片平坦的沙漠上降落。此时的千佛洞正值日落时分，大漠孤烟，长河落日，仿若时空倒转，又回到千年以前！

江临枫叫飞行员小李在飞机上待命，飞机不要熄火。他和叶知秋一人背工具包一人提采集箱，踩着松软的沙子向那座伊斯兰风格的博物馆走去。在博物馆西北约 300 米处，千佛洞在那面土黄色的崖壁上张着一张张幽暗的大口，那些面容平和的佛像和风格质朴的壁画隐约可见。在前面的空地上，有 3 架小型飞机停在那里，但却不见一个人影。他们穿过一片胡杨林，来到那座描绘着飞天和各族文字的宫殿前。江临枫略微迟疑了一下，才跨进那扇穹顶高耸的大门，颇有种一步千年，瞬间进入古龟兹宫殿里的感觉。可这种感觉只在他脑中停留了几秒钟，一种异样的气息就飘进了他的鼻孔 —— 是一股浓浓的血腥味。

"不好，知秋！"他一把拉住她闪到旁边的树丛中，凝神聆听了好一会儿，除了沙漠上空呼呼而过的风声，再听不到一点人为的动静。他这才牵了她蹑手蹑脚地穿过 30 来米宽的露天前厅，跨进展览厅的大门。可是，眼前的情景却吓得他们差点昏厥。

只见大厅中央那个床榻形的展台上，原本安然沉睡的龟兹女尸已经被人粗暴地亵渎过了，她身上的织物被全部扯掉，蜡黄色的裸体让人触目惊心。在床榻前的地板上，有 3 名男管理员的尸体横陈在玻璃和织物的碎片上，几汪还在冒着热气的鲜血正在缓缓扩展。在展台左侧的角落里，有两名女管理员一丝不挂地躺在血泊中，刺目的弹孔清晰可见，尚有一些细腻的血泡儿在无力地流淌……

"啊 ——"叶知秋尖叫一声，惊倒在江临枫的怀里。

江临枫也感到周身无力，双腿发软，但他还是极力支撑住自己扶住叶知秋，颤声说："知秋，别怕！你快站好！我们得赶快离开这里！"

等叶知秋一站稳，他就立即奔到女尸身边，准备在她那原本美丽的头颅上钻孔采样。但却一眼瞥见女尸左手无名指已经只剩一点皮肤相连，就将其扯了下来。就在他扯掉指头的一刹那，他看到女尸纤瘦的裸体动了一下，把两只在那干瘪的胸脯上乱爬的苍蝇吓得逃之夭夭。

"我们快走！"江临枫拉了叶知秋往外便跑。

刚一跑出大门，就看见五六个金发碧眼的人正朝那几架飞机走去。看样子，他们已经把这片沙漠圣地洗掠一空，正打算走人。但叶知秋的突然现身，却让他们又找到了狩猎对象，他们纷纷扔掉手中的佛头佛身，狂叫着向这边飞奔过来。

江临枫大叫一声"快跑"，拉了叶知秋向他们的飞机跑去。接着就响起了刺耳的枪声和子弹的呼啸声，缕缕白烟在他们身边的沙地腾起。幸好有胡杨林的遮挡，他们才在那些人追出树林之前爬上了飞机。

飞机立即起飞，向东方全速飞行。

江临枫看了看身边毫发未损的叶知秋，又摸了摸抱在腿上的装有女尸手指的采集箱，才稍稍松了口气说："真险！像拍恐怖片。"

"我好怕，他们会不会追上来呀？"叶知秋的身子还在抖个不停。

"别怕，他们追不上的，只要一穿过前面的塔克拉玛干沙漠就不怕了，他们不敢追那么远。"

正说着，飞行员小李突然叫了声"不好"，视屏上有 3 个小白点正在迅速变大，"该死，他们追上来了。"

"我们该怎么办？能甩掉他们吗？"江临枫着急地问。

"他们是武装飞机，我们……"小李回头望着他们，一张稚气的脸上只剩苦笑。

"我们必须甩掉他们，不然我们就惨了！"江临枫大吼。

"好吧，我试试。"小李说着，让飞机呼地转了个大弯，向另一个方向飞去。几分钟后，下面出现了一片密密麻麻的红沙土林。"我们到下面的洞穴中去避一避吧。"说着，飞机在一块被奇形怪状的土林包围着的空地上降落。

"快下去！那边有个构造复杂的洞穴。"小李指了指前面那个驼峰状的土林说。

"你真神啊，是不是以前来过这里？"叶知秋问。

"是的，我以前带女朋友来过。你们赶快下去，到里面去躲一躲，他们找不到你们的。"

江临枫背上采集箱，牵着叶知秋一起跳下飞机。当他转身去叫小李时，飞机的舱门正在缓缓关闭，在那个越来越窄的缝隙中，那张稚气的笑脸正在渐次消失。"小李！你想干啥？快下来！"

"你们和所里联系吧！我必须把他们引开，不然我们都得……"后面的话被发动机的轰鸣吞没了。

飞机腾空而起，席卷的风沙差点把他们吹倒。等江临枫睁开眼睛，飞机已经消失得无踪无影。还没等他回过神来，就有3架飞机从头顶呼啸而过，紧接着传来一声剧烈的爆炸声。

江临枫和叶知秋明白，小李肯定还来不及跳伞，多半是遇难了。泪水很快在他们沾满尘土的脸上冲出两道湿漉漉的沟槽。

"这下惨了，我们该怎么办？"叶知秋眼泪汪汪，像个灰姑娘似的望着蓬头垢面的江临枫。

"别害怕，我马上跟所里联系，叫他们通知当地派飞机过来，我们不会有事的。"江临枫说着就去掏手机，摸遍了所有口袋都没找着，"完了，我的手机跑丢了。知秋，你的呢？快拿出来！"

叶知秋赶紧摸了摸放手机的口袋，"我的也跑丢了，一定是在克孜尔千佛洞前跑丢的。这下我们真的完了……你听，飞机过来了。"

"快跑！"江临枫拉上叶知秋像两只兔子似的钻进了前面的洞穴。

这里的洞穴果然如小李所说，构造复杂，就像一座天然迷宫。他们没有手电，只得手牵着手在昏暗中摸索前行。洞外的飞机声时远时近，说明那几个人对叶知秋的美色并未死心……

就这样，他们在这座黑暗的迷宫中钻来钻去地忙活了许久，在听不到飞机的嗡嗡声后才在一处比较宽敞的地方坐下来。这时，他们已经又饥又渴又累。叶知秋靠在江临枫身上，已经无力说话，汗湿的内衣贴在身上，弄得她浑身难受，渴望立即洗个热水澡的愿望让她忘记了饥渴。江临枫搂着周身冰凉的叶知秋，一种难以名状的恐惧和一股深深的怜惜同时折磨着他，让他的心比额头上的伤口还要疼。他觉得此时最对不起的人就是叶知秋，他不该拉她同自己一起涉险……

第 10 章　神的"礼物"

　　飞机在沙漠深处发生剧烈爆炸的图像被卫星获得后，很快便传回地面。当地空军和警察立即出动数十架飞机到爆炸地点展开调查。克孜尔千佛洞遭劫和国家基因研究所飞机失事的消息很快传到了 Z 国高层和"拯救地球委员会"那里，在得知江临枫他们不在死难者之列后，卡罗尔立即敦促 Z 国政府，必须尽一切可能找到他们。于是，一场以爆炸点为中心的搜救行动全面展开，当地空军几乎倾巢出动，动用了包括夜间红外搜索仪在内的所有先进仪器，对整个塔克拉玛干沙漠西北及其边缘展开了地毯式搜索。

　　整个搜救行动一直持续到第二天下午，正当军方已经对这次搜救行动失去信心的时候，一名进入洞穴的搜救队员在一个非常隐蔽的垂直岔洞中发现了他们。从现场的情况看，江临枫和叶知秋是在摸索着寻找出口时跌下去的。他们曾试图爬上来，但洞壁太陡，徒劳的攀缘已经把他们弄得筋疲力尽。等队员们把他们抬出洞穴时，他们已经变成了两个十足的"灰人"。经初步诊断，他们脱水比较严重，已经处于昏迷状态。在经过紧急救护后，他们才渐渐苏醒过来。还好，除了江临枫的额头有一个明显的伤口外，他们并没有出现骨折之类的肢体损伤，因而在输液喝水后就能站起来了。江临枫拒绝了到军区医院治疗的安排，他说他们的当务之急只有两个，第一是洗澡吃饭，第二是赶回研究室立即破译龟兹干尸的DNA。

2月26日晚上10点，江临枫蛮有把握地把希腊字母输进了基因分析仪里，然后就坐在电脑前耐心等待。他从来没有如此期待过，也从来没有如此紧张过，他感觉他的胸口在有节律地不停收缩，他的身体也在不由自主地抖个不停。龟兹女尸来自一千多年前的希腊，她的基因一定比现代希腊人的基因纯正。

希望越大，失望越大。最终江临枫等来的还是那串"排列文字无意义"，他绝望了。他无神地看着那排残酷无情的汉字，开始设想最后这段日子的过法，甚至怎样自杀的方式都已经想好了。

这时，叶知秋突然叫了起来，"老师，你输的是希腊字母吗？"

"你问这些还有什么用？"江临枫沮丧到了极点。

"错了，应该输希伯来字母！"

"你说什么？希伯来字母？你让我往希腊人的基因里输希伯来字母？"江临枫莫名其妙。

叶知秋肯定地点点头："对，希伯来字母！你想啊，神族在几千年前写基因信的时候，怎么可能根据不同的种族用不同的语言代码去编写呢？他可管不了那么多，他们只用了一种语言的代码，那就是希伯来文。"

江临枫猛拍一下还缠着绷带的脑门，恍然大悟，"我怎么这么糊涂啊？上次分析希腊人的标本时就犯了同样的错误！我差点坏了大事！"

"别自责了，快把希伯来字母输进去吧！"

江临枫一下来了精神，噼里啪啦就把几十个字母输进了基因分析仪。

这之后，一段文字出现在视屏上：

你们当时实在太无知，根本不知道末日就要降临。你们仍然在丛林中嬉戏、狩猎，用燧石击火升起的袅袅炊烟证明你们是多么的无忧无虑。告诉你们吧，这个行星推进器就建在南极极点上，是用一种高强度超轻中性物质建成的。推进器的底座呈缓锥形，高度为 1/10 000 行星直径，锥底直径为 1/1 000 行星直径，锥口直径为 1/20 000 行星直径，上接高为 1/60 000 行星直径的圆柱形能量释放室，在其上连接着一根直径为 1/20 000 行星直径、高为 1/200 行星直径的喷射管，在喷射管的顶部，有两组气流控制阀，一组控制行星的自转速度及方向，一组控制行星的前进方向。

推进器的能源是一种你们的星球上没有的特殊物质，是在 300 光年外的克俄石尼星尘中开采来的，它能在一种你们所不能理解的反应过程中发出惊人的能量，足以把第六行星加速到 90% 光速。当然，这个推进器的建造极其复杂，我们用了 42 个自转圈才把它造好。

为了预防将来发生类似的灾难，我们在迁徙成功后把它保存了下来。为了避免无知的破坏，我们已经把喷射管卸下。到时候，你们打开南极冰盖，就会发现那个巨大的暗灰色金字塔，只要把散放在周围的喷射管挖出来装上就行了，就像小孩玩积木那样简单。好了，祝你们好运吧。

接下来电脑打出一行闪烁的红字：L 基因破译完成，OK！

在一阵欣喜若狂之后，江临枫坐到电脑前，准备敲击键盘，把这个救命消息发给"拯救地球委员会"，可他却迟疑了。"喷射管"？"挖出来装上就行了"？"像小孩玩积木那样简单"？听起来真是玄之又玄！这样一个能把地球搬家的巨型推进器真的如他们所说的那样简单吗？江临枫不敢想下去了，他在极力镇静了一会儿之后，才敲击键盘接通了"拯救地球委员会"的电话。

不一会儿，视屏上出现了卡罗尔的头像。

"你好！江先生。你的表情怎么这样怪，是不是又失败了？"卡罗尔诧异地看着他。

"不，卡罗尔先生。"江临枫停顿了一下，"但我不知道该不该告诉你。"

"说吧。听起来好像有新进展了，快告诉我。"卡罗尔那迫不及待的样子像要从视屏里跳下来。

"基因信上说，南极那个行星推进器是他们特意留给我们的礼物，只需把散放在'金字塔'周围的喷射管挖出来装上就行了。"

"就这么简单吗？江先生，你不是在开玩笑吧？"卡罗尔惊喜得眼球都差点滚出来。

"我们都快累死了，还有精神开玩笑？"叶知秋凑到视屏前有气无力地说。

江临枫轻点鼠标，把刚刚破译的内容全文发了过去："您先看看，可能当务之急就是挖出喷射管，安装推进器了。"

卡罗尔的表情由迷茫到惊愕再到狂喜，最后居然像小孩那样蹦跳起来："很好，江先生……你等着，我待会儿跟你联系，我一定要好好奖励你！"

等待卡罗尔回电话的这段时间显得格外漫长。江临枫内心思潮翻滚，回味着近来所发生的一切……时间过得太慢了。正当江临枫急不可耐时，卡罗尔的电话终于来了，是通知江临枫他已被正式提名为"拯救地球委员会"增补常务委员、叶知秋为委员的，并命令他们即刻前往 N 市参加紧急会议。

怎么会这样？我怎么就成"拯救地球委员会"的常务委员了？江临枫兴奋且头大……

在国家航天局接他们去 N 市的飞机上，江临枫想到了远在数亿千米之外的高天云。他想把这个好消息尽快告诉他，给他带去一份惊喜。和高天云通信的申请很快得到批准，但想到高天云和地球的遥远距离，适时通话已经不再可能，江临枫就拟好一份电文发了出去。内容如下：

天云兄：

你好！河西航天城一别一晃 8 天，甚念！

我已经把神族的基因信全部破译出来，待会儿我会把它的全文附在后面发给你的。结果正如我当初对你所讲：南极金字塔确实是一个巨大的行星推进器，是专门为人类遇到类似灾难而准备的。现在要我们做的事情非常简单，就是把散置于推进器周围的喷射管挖出来装上就行了。"拯救地球委员会"已经增补我和叶知秋为委员，我们正在飞往 N 市的途中。"拯救地球委员会"已经准备采纳我的方案，我正准备立即拟订一个"行星迁徙计划"提交委员会讨论，至于能否取代"拦截计划"，就要看表决的结果了。

天云，我知道你是抱着赴死的决心去执行"拦截计划"

的，我理解你临别时的心情。你压根儿就没打算再回来，你说过你不想让 4 万名太空战士为你陪葬，但"不想"恰恰说明你已经那么"想"了，你已思考过最坏的结果。

现在好了，有了另外一种可行性方案，如果可行，我想提出停止"拦截计划"的建议，你做好返航的准备吧。

天云，我知道你很难完全相信这样的事实，但我以我们多年友谊的名义起誓：这一切绝对是真的。

祝安好！

临枫

2 月 26 日午夜

江临枫写完信，连同基因信的内容一并发了出去。接下来就是漫长的等待。在这期间，江临枫与同行的航天专家一起对"行星迁徙计划"实施步骤进行了初步设想。

一小时后，差不多快要下飞机时，江临枫接到了高天云的回电：

临枫兄：

你好！首先感谢你这份来自地球的问候，我和我的同事都倍感温暖。我们的舰队已经越过火星轨道圈，正准备小心翼翼地穿越小行星带。8 天了，我们非常想念你们，非常想念地球！

临枫，我代表 4 万名太空战士向你祝贺，祝贺你为人类燃起了另一份希望！

基因信的内容我已经反复研究，我相信那是真的，如果真能把地球安全地搬到另一个星系去，那也不失为一个完美而浪漫的办法。不过，临枫，把地球搬家绝非候鸟迁徙那么简单，你想过没有，留给我们的时间已经不多，你能在这短短的两个来月时间里把那些喷射管从冰盖中挖出来并安装好吗？还有，推进器怎么启动、怎么控制，目前你清楚吗？我觉得"行星迁徙计划"是没有把握的，或者说对正处于危机中的我们来说，是个不可完成的任务。

因此临枫，我不得不十分遗憾地告诉你，我不会放弃"拦截计划"，就算接到"拯救地球委员会"的终止"拦截计划"的命令，我也将拒绝执行，除非你能在我们与"吞噬者"相遇前让地球启动。当然，我必须申明，这并不是在打击你，我也希望你能够取得成功。

好了，就说到这里，拜托你常常去看看佳欣和我的女儿，我会在心底感激你的。

祝成功！

天云

2 月 27 日凌晨

第 11 章 "行星迁徙计划"

N 市时间 2 月 26 日下午 14 点 30 分，江临枫的飞机降落在联合国总部大楼前。

此时，阳光暖洋洋地照在大楼前的广场上，那排飘扬着各国旗帜的旗杆泛着白亮的光，有几名不同肤色的男女在前面的马路上匆匆走过。

江临枫一行一下飞机，4 名穿风衣戴墨镜的男人就把他们带进设在底层的"安检室"，在经过包括 DNA 核对在内的身份确认后，一名有印第安血统的女人把他们引进了"拯救地球委员会"的会议大厅。

这是江临枫第一次跨进这个大厅，他原来只是在电视上见过，没想到今天真的踩在这幽暗的橄榄绿地毯上了。

哗！如潮的掌声骤然响起，江临枫仿佛置身于钱塘大潮的潮头 —— 既惊险又刺激。

看着几百名起立欢呼的委员，江临枫不好意思地摸了摸头上的绷带，快步走上主席台，卡罗尔用一个热烈的拥抱来迎接他的登场。之后将一枚镶嵌着钻石图案的金质奖章挂到他的脖子上时 —— 这一切来得太突然了，甚至有些滑稽！

"给大家讲几句吧。"卡罗尔提醒江临枫。

江临枫看着台下几百双眼睛，结巴了半天才表达出如下几层意思：一是自谦，二是说明仅知道"南极金字塔"是行星推进器还不够，三是指出"吞噬者"如果确实是一颗黑矮星的话，从科学角度讲"拦截计划"是无效的，四是提出必须立即制订一个可行的"行星迁徙计划"来取代"拦截计划"……

尽管江临枫略显局促不安，讲得有些语无伦次，但还是赢得了经久不息的掌声。

接下来，卡罗尔主席提议对江临枫的建议进行现场辩论。

在一阵短暂的沉默之后，英国天体物理学家莱登·伯格首先对制订"行星迁徙计划"提出质疑。他认为仅凭江临枫目前所提供的信息，就贸然制订地球搬家计划是荒谬的，甚至是疯狂的，即便那个推进器是真的，在如此短的时间内没人能保证成功组装和启动那个推进器，就算启动了那个推进器，但能保证地球能成功逃离太阳系吗？就算地球能成功离开太阳系，但能保证地球可以安全找到另一颗太阳吗？另外，即便这些都能实现，但在漫长的搬家途中，人类能抵抗得住那要命的饥饿和酷寒吗……

莱登·伯格提出的一连串问题让与会人员无言以对，会议现场鸦雀无声。见众人无语，莱登·伯格总结道："与其将希望寄托到这个毫无把握、遥遥无期的'行星迁徙计划'上，倒不如继续执行那个漏洞百出的'拦截计划'……"

"起初反对'拦截计划'的是你，现在支持'拦截计划'的还是你……关键是，如果'拦截计划'失败了呢？"有委员毫不客气地质问他。

　　众多委员对莱登·伯格的观点持反对意见，但也有一部分委员支持他的观点。众委员分成两派，唇枪舌剑，互不相让。

　　卡罗尔见双方争论不休，便和身边的两位副主席商议了一下，然后说道："各位委员，辩论到此结束，暂时休会。请 M 国天体物理学家罗伯特先生和中国基因学家江临枫先生牵头，立即组建行星迁徙计划草拟小组，务必于明天上午 9：00 开会前完成草案，提交大会讨论表决。同时，请 Z 国航天局和 M 国航天局马上对离地球 15 光年以内的恒星及所在星系的宜居情况进行分析，尽快筛选出适合人类定居的恒星，把相关资料提供给计划草拟小组。"

　　接下来的 16 个小时，在 N 市世界饭店 78 层的一个总统套房里，罗伯特和江临枫以及其他"行星迁徙计划"草拟小组人员紧张地忙碌着。整个过程封闭进行，那扇豪华胡桃木双扇门一直紧闭着，通道的两头有十多名警察把守，任何人休想踏进半步。

　　在江临枫他们闭门草拟"行星迁徙计划"的过程中，"拯救地球委员会"并没有闲着，卡罗尔主席已经命令部分委员先期抵达南极，开始着手南极工地的前期准备工作。

　　N 市时间 2 月 27 日上午 8：30，那扇整整关闭了 16 个小时的胡桃木双扇门终于开启，20 多名满脸倦容的计划草拟人员鱼贯而出。江临枫手捧刚刚草拟出来的计划，神色显得非常紧张，好像捧着的不是一个纸质的卷宗，而是一块随时都可能掉到地上的玻璃。

　　世界饭店到联合国总部本来只有四五分钟车程，但涌入联合国大楼四周各大街区的游行队伍阻塞了交通。他们在数十名防暴警察挤出的人缝中艰难前移，四周都是攒动的人头、飘扬的旗帜和震耳欲聋的吼声。

江临枫看见左侧有一位干瘦的老头尽管被一波接一波的人浪挤得前仰后合，但还是拼命高举着手中那块用包装箱制作的标语牌，上面是两行英文书写的醒目红字——我们决不离开太阳！太阳系是我们永远的家园！

9 点 10 分，江临枫一行挤出人海，进入联合国大楼会议厅，在数百道目光的注视下，将"行星迁徙计划"郑重交到卡罗尔手里。全场因此响起一片雷鸣般的掌声。之后，卡罗尔才开始宣读这个计划。该计划长达一百多页，包括迁徙目标、实施程序、实施机构、日程安排等等，内容十分详尽。

随后，"拯救地球委员会"分专业分小组对"行星迁徙计划"的各项内容进行讨论，又提出了许多可能产生的问题和具体应对策略，确定了各个机构的人员构成和各国承担的任务及物资分摊方案。

最后，尽管莱登·伯格以愤然离席的方式坚决反对，但该计划还是以投票的方式得以通过。

在这个计划中，江临枫被任命为行星推进器技术委员会主任，叶知秋被安排担任他的助手。杰克被任命为行星推进器特别工程队总队长。同时，拯救地球委员会命令高天云停止执行"拦截计划"，火速带领太空舰队赶回地球参加行星推进器的突击组装工作。

会议一直持续到下午 4 点。最后，卡罗尔重申了"行星迁徙计划"的保密级别为橙色，也就是最高级别，任何向外界透露该计划信息的行为都将受到严厉的惩处。为了确保万无一失，拯救地球委员会安排所有委员集中下榻世界饭店，收缴了所有通信工具，并且不得随意外出。委员之间的联络只得用临时内部网络进行。

晚宴上，江临枫和叶知秋被安排在首席，卡罗尔和叶沃频频向江临枫敬酒，许多委员都来向他表示祝贺，祝辞不断，镁光频闪，把他们搞得眼花缭乱，难以招架。很快，时差和酒精的双重作用就让江临枫昏昏欲睡，他不得不起身抱歉地向卡罗尔告辞："对不起，主席先生、各位朋友，我实在撑不下去了，我现在最需要的是休息。"

"噢，你太累了，头上的伤也还没好，那您赶紧回房休息吧，还有更重要的任务等着你呢。您快去吧，江先生。"卡罗尔抚了抚他的头上的绷带，催促他说。

叶知秋跟着站起来说："江老师已经三天三夜没合眼了，就是变形金刚也受不了呀！"

"哦，我们怎么没考虑到这个呢？"叶沃歉疚地说，"知秋，你先带江先生去休息吧，待会儿爸爸到你房间去找你。"

"好的，爸爸，我马上带江老师回房间。主席先生，各位先生，我们先告辞了。"

叶知秋把江临枫带到他的房间，为他准备好换洗衣服和洗漱用品，并为他放好满满一缸热水。

"江老师，快去洗个热水澡吧，然后美美地睡上一觉，明天就会轻松的。"

"谢谢你，知秋。你也早点休息吧。"江临枫打着呵欠，看着刚刚忙完的叶知秋，有些歉意地说。

……

第二天，江临枫还在睡着，楼下突然响起尖利的警报声。江临枫一惊，翻身下床，拉开落地窗帘下望，只见楼下的大街上，警灯闪烁，人声鼎沸，在几辆警车围成的一个圆圈内，好像有一个人伏身在地，周围的血迹呈放射状。

他正在猜测发生了什么事情时，房间的电话响了。他转身抓起话筒："喂，哪位？……什么？莱登·伯格？……你是说楼下的那个人是他？"话筒从他的手中滑落到地板上。

江临枫呆住了。一想到在几分钟前，全球最伟大的物理学家曾飞过他的窗户做自由落体运动，他的脸色瞬间铁青。

等他赶到楼下时，莱登·伯格的尸体已经被运走，只剩一摊血迹。

莱登·伯格从99层跳楼身亡的消息迅速扩散，一场以反对"行星迁徙计划"为主题的全市性示威行动很快爆发，愤怒而绝望的人们如浪潮般从四面八方向联合国大楼和世界饭店涌来……烧、杀、抢、砸、汽车炸弹等恶性事件比比皆是，"拯救地球委员会"岌岌可危。

卡罗尔极为震惊，不得不向M国求援。因为暴力程度远超想象，M国不得不出动军队镇压，很多不听劝告的民众因此丧生。

形势非常严峻，"拯救地球委员会"为此不得不再次召开会议，对"行星迁徙计划"进行重新审议。由于民众反应过于激烈，一些委员开始反对"行星迁徙计划"，并对其正确性和可行性提出质疑，有的甚至完全归咎于江临枫，要江临枫对莱登·伯格和无数无辜者的死，以及对即将出现的更可怕后果承担全责。这让江临枫感到前所未有的恐惧，他当时真希望跳楼的不是莱登·伯格，而是他自己。

　　莱登·伯格自杀的消息很快传遍世界，有关"行星迁徙计划"的种种传言迅速造成世界性恐慌。对太阳的依恋让很多人对"行星迁徙计划"产生极端抵触情绪。一句话，要让他们离开现存的太阳去寻找别的太阳是一件无法想象的事情。特别是在 H 市，一些人愤怒地冲入国家基因研究所，卓尔因此被打得头破血流，不幸做了一次江临枫的替罪羊。江临枫的妻子尚雅仪，也陆续收到了一些恐吓电话，威胁她立即转告江临枫，赶快上网申明基因信内容是假的，不然如何如何之类。局势越来越混乱，Z 国军方不得不采取果断措施，把国家基因研究所和江临枫的妻子儿女保护起来。

第 12 章　揭开南极冰盖

3月1日，江临枫和叶知秋飞抵南极。

本来江临枫不打算让叶知秋去的，几天前的沙漠历险让他心有余悸，他不想再让她跟着一起到南极涉险，但叶知秋抬出了父亲叶沃，她说是父亲要她亲临南极第一线，以便随时向他报告南极的最新情况，再说江临枫头上的伤还没好完，万一有个头疼头晕什么的，她也好照顾他。江临枫只好勉强答应了。

此时的南极日照越来越短，就要进入极夜了。飞机着陆时，正是中午时分，血红的太阳挂在北方茫茫的雪野上，显得异常醒目。

前些天已下过几场雪，先前裸露的岩石有好些又被覆盖了，这无疑会给"喷射管"的挖掘和"推进器"的安装带来新的麻烦。那座暗灰色"金字塔"在远处静立着，显得很小，不得不让人担忧它能否担当起推动地球的重任。在飞机停靠的地方，已经搭建好许多临时棚屋。在这些棚屋的前面，摆放着无数的推土机、挖掘机、载重汽车和垂直起降飞机等重型设备。这些建筑和设备呈弧形向两边延伸，一直延伸到那个金字塔的对面，直至把它团团围住。在棚屋和金字塔之间的雪地上，已经划出一条显眼的红色弧线。显然，由这条红线圈定的圆圈内的范围就是要在最短时间内清除积雪和坚冰的范围，估计半径达 10 千米以上。如果按基因信中所写"座高为 1/10 000 行星直径",那么就可以推算出冰层的平均厚度尚有 300 米左右,由此算出所要清除的冰雪体积当在 900 亿立方米以上,工程量之大,令人瞠目。

江临枫和叶知秋下了飞机,在经过严格的身份核实后,就有人把他们带进分配给他们的临时办公室。这是一间如一节废弃火车厢似的棚屋,房顶盖着厚厚的积雪。当叶知秋推开那扇简易木门时,一股暖气夺门而出。哇,好暖和!显然,供电系统已经安装到位,开始发挥作用了。这是一个不大的房子,但办公室、卧室、洗手间等一应俱全,叶知秋简直要欢呼起来。

江临枫放下行李后,就坐到办公桌前打开了电脑,哈,好快!临时网络也建起来了。江临枫马上在视屏上向队长杰克报到。杰克是推进器领域的权威,正服役于太空舰队的 U-39 系列航天飞船的推进器就是他主研的。从交谈中江临枫发现,杰克对他并不友好。杰克是一个故乡情结很重的人,从个人角度,他并不赞成搬家计划。但迫于工作需要,他还是与江临枫进行了简单的分工——他负责行星推进器安装过程中的所有技术指导;江临枫负责涉及行星推进器的所有密码破译和文字翻译工作,叶知秋则作为他的助手协助他完成任务。

江临枫感到压力很大。他非常清楚,虽然他译出的 L 基因段已明白无误地告诉了人类自救的方法,但是,那封信却没有告诉人类行星推进器的具体组装方法,如何操纵等关键性环节。这一切,都要等那 300 米厚的冰盖被挖开之后才见分晓,这让江临枫觉得很玄。

当天下午,南极特别工程队除冰分队在仓促中开工了。

江临枫和叶知秋在"红线"外的一座小丘上,看着数不清的推土机、挖掘机和载重汽车在红圈内蠕动着，已经把整个雪地铺得满满当当，像无数的甲壳虫在艰难爬行。

"这要清理多少天呢？"叶知秋问。

"看进展吧。900多亿立方米的冰雪，工作量极大，特别是挖到几十米深以后，载重车怎么开下去和开上来是个大问题。更何况还必须一直挖到300来米深为止！再加上有喷射管的阻挡，还会不断地降雪……"

"可以用大功率垂直起降飞机呀！那种飞机据说每次可以吊运上百吨。"

"那倒是个办法，但还是太慢，得另想办法。"江临枫话没说完就下了小丘，向办公室走去。叶知秋只得跟着追了回来。

江临枫立刻把他的担忧和想法形成文字传给了杰克。杰克听后非常重视，要他一起想想解决办法。

此时，天已黑尽，但时间尚早。江临枫打开灯，把房门和所有的窗户都关严，南面工地上的轰鸣声顿时小了。他开始在这一方斗室中来回踱步，他必须找到更加快速高效的除冰办法。不然，他们所做的一切都将前功尽弃，拯救地球的任务还得由高天云的"拦截计划"来完成。直到现在，高天云还没有执行返航命令，还在全速向"吞噬者"冲去！

天云，我不能让你去送死！江临枫暗暗咬了咬牙。

夜深了，叶知秋敌不过睡意的侵袭，和衣倒在了里间的小床上。江临枫却不敢入睡，因为他知道，"吞噬者"并不会因为南极工地进展缓慢而放慢脚步。

又下雪了，雪花在窗外辉煌灯火的映照下纷纷飘落……

目睹"吞噬者"吞噬冥王星后，高天云的心里一直像有什么梗住似的，难受得不行。他从小就听过蛇吞象的故事，但他一直不相信会有那样的事实。这次，他终于看到了太空版的蛇吞象，这让他受到了极大的震撼，而更让他震撼的事还在后面。

在穿越火星轨道后的第三天，也就是 2 月 28 日上午，高天云接到了"拯救地球委员会"的返航命令。但他根据发来的电文判断，要想让地球顺利启动，远非人们想象的那么简单，如果"行星迁徙计划"失败，"拦截计划"又中途取消，地球将失去一切逃生的机会。他为"拯救地球委员会"的轻率深感吃惊，因此他决定暂不执行命令。

高天云的决定在指挥舱里引起了不小的震动，多位指挥员表示反对，闹着要尽快返回地球，但高天云不为所动。

在穿越火星轨道后的第五天，小行星带以其诡秘多变的面目出现在舰队面前。天体学家周际曾建议高天云在离小行星带较远时事先远离黄道面，在向上绕过小行星带的最边缘后，再飞回到原来的轨道。但高天云没有完全采纳他的建议，他认为那太浪费时间。他只同意在非常接近小行星带时再绕过去。这样一来，舰队面对的危险就明显增加了。果然，在穿越小行星带时，有近两百艘飞船被突然飞来的碎石撞毁。那一次次剧烈的爆炸险些毁掉整个舰队，要不是高天云的参谋副官王欣及时建议他分散舰队，这支太空舰队很可能会在连环爆炸中丧失殆尽。

经过这次打击，加上在水星附近损失的 20 多艘飞船，整个太空舰队已经减员 10%。高天云命令各分队重新编队，仍然按"1 号编队"飞行。

3 月 11 日上午，太空舰队浩浩荡荡地飞临木星轨道，只见那颗太阳系最大的行星正在飞船的右舷外发出迷人的光芒。这颗被古代中国人称为"岁星"的第二亮星,此时离舰队不到一千万千米,看上去比月亮还大,它表面由自转产生的漂亮斑纹色块分明,就像由一大盘奶油与巧克力搅拌后混合制成的冰激凌。

当太空战士们还在为有幸近距离目睹木星的芳容而庆幸时,从海王星那里传来的图像信息再度把他们惊得目瞪口呆。只见那颗原本步履从容的蓝绿色行星突然加快了脚步,像被一根巨绳牵引似的,飞快地偏离了原有轨道。

"高司令快看,吞噬者又要发威了!"一向老成的周际被惊得像个小孩儿似的大叫起来。

"完了,我们太阳系的第四大行星就要被它吞噬了。"王欣也惊得声音发颤。

"不用紧张,是件好事。"高天云非但不吃惊,反而有些幸灾乐祸。

"好事?你不怕那剧烈的碰撞波及我们舰队和整个太阳系吗?它可比冥王星大得多啊。"周际不明所以。

"坏事变好事你都不懂吗?"高天云继续以那种若无其事的口吻说,"你忘了,它吞噬冥王星的时候,轨迹方向改变了近千亿分之一。这次如果它真能吞噬海王星,那么,它的轨道将有更大的改变,这样一来,它就完全有可能错开太阳轨迹,避免碰撞发生了。"

"可是,我总觉得没那么简单,海王星的质量可是冥王星的8 600倍呀,它们的碰撞极有可能引起剧烈爆炸,也许'吞噬者'自身的结构都将发生彻底逆转,由碰撞产生的能量将毁掉整个太阳系。"周际越说越急,脸涨得通红。

"别说了!快看视屏!"高天云目光如炬,死死盯着那个向左边移动得越来越快的蓝绿色星球。"快撞上去啊!快撞上去啊!"高天云竟然挥动双手为它加起油来。

可是,像所有的事情都喜欢和高天云作对似的,海王星在接近吞噬者的一瞬间却被猛地甩了出去,划出一条漂亮的弧线飞快地逃脱了。

"天哪!"几乎所有人的嘴巴都被惊成了 O 形,都被这来自太空的惊心动魄的场面震撼得说不出话来。

过了好久,高天云才回过神来说:"我的指望落空了,接下来还是得靠我们自己啊。"

周际也清醒过来,说:"是啊,只能靠我们自己了。此时的天王星和土星都在太阳的另一边,我们指望不上它们了。不过,我还是要为海王星感到高兴,它通过吞噬者的引力弹弓效应,已经远远偏离了它原有的椭圆轨道,它可以头也不回地飞出太阳系,算是脱离苦海了。"

"是的,它至少可以保全一个全尸啊!"王欣叹道。

在太空战士们为海王星感到庆幸的时候,江临枫和叶知秋又一次登上了棚屋旁边的岩石小丘。这是他们第八次爬上这个小丘了。每次上来,叶知秋都会为这宏大火热的场面而感到陶醉,她说这是她第一次真正感受到人类力量的壮阔之美,这种美对人类心灵的震撼之大,是其余所有的美都无法比拟的!江临枫却恰恰相反,他看到的是悲壮,是悲哀,每上来一次,他的心都会向绝望的深渊坠落一次。在他眼中,那铺满雪地的各类机械,无非就是一只只在做无谓挣扎的甲壳虫罢了。

寒风一阵比一阵刮得紧，漫天的飞雪还在向那个刚刚挖出的浅浅盆地无情倾泻，远处那个暗灰色的金字塔只剩下一个暗淡的影子。

"好冷。"叶知秋跺了跺脚，赶忙戴上风雪帽，只露出一张红扑扑的脸。

"我们回去吧。"江临枫也戴上帽子，挽着叶知秋下了小丘。

走到房门口，江临枫突然在那扇小窗前愣住了。约莫过了一分钟，他突然像小孩似的大叫起来："我找到了！我找到了！"

"你找到什么了？"

"快看！"江临枫不无得意地指着窗户，"我找到除冰的办法了！"

江临枫手指的地方，窗台上的积雪正在溶化成涓涓细流，顺着墙壁汩汩地流向墙根。

"这跟除冰有什么关系？"叶知秋不解地问。

"你还不明白吗？我们可以用电热融化冰盖——用强大的电力！然后用无数的巨型水泵抽水！先融化，再抽水，明白了吗？"

"明白了。如此简单的办法我怎么就没想到呢？这也太便宜你了吧……"叶知秋一个劲儿地嚷着，一副错失良机的遗憾样子。

"别遗憾了，等下次有这样的机会我一定让给你。"江临枫说着坐到电脑前，"我得马上报告拯救委员会，让他们马上安排人去落实！"

江临枫的建议迅速被采纳。3月12日中午，刚吃完饭，杰克便打来电话，告诉江临枫，前方工地发现了一些巨型金属圆圈，谁都不知道是什么物件，要他马上前去察看。

还在飞机上，江临枫就已经看到了一些巨大的暗灰色圆圈一个挨一个地摆在雪地里。他很快明白，那应该就是埋在雪地里的那些巨型喷射管的上沿部分。

他让飞机停在一个"圆圈"中间，走下飞机。只见这些"圆圈"都非常大，直径在 300 米以上，看上去确实像是喷射管的上沿部分，已经露出雪面几十厘米。管壁呈暗灰色，厚度 3 厘米左右，这跟它那巨大的口径极不相称，可见其材质的强度大到难以想象。

整个工地这时已经更换了设备，往日里那些爬进爬出的机械都不见了。工地边缘，大型发电机和抽水机的安装现场人声鼎沸，一片繁忙。还有一些工程技术人员正在爬上一辆辆大型工程车，准备将一批批大型电热融冰器均匀地铺到"盆地"里……

第二天中午，铺设工作完成，密密麻麻的融冰器在电流的作用下发出强烈的红光，冰雪开始快速融化，白茫茫的蒸汽往上蒸腾，仿佛是置身于一个巨大的温泉之上。与此同时，数万台抽水机开足马力，机声轰鸣，水花四溅……

3 月 14 日，短短两天后，除冰工程接近尾声，一个树立着近千根喷射管的巨坑展现在人们眼前。全方位地毯似搜索推进器配件的工作可以开展了。

指挥中心立即动用所有交通工具和工程人员展开搜寻，并要求务必在十小时之内找到行星推进器的安装说明书、程序控制系统和能源储藏罐等关键性物件。杰克乘飞机在空中指挥调度，江临枫则亲临现场，力争在第一时间去察看每一个被发掘出的可能是推进器配件之类的东西。

十个小时很快过去，几十万工程人员已经把将近千截喷射管的内外两面查看了好几遍。最后，除了在每根管道外壁上发现一个隐约可见的排序数字外，几乎一无所获。

第13章　夕阳无限好

对现场的全面搜索结束后两小时，江临枫和叶知秋飞回 H 市。局势越发混乱，他是在军车的护卫下进入基因研究所的。研究所大门及周围的树林里，有许多荷枪实弹的士兵在站岗巡逻。

还在飞机上，叶知秋就开始发高烧，因此下飞机后她没有随江临枫回研究室，而是被护送回家养病。

江临枫一走进研究室，卓尔就怒气冲冲地跟了进来。

"老兄，看看你做的好事！"卓尔指了指额上的伤疤。

"与我何干？"

"与你何干？他妈的那些混蛋都是冲你来的！你倒好，一走了之，让老子不明不白地成了替罪羊！你要在场，早被那些混蛋捶成肉酱了……"卓尔冲江临枫咆哮着。

"我不是回来跟你吵架的。你应该接到'拯救地球委员会'的通知了吧？"江临枫不急不慢地走到工作台前。

"这不用你提醒，我看那帮老头儿越来越昏聩了……哎，大专家，'行星迁徙计划'是不是真在执行了？那计划真的有报纸上吹得那样神吗？"卓尔说着说着就软了下来，开始关心起自己的命运来。

江临枫一边打开电脑，一边冷冷地说："很遗憾，你问的问题不在我了解的范围之内，我只知道奉命破译闲置基因。"

"那你这些天都到哪里去了？"

"哦，我忘请假了 —— 你看着办吧。"江临枫已经把龟兹干尸的 DNA 装进了分析仪。

"那叶知秋呢？怎么没回来？"

"她病了。"江临枫头也没抬，噼噼啪啪敲起键盘来。

"是吗？那我派人去看看她……"

江临枫没再理他，开始专心致志投入研究。他明白，在已经从"闲置基因"中破译出一封基因信的情况下，要想继续在浩如烟海的"闲置基因"中破译出哪怕一丁点儿对目前有用的信息，都比大海捞针还要难！要知道，在整个人类基因中，"闲置基因"的比重高达 97%，其中包含着像 L 基因段这样的基因序列就多达几十万个，要想在 3 天内从这几十万个序列中筛选出几个有用的序列来并破译它，除非具备以下两个前提：第一，人类"闲置基因"中确实存在这样的信息；第二，碰巧遇到存在这种信息的人种基因。

3 天，拯救委员会只给了他 3 天！这几乎是一个不可完成的任务。但江临枫必须接受，也必须完成，除此之外别无选择！江临枫根据 L 基因段的研究经验，还是把希腊人的基因作为首选目标，同时也不排除犹太人、阿拉伯人等人种的 DNA。

不知不觉几个小时过去，江临枫未能从龟兹干尸的 DNA 发现任何蛛丝马迹。正当他累得不行的时候，尚雅仪突然打来电话催他回家，说他十来天没回家了，孩子们都很想他。江临枫把系统设置成"自动"，就在军车的护送下往家里赶。

西山上的春意已经很浓了，盘山公路两旁林木葱茏，山花烂漫。

江临枫的车刚一驶进院门，子豪就飞跑着迎出来，"爸爸爸爸"地喊着扑到车窗边。

高袁飞雪也兴奋地跑出来，隔着车门大声问："江叔叔，我爸爸呢？他回来了吗？"

"唔！乖孩子。你爸爸呀……他过些天就要回来了。"

江临枫和孩子们进入客厅。穿着围裙的尚雅仪从厨房里迎出来，愣愣地站在那里。

"雅仪，你怎么瘦了，是不是最近工作太累了？"江临枫爱怜地打量着眼圈黑黑的妻子。

"临枫，这段时间你都去哪里了？你应该告诉我一声呀！要不是刚才所里来电话，我到现在都不知道你在哪里呢。你想把我急死吗？孩子们天天吵着向我要爸爸，我们都快绝望了，你知道吗？你……你看你额头上的伤疤，是怎么搞的呀？是遇到什么危险了吗？听说卓尔被打得头破血流，你要是遇上那帮人……"尚雅仪说到这里，再也控制不住自己的情绪，扑到他的怀里伤心地哭起来。

"对不起，都是我不好，我……"江临枫歉疚地拍了拍尚雅仪的肩膀，"我这不是好好的回来了吗？好了，别哭了，都让孩子们看到了。"

看着他们夫妻团聚，袁佳欣心里一阵酸楚。她赶紧转身折进旁边的茶室端出一杯热茶来递给江临枫："来，临枫，这是今年的第一拨龙井,昨天下午才拿到的。"

"谢谢!"江临枫放开妻子接过茶杯,坐到旁边的沙发上轻轻呷了一口,顿觉一股清香沁入心脾,"真香啊!好久没喝到这样的好茶了。"

"当然香啰,这是雅仪为你特地准备的呀!"

"是吗?"江临枫瞟了尚雅仪一眼,只见她正泪眼汪汪地看着自己。

"还用怀疑吗?"袁佳欣接着说,"这些天你可把雅仪害惨了,害得她食不甘味、夜不能寐。但一听说新茶出来了,就非要拉我陪她跑茶场,说要让你喝到第一拨新茶。我们说了几大箩筐好话才匀到一斤,人家说这茶才刚刚起锅还没上市呢。可你呢?一走就是十来天,也不告诉我们一声,让我们……"

"对不起,情况特殊,必须保密,事先不可能告诉你们的。"江临枫感到喉咙发哽,"不过总算万幸,'行星迁徙计划'已经在加紧实施了,天云他们不用去冒险了。"

"真的吗?这可是个好消息呀!可是,你说的那个什么计划真的行得通吗?是不是要把整个地球搬走?你们能办到吗?听起来很玄……"袁佳欣担忧地望着江临枫。

江临枫微微一怔,但还是肯定地点点头说:"没问题的,我们完全具备那样的能力,地球很快就能逃离太阳系了。"

"可天云他们还在天上呢,他们赶得回来吗?我们不会丢下他们不管了吧?"一想到已经远离地球的丈夫,袁佳欣就很着急。

"不会的,天云他们……"袁佳欣的问话直击江临枫的痛点,因为他知道,高天云拒不执行返航命令,已经穿过木星轨道，正在朝着'吞噬者'飞去。但他只迟疑了一秒钟，转而轻松地说："天云肯定能赶回来的，他们已在返航途中了，等不到地球启动，他们就回来了。放心吧，佳欣。"

听他这么一说，袁佳欣欣慰地笑了："那就好，到时候我一定好好给他摆一桌接风酒，也好让你们哥俩喝两杯，好好絮叨絮叨。"

"好啊，到时候一定和高兄来个一醉方休，你可不准心疼哟！"

"恐怕雅仪才会心疼呢！是吧雅仪？"

"我……"尚雅仪已经破涕为笑，"我才不会心疼谁呢。不过，临枫，我始终觉得你们的'行星迁徙计划'太玄了，我反正是不太赞同这个计划的，你想啊，我们在太阳系住得好好的，突然之间就要搬到别的星系去，总觉得不是滋味，也不靠谱。临枫，还有别的办法吗？只要不离开太阳就行。"

尚雅仪的话又一次击中江临枫的痛处，他有些底气不足地说："这是目前唯一可以让人类逃离这场劫难的计划，没有比这个更好的办法了。你们放心吧，我们一定会为地球找到一个新太阳的。饿了，该开饭了吧？"

"好的，开饭。佳欣，叫一下孩子们。"尚雅仪家的餐厅好久没这样热闹了，大人孩子围在大圆桌周围津津有味地吃着，开开心心地笑着，桌上摆满了好吃的各色菜肴，其中的"翠云麻辣鳕鱼片"是大家的最爱，江临枫和几个孩子都抢着吃，一阵风卷残云，很快就只剩一钵铺满红油的残汤。看着江临枫和几个孩子的吃相，两个女人都会心地笑了。

吃过晚饭，袁佳欣帮尚雅仪洗刷完毕，就带着还没玩儿尽兴的飞雪回家去了。送走了客人，尚雅仪就叫江临枫去洗澡，可子豪、子都却缠着他要听木乃伊的故事,尚雅仪拿他们没辙,就自个儿哼着大学时代的校园歌曲钻进了浴室。

江临枫坐在沙发上,子豪、子都小兄妹俩黏在他的左右,兴致勃勃地听着父亲讲述在克孜尔千佛洞历险的故事,正讲到惊险处,江临枫的电话突然响了。他赶紧打开电话,只见一个披头散发的女人出现在视屏中,那女人瞪着一双惊恐的眼睛朝他大喊:"快!快来……"突然,电话断了,怎么打也打不进去。江临枫立即反应过来:是知秋,知秋出事了!

江临枫来不及向还在浴室中的尚雅仪说明情况,只对兄妹俩说了声"爸爸有急事"就奔向院子,开着跑车三拐两拐冲下山去,弄得护卫他的军车都没来得及跟上。

江临枫把叶知秋带回家时,尚雅仪已经洗漱完毕,坐在沙发上等他了。江临枫就把叶知秋差点被卓尔非礼的情况告诉了她。原来,卓尔借去叶知秋家探病之机向她大献殷勤,当发现家里只有她一个人后就临时起意,想占她便宜。但让卓尔没想到的是,叶知秋在反抗无效后假装顺从,借口去卫生间之机拨通了江临枫的电话……等江临枫赶到时,自讨没趣的卓尔早已逃之夭夭。尚雅仪听后非常吃惊,安慰了叶知秋一番后,就亲自为她整理好床铺,安排她睡觉,就像是在照顾自己的女儿……

3月15日早晨,薄薄的晨雾笼罩着静如处子的蓝湖,太阳刚刚露脸,H市鳞次栉比的高楼沐浴在明丽的晨光中。又是一个仲春时节的艳阳天!要是在往年,蓝湖的旅游业早已火爆起来,从全国乃至世界各地慕名而来的游客已经络绎不绝。但是今年却显得过于冷清,偌大个湖面几乎看不到画舫游弋。

叶知秋的感冒已经痊愈,善良的尚雅仪在她临走时一再叮嘱,不要再回去住了,就把这里当作自己的家吧。叶知秋很感动,含着泪答应了。

研究室一切依旧,江临枫设置的自动研究程序仍在恪尽职守,但无任何进展。显然,要找到有用的基因序列真是太难了。但江临枫坚信,既然已经从希腊人的基因中破译出 L 基因段的秘密,那么,在希腊人的基因中就一定还存在其他有待破译的有用信息。因此,破译希腊人的闲置基因仍然是他的主攻目标。其实,在有了破译 L 基因段的经验后,研究方法已经变得比较简单:先找出碱基中蛋白质单元种类与希伯来字母一样多的基因序列,再把希伯来字母输进去置换就行了。但是,即便有了这种便捷的方法,也要花上好多天才能把所有"闲置基因"的基因序列核对完毕。因为,在江临枫看来,人类的基因不光带着神族的信息,而且还带着自第一茬智慧生命诞生以来的所有关于生命和宇宙的信息。一代一代的智慧生命用各自不同的方式把信息"写"入基因,不断丰富着基因的内容,使基因变得越来越复杂、越来越难解,也难怪后世的生命很难破译这些天书了。

傍晚时分,夕阳的余晖洒在空荡荡的海滨大道上,旁边的草坪和远处的沙滩不见游人,只有海鸥还在空旷的海面上展示白亮的翅膀,并不时洒下一串欢快的啾鸣。

江临枫和叶知秋驱车来到海边,走进那片被夕阳染成玫瑰红的沙滩,一边漫步,一边欣赏那轮就要触到海平线的红日。那轮红日像被海水洗过似的,显得干净而明丽,可以用肉眼直视。

"夕阳无限好,只是近黄昏"。古人在这首诗中用夕阳比喻人之暮年,可是他想不到在今天,他写的这首诗,却像是为太阳本身量身定制,太阳再美,也美不了多少日子了。一切都要结束了，太阳和太阳系里的一切，都要结束了。

两人看着夕阳发了一阵子呆，之后叶知秋才收回目光，感慨道："这么美的太阳，真的说没就没了吗？"

"看，它就要沉入大海了，你能阻止它沉下去吗？"

"我不能，我只能在它沉下去之前多看它几眼。"

就这样，那轮红日在他们的注目中，缓缓沉入海平面的尽头，留下漫天的晚霞，把波光粼粼的海面染成一片血红。

就在他们被这幅壮美的图景感动得"欲辨已忘言"时，尚雅仪突然打来电话，说有数百名神罚教教徒在市政广场集体自焚，医院正在组织力量全力抢救，她和袁佳欣都不能回家，要他们回去照看孩子。

江临枫怕孩子们遭遇危险，赶紧带着叶知秋开车回家。在路过市政广场时，正好看见一队警察正在用催泪瓦斯驱散不肯离开的人群。在广场的中央，几十具烧焦的尸体七零八落地散置着，而在节节后退的人群中，还有许多人顽固地举着醒目的标语大声呼号——

"神的旨意不容违抗！"

"坚决反对迁徙计划！"

"保护南极金字塔，神的墓地不可侵犯！"

"糟了，'行星迁徙计划'泄密了，要乱。"江临枫一边自言自语，一边轻踩油门从人群稀疏的地方悄悄穿过去。

路上已经出现局部混乱，有好几条街都被游行的人群堵死了，江临枫只能选择绕道通过。在绕行几大段路之后，车子才冲出重围，开上西山的盘山公路。回到家，见几个孩子都好好地坐在客厅的沙发上看电视，江临枫这才松了口气，赶紧和叶知秋一起为孩子们准备晚餐。

吃过晚饭，几个孩子缠着叶知秋到草坪上做游戏去了，江临枫来到客厅，打开了墙上的视屏。主流频道播的都是同类节目，几乎都是对"拦截计划"如何如何了得的连篇累牍的报道。只有几个被神罚教操纵的地下频道在播放所谓教主黎洪石的视频讲话，他公然叫嚣太阳毁灭是神对人类妄自尊大的惩罚，是人类进入天国的起点，一切违背神的旨意的行为都是不可饶恕的，必须停止愚蠢的"拦截计划"和"行星迁徙计划"，所谓的基因信只不过是神的一个恶作剧而已。他号召全球所有的信众都行动起来，冲向南极，冲向 H 市基因研究所……

第 14 章　天才的大脑

当天晚上，Z 国军方就增派一个团的兵力开赴 H 市基因研究所布防，以防止暴徒们的破坏活动。江临枫和叶知秋也受到了更好的保护，他们的活动范围基本上被划定在研究所之内，即使偶尔外出，也有精干的保镖随行。

两天后，龟兹干尸闲置基因中的所有序列都被核对完毕，结果一无所获。江临枫怔怔地看着屏幕上的显示结果，一种极度的空虚在他身体内弥漫开来，让他突然有了一种晕眩、飘离之感，正当他感觉自己就要飞起来的时候，突然又有一股铅水从头到脚灌注下来，很快灌满他的全身。他试图挣扎着站起来，移到窗前去透透空气，可刚一动步，就一个趔趄重重地摔倒在地板上。

等江临枫醒来，发现自己已经躺在医院的病床上。尚雅仪坐在床边，正爱怜地看着他。"你总算醒了，要是你有个三长两短，我和子豪、子都可怎么办呀！"说着说着，泪水就滴滴答答往下掉。

"别哭，快告诉我，这是怎么回事？"江临枫有气无力地问。

"你两天两夜没合眼，昏倒在工作台前了，你还要不要命啊。"

"哦，我想起来了。"江临枫挣扎着想坐起来，"快扶我起来，我得马上到研究所去，我必须把研究结果报上去。"

"快躺下！你不要命了？叶知秋已经报过了。"尚雅仪赶紧按住他。

"他们怎么说？有没有其他的指令？"江临枫很着急。

"唉！他们说……算了，别问了，还是安心养病吧！"

"不！快告诉我！他们是不是很失望？是不是打算放弃'行星迁徙计划'了？"江临枫越发急了。

"他们回了个电文……首先对你的辛勤付出表示感谢……还说幸好高天云没有服从命令，我们还有'拦截计划'……"

"'拦截计划'？扯淡！难道他们不知道那是根本行不通的吗？不行，我必须马上去告诉他们！"江临枫愤怒地吼叫着，翻身爬了起来。

"你这人真是，都累得病倒了还这么大的火气，你心里究竟有没有你的老婆孩子啊？"尚雅仪再次用力按住了他。

江临枫见尚雅仪生气，只好重新躺回床上："好吧，我不发火了，为了我的老婆孩子，我就在这里好好养养身体……对了，知秋呢？她到哪里去了？"

"她……她回研究所去了。"

"回研究所去了？她还去那里干嘛？"

"她……她说……算了，也没说什么，她说她闲得发慌，必须找点事情来做。"

"不只说这些吧？你看，你一撒谎脸就会红。好了，雅仪，你就告诉我吧，难道你不为孩子们的未来着想？"

尚雅仪只好把实情告诉了他："知秋说，委员会已经责成各国基因学家全力投入基因破译工作，必须在五天之内取得突破性进展，否则只好终止'行星迁徙计划'。"

"谢谢你，雅仪，还是你最理解老公的心。这下你不会阻拦我了吧？"江临枫说话间，已经翻身下床，穿着一身病号服就要往外走。

"等等！吊针还扎着呢。"尚雅仪知道拗不过丈夫，心疼地为他拔下吊针，扑在他怀里伤心地哭了。

行星推进器无法启动的消息很快传播开来，世界各国的暴力案件再度疯长，部分国家的军队也开始叛乱，神罚教更是趁火打劫，大肆活动，教民增长迅速，据说已占全球人口的四分之一。拯救地球委员会不得不采取紧急措施，发布了题为《坚定信心，反对邪教，打击暴力》的紧急动员令，要求各国政府采取强力措施，铲除邪教，严厉打击暴力犯罪。

看到这些令人揪心的信息，江临枫恨不得立即变成一个自由电子，潜入深邃的基因海洋中，直接把基因信内容全部找出来。

一晃又是几天过去了，江临枫的研究仍然毫无进展。

"拯救地球委员会"实在等不及了，于 N 市时间 3 月 22 日晚上召开了全体委员会，正式做出了让高天云准备对"吞噬者"实施核打击的决定。

此时"吞噬者"已经处于海王星与天王星轨道之间，离天王星轨道不到 7 亿千米。而高天云的舰队已经飞离地球 31 天，离土星轨道不到 8 000 万千米，离"吞噬者"也只有 23 亿千米了。

　　"拯救地球委员会"的命令于 H 市时间 3 月 23 日上午传到了高天云的母舰。命令的内容大致如下：

　　　　鉴于"行星迁徙计划"尚有启动困难等不确定性因素，现命令太空舰队做好攻击"吞噬者"的一切准备，确保完成预定任务。

　　高天云接到命令后，心情既沉重又复杂……但事到如今，他已经没有退路，只能立即召集母舰上的全体指挥人员和天体学家开会。会上，周际从天体力学的角度对舰队的编队、打击的角度、核弹发射的时机等进行了讲解和演示。随后，经过深入的探讨和激烈的辩论，终于形成了一个意见比较统一的攻击方案。这个方案主要包括以下几点：一是在舰队离"吞噬者"10 亿千米时，变平面编队为立体编队，形成一个高 6 万千米、宽 6 万千米，间隔距离约 2 秒距的攻击队形，这样的队形便于整个舰队同时发射核弹；二是考虑到"吞噬者"的轨道因受冥王星和海王星的影响略有偏左，因此确定舰队往右偏离轨道 45 度航行约 2 亿千米，在与"吞噬者"的轨迹呈 30 度夹角时对它实施核攻击，核弹设置为在接近"吞噬者"时提前引爆；三是整个攻击过程分五波进行，间隔时间 1 秒，也就是说在 5 秒钟内，要让所有飞船把所载核弹的一半发射出去。

　　另外，高天云和他的高级指挥员们还秘密制定了这个攻击方案的后续方案，在这个方案里，整个舰队都将变成庞大的动能与吞噬者做最后一搏。不过，在向全体官兵公布的方案中并没有这部分内容，发给拯救地球委员会的攻击方案中也没有提到。

　　当高天云在遥远的太空中运筹帷幄的时候，江临枫仍在带病拼命工作。他不甘心，不想半途而废、前功尽弃，他要尽一切可能赶在高天云之前找到解决办法。可是，这么多天来的努力仍然一无所获，眼看着第五天就要到来，怎么办？我该怎么办啊？正当江临枫焦虑不堪之际，叶知秋清脆的声音飘了过来："快看，有信息！"

只见屏幕下方有一行小字反复地慢慢滑过：

我们怎能忘记，上个世纪那颗最具天才的大脑！

"老师，这是一条什么信息呀？"叶知秋大惑不解，"这样平白无故地插进来，一直在那里滑动。"

江临枫看着那行诡异的小字，内心渐渐平静下来。"奇怪，电脑从来没有这样接收过信息呀。"

"难道是神族的提示？难道神族一直在我们身边，他一直在看着我们？"叶知秋一阵寒战，一把抱住了江临枫。

"'上个世纪那颗最具天才的大脑'……"江临枫轻轻推开叶知秋，喃喃地叨念着，"'上个世纪那颗最具天才的大脑'，'上个世纪那颗最具天才的大脑'……有了！一定是他 —— 爱因斯坦的大脑！他可是犹太人啊！对，一定是他！"江临枫兴奋得像个孩子似的一下子跳了起来。

"爱因斯坦的大脑？老师，爱因斯坦都谢世 100 多年了，我们能指望他为我们破译基因信吗？"叶知秋莫名其妙地望着满脸兴奋的江临枫。

"当然能啊。"江临枫迅速恢复了自信，"知秋，我们现在唯一能指望的就是爱因斯坦的大脑了。"

"可是，他已经死了好多好多年了呀！"叶知秋还是不解。

"呵呵，我们只是要他的大脑啊，我们还得感谢一百多年前的那些学者呢，他们把爱因斯坦的大脑保存了下来。据我所知，其中一部分就保存在 M 国的普林斯顿大学里。"

"哦，原来是这样啊。'神'是要我们提取他的大脑细胞来研究？" 叶知秋终于醒悟过来。

"算你聪明。你想啊，爱因斯坦的大脑如果没有暗藏奥秘，他能凭空创造出相对论来吗？"

"是啊，我原来在读爱因斯坦传记的时候就曾思索过：爱因斯坦并非一位专职的物理学家，作为瑞士专利局的一名普通职员，他怎么就把狭义相对论和广义相对论都创造出来了呢？我当时就没有完全想通。"

"现在你该明白了吧？爱因斯坦的大脑中一直住着一个神！"江临枫说着坐到电脑前把他的发现和请求发给了"拯救地球委员会"。

卡罗尔主席得知这个消息后欣喜若狂，他亲自给江临枫打来视频电话盛赞他们的伟大发现，并表示会亲自赶到普林斯顿大学去提取爱因斯坦的大脑。

不到两小时，"拯救地球委员会"的专机就到了。卡罗尔亲自充当了"押运员"的角色，他郑重地把一个特制的冷藏箱交到了江临枫的手里。江临枫抖巍巍地打开箱子，很小心地提取出一个上世纪最伟大天才的脑细胞，然后熟练地制作成一个标本，虔诚地放进基因分析仪里。紧接着，江临枫飞快地把希伯来字母输进了自动破译系统。

接下来就是等待，等待……江临枫、叶知秋、卡罗尔及其随行人员和研究所的其他人员都在电脑前肃穆地站着，就像一队虔诚的教徒面对着他们心中的神在默默地祈祷……

突然，视屏上出现了一行闪烁的红字："发现有用信息！"

顿时，所有人的心都提到了嗓子眼儿，安静得大气都不敢出一口。果然，从视屏下方缓缓地拉出一大段文字，除已经破译的部分以外，还出现了这样一段内容：

奥古特星开始急剧膨胀，气温越升越高，末日就在眼前。我们这可怜的几百个神，在无奈中不得不向凝结着上百万年文明结晶的第五行星告别。我们尽可能多地带上我们的智慧和财富，踏上了蛮荒原始的第六行星。在推进器启动之前，我们把就要发生洪水和地震的信息用你们所能接受的方式告诉了你们。你们在惊慌失措中纷纷逃往高地，或者坐在我们为你们造的方舟里。

推进器启动了，第六行星发出剧烈的颤抖，海水从北向南汹涌而来，大片大片的陆地被淹没，你们的家园被无情冲毁。紧接着，火山喷发、大地裂陷，有好几块古老的大陆永远地沉入了海底。你们惊恐万状，四散奔逃，在很短的时间内就失去了三分之二的人口。奥古特星越长越大，我们神类的乐园——第五行星很快就被它吞没了。好在第六行星推进器的加速度高到了你们难以想象的地步，因此我们得以逃脱巨星膨胀伸出的魔爪。26个自转圈后，第六行星终于飞出了奥古特星系，开始了飞向太阳系的漫漫旅程。

到达太阳系，成功完成第六行星入轨工程后，行星推进器被拆解，安装图和启动程序埋在1号喷射管下的岩石中。是用希伯来文写的，一看就懂。好了，祝你们好运吧。

以下又是一行闪烁的红字："该基因段破译完成！"

不等最后一行文字显示完，所有人都像死囚犯被突然无罪释放似的欢呼起来。卡罗尔竟然激动得把江临枫像小孩似的抱起来："太棒啦！太棒啦！江先生，你已经是人类的救世主了！"

第 15 章　行星推进器

3 月 24 日早晨。风平浪静的南印度洋。

一个庞大的重型航天机编队由北向南，呼啸而过，一路上惊飞海鸟无数。

置身一碧如洗的晴空中，江临枫的心被一种"天下英雄舍我其谁"的良好感觉铺满，就像此时无垠的大海被万里霞光铺满一样。

迷乱的晨光在左舷外精彩纷呈了两个小时，飞机就穿过南极圈，飞进南极大陆刺骨的寒风和厚重的黑暗里，随即，那个漫长的极夜就把他们包围了。

江临枫被指定负责安装图及应用程序的发掘和文字翻译工作。杰克的主要任务是指挥推进器的具体安装。整个安装工程必须在 10 天之内完成，任务之艰巨可想而知。

江临枫立即带领叶知秋和他的挖掘小分队向黑暗中的行星推进器边缘飞去。不到两分钟，飞机降落在 1 号喷射管底部的南侧。一下飞机，江临枫立即产生了一种井底之蛙的感觉，仿若置身于一个巨高无比的铁皮油桶里。四周一派死寂，黑得失去了距离感，只是在头顶很高的地方，有一片圆形天空，漏下几点似有若无的星光。要不是飞机的轻鸣和几束聚光灯的照射，恐怕谁也不敢在此地久留。

在聚光灯下，江临枫开始仔细查看南面管壁附近的地面。这几天又下过几场雪，裸露的地面又被积雪覆盖了。江临枫用铲子铲了几下，发现积雪并不厚，就令工程人员人工铲雪。十多分钟后，一大片岩石裸露出来。

"把聚光灯都打过来！"江临枫命令道。

在强光下，他发现靠南面管壁大约一米处的岩石上有一个十分清晰的十字刻痕。

"找到啦！就在这里！"

江临枫指挥工程人员小心翼翼地挖掘，把表层比较坚硬的部分敲碎之后，下面却是疏松的沙层。他们干脆用手刨起来。突然，一道晶亮的光一闪，一个晶莹的球状物露了出来！

"别动！让我来。"江临枫近乎鲁莽地推开工程人员，双手小心地插入沙中用力一抠，一个沉甸甸的大圆球已经捧在他的掌中了。干细的黄沙纷纷漏下，一个纤尘不染碗口大的水晶球已在掌心——比一般的水晶球更为晶莹剔透，但除此之外，看不出有什么特别的地方。

"快，继续挖。"江临枫命令道。

很快，在水晶球正下方又挖出一块金灿灿的金属板，一看便知是用纯金铸成，大概有八开纸大小，两面都刻有文字和图案：一面刻着矗立着喷射管的行星推进器的立体图，旁边配有大段的文字说明，确实是希伯来文；另一面刻着一个球状物，旁边同样配有大段的希伯来文。

江临枫二话不说，立即把这两件东西带回指挥中心。在指挥中心的电脑前，江临枫用扫描仪把金属板上的文字输入电脑。很快，金属板两面的图案和文字都显现在前面的巨幅视屏上，只是文字已经变成了英文。从文字说明得知，这个行星推进器是用一种特殊元素制造的，它的锥形底座原来是一个巨大的特殊能源储藏罐，它上面的那节圆柱形的东西就是能源释放反应室，相当于汽油发动机的气缸，再上面就是由一根根长约 300 米的管道连接成的巨型喷射管，直径约 320 米，高达 260 000 米，在喷射管的顶部还设有一个"点喷"式转向器，它能在地球自转的情况下让地球转向。而那个水晶球正是行星推进器的控制器，旁边的文字只指出了它是什么，却没有说明该怎样使用。不过，控制中心那帮专家不是吃素的，这肯定难不倒他们。

一切都明朗化了，接下来的工作就是以最快的速度吊装喷射管。

卡罗尔这时也赶到南极，亲自召集杰克等特别工程队的负责人开会，十几个人探讨了半天，终于制定出一个周密的喷射管吊装方案。具体如下：把整个重型航天机队分成 3 个中队，每个中队 120 架飞机，分 3 班昼夜不停地轮流作业。每个中队又分成 3 个小队，每小队 40 架飞机，每一小队一次用 33 架飞机吊装一根喷射管（因为管壁外侧只有 33 个"吊耳"），3 个小队交替进行，轮番上阵。如果按每小时平均吊装 3 根计算，安装完这 800 多根管道最少也得 11 天。当然，这只是理论上的计算，还未考虑恶劣天气的影响，以及喷射管高过大气层以后的安装难度等因素。如果把这些因素都考虑进去，完成的时间肯定会更长。

江临枫的出色表现再次得到人们的盛赞，躺在叶知秋为他铺得暖暖和和的床上，他觉得他的心如轻舞的雪花般飘然而纯净，他的身体如困蛹羽化般超凡脱俗。

　　等江临枫醒来时已是零点过五分，他是被重型航天飞机的轰鸣吵醒的。等他跟叶知秋赶到灯火辉煌的施工现场，几十架重型垂直起降航天机正在 1 号管道的上方围成圈儿悬停着，多数飞机放下的缆绳已经勾在管壁上沿的"吊耳"上，正在等着几架动作稍慢的飞机把"吊耳"勾好。等最后一只"吊耳"被勾上缆绳后，33 架飞机就像一个整体似的一齐向上提升。经过几秒钟的相持，那根巨型喷射管拔地而起，缓缓上升。顿时，盆地四周响起一片欢呼，几乎盖过了飞机的强劲轰鸣。

　　南极临时电视台的航拍飞机不失时机地飞临现场，拍下了这个人类历史上无与伦比的壮阔场面。喷射管越升越高，当它的底沿高度超过推进器喷口顶端后，几十架飞机又步调一致地转为平行飞行，飞到喷口上方正中位置，随即开始平稳下降 —— 喷射管就稳稳当当地扣在塔顶的大圆柱上了。等第一小队取下挂钩迅速飞离后，第二小队又吊着 2 号喷射管飞到推进器上方……整个过程有条不紊，一气呵成。这一切都是杰克统一指挥调配的结果 —— 他的飞机一直在推进器正上方的某一高度悬停着。

　　转眼四五个小时过去了，人们还在庆幸的好天气突然变脸 —— 极地常见的强对流天气在毫无征兆中出现了。风力迅速增至八级，浓密的雪片倾泻而下。看着在狂风暴雪中一晃一晃的喷射管，所有人的心都提到了嗓子眼儿，人群中不时有人发出刺耳的尖叫。好在那些飞行员训练有素，配合默契，总能在最紧要的关头化险为夷。暴风雪越来越大，江临枫越来越担心这样下去会出事，便想提醒一下杰克，暂停吊装，等暴风雪过后再继续。江临枫抬头看了看那架稳稳地悬停于推进器上方的飞机，看不出有一丝动摇的迹象。看来杰克是铁了心要跟这该死的暴风雪较劲了，还是等会儿再说吧。暴风雪越来越猛，人们的视线在漫天风雪中渐渐模糊，再也看不清工地中间的任何进展。围观的人群尽管都悬着一颗心，但却不得不回到各自的小屋里去了。

回到烘房般的小屋，江临枫立即打开视屏，把频道切换到南极工地的直播现场。他们一边关注工地的进展，一边吃着工作人员送来的早餐。从解说员的介绍得知，喷射管已经组装了 15 根，高度达到 4 700 多米。飞机上下的高度越来越高，吊装的难度也越来越大，再加上狂风暴雪，实在令人心惊！这时，又一队飞机吊着管子飞上去了，在风雪中越飞越高，眼看着就要飞到最高处……突然，好像是受到一股狂风的猛袭，只见整个机队往南一倾，就重重地撞在那根矗立着的喷射管上了，几十架飞机猛地碰在一起——火花四溅、翅膀断裂，爆炸声不绝于耳，冲天的火光把工地上空照得如同白昼，在耀眼的白光中，整个机队被那根沉重的巨型管道拖着，向数千米之下的推进器基座急速坠去……

"意外发生了，整个机队在 4 000 多米的高度向下坠，下面就是特殊能源储藏罐，后果不堪设想，我简直不敢相信自己的眼睛……"主持人惊恐的解说还没说完，视屏上已爆起一片雪花。

"天啊，下面的特殊能源也许就是反物质啊，太恐怖了，我们该怎么办？"叶知秋惊骇地扑向江临枫，全身战栗不止。

"该死！怎么会这样……"江临枫顿足。

"好在，我们能……"叶知秋死死地抱着江临枫，她的话轻得像被风吹起的雪花，在小屋的上空打着旋儿。连串的爆炸声震耳欲聋，淹没了她的声音。

"完了。"江临枫痛苦地闭上了眼睛。

过了许久，江临枫和叶知秋才清醒过来，已听不到剧烈的爆炸，也听不到飞机的轰鸣，只有凛冽的寒风在极地上空发出令人心颤的悲号。

小屋一片黑暗，通信和电力全部中断。江临枫放开叶知秋，拉开靠南的窗帘，极地的夜空被熊熊火光映得凄冷凛冽。

警报声随后突兀响起，同时传来巡逻飞机发出的指令："有神罚教分子潜入，所有人原地待命！有神罚教分子潜入，所有人原地待命……"

接着，就有雪地车的马达声和一阵阵杂乱的脚步声传过来，之后又从推进器外围遥遥传来一阵沉闷的枪响。

漫长的两小时过后，推进器中央区域的火光已经熄灭，解除警戒的指令才传到那些旧车厢似的小屋里。

事故的原因已经调查清楚，原来是秘密潜入南极的几名神罚教武装分子用肩扛式导弹同时攻击了吊装飞机、通信系统和电站。

江临枫没有参加飞行员遗骸的清理，他和许多人一起挤在工地边沿，望着那些散落的飞机残骸上还在袅袅升腾的轻烟，为66位牺牲的飞行员默哀。

第 16 章　艰难抉择

　　N 市时间 3 月 28 日上午。联合国大厦扇形大厅。"拯救地球委员会"最后一次全体委员会在此召开。

　　卡罗尔主席坐在主席台正中，显得疲惫而老迈。他环视着台下那些委员，讲道："各位委员，神罚教武装分子的破坏没有给行星推进器造成大的损害，也没能阻止行星推进器的安装步伐，那个无与伦比的巨型推进器即将安装成功。今天的会议主要讨论 3 个议题。一是对地球是否搬家进行全球公决，对这次公决，考虑到安全等因素，我们将采取网络投票的方式，各位委员通过本议题后，全球投票立即进行；二是关于地球内部暂时迁徙的问题，也就是要考虑如何让人类在地球加速所造成的洪水、海啸、地震、火山到来之前迁往安全地带；三是要考虑如何应对地球启动后出现的治安、严寒和食品危机问题。"

　　……

　　人类发明的互联网此时派上了最大的用场，公决议题通过后，经过一整天的投票，全球 63% 的人同意地球搬家，按照少数服从多数的原则，地球搬家已成定局。同时，"拯救地球委员会"还做出四项决议：《人类临时迁徙实施方案》《全球临时治安法》《跨国食品调配方案》和《关于立即停止执行"拦截计划"

的决议》。

其后，卡罗尔便下令拟电太空舰队，命高天云等取消原有计划，火速返航。但有委员却提醒说，目前离地球启动已不到 10 天时间，停止执行"拦截计划"为时已晚，太空舰队已经没时间赶回地球来了。

叶知秋听那委员这么一说，念及与高大哥的交情，忍不住捂着嘴巴哭了，许多委员也当场垂泪。

江临枫强忍难过："主席先生，我们能否把启动日期推迟一周，或者让太空舰队随后来追赶地球？"

"这……"卡罗尔为难地看看左右。

"不行！"坐在卡罗尔右边的查尔斯坚决反对，"绝对不行！'吞噬者'还有一个多月就会撞上太阳，留给地球逃亡的窗口期只有 20 多天，我们绝对不能浪费哪怕一秒钟的时间！我们不能拿 80 亿人类和无数生灵当儿戏！"

"可是，"江临枫还想尽力争辩，"那可是 4 万名有血有肉的太空战士啊！我们能心安理得地让他们在绝望中去送死吗？"

"那你说，还有更好的办法吗？我的亲兄弟约翰也在其中啊！"查尔斯痛苦地说。

"我……"江临枫无言以对。

最终，卡罗尔语声沉痛做出决断："都别争了，拟一份命令他们返航的电文，发出去吧，希望能够出现奇迹，希望他们能赶回地球！"

……

3月29日，一场有史以来最大规模的迁徙行动在全球展开。

下午，阳光出奇的灿烂，把H市装扮得像一位待嫁的新娘。

在夕阳碎金般洒满蓝湖的时候，江临枫回到了家。看到这个生活了12年的家，他突然觉得有一种说不清的依恋，像乳胶似的粘牢了他。他已经看惯了蓝湖的波光，听惯了西山的林涛，习惯了雅仪默默无闻的奉献和关爱……这是一个多么温馨的家呀！

"爸爸，你看，我们都准备好了呢。"正在和叶知秋嬉戏的子豪跑过来，打断了他的沉思。

"是吗？你都带了些什么走呢？"江临枫抱起儿子用力亲了一下。

"我的航天舰队呀！"江子豪得意地说。

"噢，好啊！有了你的航天舰队，我们就不怕洪水喽！"

这时，尚雅仪牵着子都从楼上下来，见江临枫回来，就问："临枫，我们究竟往哪里迁呢？"

"C市，'拯救地球委员会'也要搬到那里。我们可以和孩子们的外公外婆团聚了。"

"呵！你想得真周到，看来我妈没白疼你。子都，我们要去见你外公外婆了，你高不高兴呀？"

"高兴！当然高兴！可是，哥哥说我们不会回来了，这是真的吗？"子都忧郁地望着父母问。

"这……是你哥哥瞎说的，快去找他算账去。"尚雅仪支走了女儿，接着问："那佳欣他们呢？"。

"也和我们一起走。天云拜托过我的，我不能让她们有半点差错。"

"哦，那好，再加上知秋，我们就不孤独了。是吗？知秋。"

"是呀，能和雅仪大姐在一起，就是死也不怕了。"叶知秋开心地说。

正说着，袁佳欣带着女儿过来了。

"我们收拾好了。"袁佳欣显得很兴奋，像是要去做一次愉快的长途旅行。

"我们也好了。"尚雅仪接下袁佳欣背上的大包。

"那好，我马上叫飞机过来。"江临枫说着接通了研究所的电话。

几分钟后，一架小型垂直起降飞机在前院的草坪上降落。江临枫把大包小包的行李搬进了行李舱，他的研究设备和抗震帐篷都堆在里面了。

大家正在上飞机时，欧阳可心带着一个女孩儿来了，原来是子豪与飞雪的同学，日本女孩儿美惠子。欧阳可心说她已经无家可归，就只好带到这里来了。

"哎，高大哥快回来了吧？"欧阳可心爬上飞机，很随意地问了一句。

袁佳欣一听，脸上瞬间多云转阴："临枫，你给我说句实话，在地球启动前，天云究竟能不能赶回来？你不许蒙我！"

江临枫瞪了欧阳可心一眼，但还是十分肯定地对袁佳欣说："我已经跟天云联系过了，他们会加速赶回地球，地球刚启动时速度很慢，天云他们肯定能追上来的。"

"要是追不上呢？"袁佳欣还是不放心。

"不会的，飞船小，加速不是问题。"话虽这样说，但江临枫心里没底。

"那就好。"

飞机起飞了。夕阳的余晖斜照着房舍的屋顶，几只海鸥啁啾着从上空飞过。江临枫最后看了一眼那座生活了12年的房子，再看看几位泪流满面的女人，禁不住心里发酸。

别了，我的蓝湖！别了，我的天堂！

飞机从北郊航天港上空掠过，蚂蚁般的人群在下面蠕动着，他们都在一种既依恋又迫切的心境中逃离家园，踏上了一条前途未卜的求生之路。

H市很快被抛在身后，不断涌入视线的山脉、河流、村寨在下方静默矗立，仿佛一切都不曾发生似的。江临枫突然有了一个滑稽的想法：这次地球的迁徙是为了逃离太阳系这个温暖的家园，而我们这个小家的迁徙却是为了回到儿时的故乡。我们究竟是在逃离故园呢，还是在重返故土？他觉得自己被抛进了一个逻辑陷阱，怎么也拔不出来了。

"飞雪，快看！我外婆家到了。"江子豪指着前下方那座小房子自豪地叫起来。

霞光的辉映下，故乡特有的浅丘连绵起伏、明暗分明，如舒缓的绿波不断奔涌，流向天际。

　　飞机在一幢老式别墅前的草坪上徐徐降落，子豪、子都的外公外婆这时已乐呵呵站在门厅前迎接他们了。一下飞机，兄妹俩就投入了外婆慈爱的怀抱。其余的人在尚雅仪父亲的招呼下进了客厅。等两位老人忙里忙外地把客人安排停当，已是黄昏时分。十几个人欢聚一堂，吃了顿热热闹闹的团圆饭。

　　第二天一早，趁"拯救地球委员会"还未迁来的间隙，江临枫带着家人到 5 000 米外自己的老家为父母扫墓，并顺道去看了儿时生活过的老宅。徜徉在那些儿时曾留下无数足迹的山丘、河谷和田野里，看着那些在四月暖阳照耀下的儿时记忆，江临枫只觉时光倒转，仿佛又回到了从前⋯⋯

　　但卡罗尔的电话很快又把江临枫拉回现实。他必须立即赶往"拯救地球委员会"的新驻地——361 兵工厂，去破解一个更加棘手的问题。江临枫马上意识到，这个棘手的问题不是别的，一定是水晶球控制器出了麻烦。

　　361 兵工厂历史悠久，始建于 20 世纪 60 年代，据说是为当年的"备战备荒"而建，当时，为了躲避敌机和导弹袭击，设计者把整个工厂规划在一个人工开凿的巨大山洞里。尽管以现在的观念来看，那样的设计有些可笑，但确实能满足人们对隐蔽和安全的基本要求。当然，这也是"拯救地球委员会"把办公地点和行星推进器控制中心搬到这里的原因之一。

　　在 361 兵工厂被确定为掌握地球未来命运的重地后，Z 国军方已经把里面的设备和库存清除一空。进洞后左侧那间最大的车间已经被布置成会议大厅，一切设置几乎是联合国扇形大厅的克隆。紧邻该车间的 5 个成品仓库和右侧车间已经安上了数百张行军床，成了全体委员的临时卧室。而推进器控制中心的设置则相对保密，被设在某个迷宫一样的岔洞里，并有 5 道能防穿甲弹的钢门阻隔。

江临枫虽说从小就生活在紧邻兵工厂的小镇上，却对工厂里的情况一无所知，他只知道有许多神秘的车辆在那条鹅卵石铺就的水泥路上进进出出，还有就是那些经常到镇上来购物吃饭的工人，他们都住在依山而建、错落有致的盒子楼里。

江临枫在一辆军车的护送下穿过那条熟悉的鹅卵石马路，来到山脚下的一幢灰色大楼前。大楼只有 3 层，背靠陡峭的悬崖，在悬崖的顶部和大楼的两侧，两米来高的铁丝网反射着中午白亮的阳光。在铁丝网外的树林里，有许多军用帐篷搭在茂密的灌木丛中。

江临枫在大楼的底层进行完身份核对，就被一名工作人员带到大楼的背后。走出那道十分隐蔽的后门，前面 20 米开外，是一个开凿在陡壁上的深不见底的山洞。洞口两边的岩壁上錾有一副对联，上联是"深挖洞广积粮不称霸"，下联是"备战备荒为人民"，横批是一个星型标志。另外，为了隐蔽的需要，在洞口上方和灰色大楼之间，有一层厚厚的藤蔓植物荫蔽，只漏下一些碎银似的斑驳光斑。

江临枫走到洞口前，看了看守卫在洞口两边纹丝不动的卫兵，心中感觉有些异样。

第 17 章　第一波核打击

3 月 28 日晚，高天云接到"拯救地球委员会"电文，方知行星推进器的一切技术问题均已解决，"行星迁徙计划"已经通过全球公决，地球将在 4 月 6 日左右飞离轨道。高天云得到的命令是尽快带领舰队向地球可能经过的方向加速返航，具体航线随后送达，不得违抗。在电文的最后是三个带惊叹号的"切切！！！"

看到电文，高天云的眉头微微皱了一下，随即一种深深的感伤情绪弥漫全身。他已经在头脑中如电脑般计算出舰队目前所处的位置，以现在舰队的航速，哪怕是再加快一倍，也不可能在短短的七八天里追上地球，他们已经飞行 38 天了。也就是说，地球方面本质上已经放弃了他们 —— 他们已经成了地球的弃儿，再也回不到母亲的怀抱了。万千念头在高天云脑海中一闪而过，很快，他目光中便显现出一种毅然决然，他向正用询问目光看着他的助手王欣命令道："指挥舰队，按既定计划行动！"

高天云的命令一出，指挥舱里的所有人都面面相觑，随后都一齐惶惑地望着他们的统帅。

在一阵难堪的沉默之后，高天云把此时舰尾摄像机拍摄的太阳图像调入视屏。

"大家看看吧，那个像小月亮一样的光球就是太阳，它离我们已有 20 亿千米，地球正处于太阳后方左侧位置，就是那个小灰点。我们谁能不想重新站到那个小灰点上去呢？但我们已经回不去了，在我们与地球之间，不仅有 20 亿千米的鸿沟，还有时间上已经来不及。一切责任在我，是我拖累了 4 万太空将士，我对不起兄弟们……"高天云语声沉重，内心像压了一块巨石。

高天云说着停了下来，把大视屏换成了"吞噬者"的图像。经过高倍望远镜的放大，此时的"吞噬者"已经像一个足球那么大了，看上去像一个经过精心打磨的花岗石球。

王欣第一个打破了沉默，他用力抹了一把年轻英俊的脸，像要抹掉什么污物似的用力一甩："我没什么可遗憾的，只要我新婚妻子能在地球上好好地活下去，我就死而无憾。高司令，我们不怪你！"

"对，高司令，我们都有家人和朋友，为了他们，值了！"平时不大说话的女营养专家兼随舰医生艾眛也站出来说话了。

"呵呵！"一直冷眼旁观的周际笑出了声，"事到如今，怪你也没用了。再说执行这次任务是我们每个人自己选择的，我们认了。大不了一死，大不了就这样漂泊下去，直到……"

"不！我们绝不坐以待毙，我们还有事可做！"高天云打断了他，"虽然我们的命运已经注定，但我们在最后的日子里，还可以保持我们作为人类的尊严，还可以为活在地球上的亲人再做些事情。我们可以继续执行'拦截计划'，这样既能给地球多加一道保险，又能给人类多一种选择。万一我们拦截成功，地球就不用搬家了，我们因此也会多一分生还的希望——绝境图生，死中求活，这是目前我们可以做的。"

听高天云这么一讲，指挥舰全体人员都表示赞同，都希望在这最后时刻再拼一把。

高天云立即拟好一份电文，把他们的计划和想法发回地球，电文最后写道：

请原谅我代表"拦截计划"全体指挥员抗令，我们坚信我们的判断和做法。在没得到地球已经启动的确切消息以前，我们誓将"拦截计划"进行到底！

发完电文，高天云便将这个决定告知了全舰队将士 —— 他相信在没有更好选择的情况下，大家会支持他这个死中求活的决定。

接下来，高天云命令所有飞船除值守人员外，其余全部上床睡觉，养精蓄锐，准备战斗。太空舰队仍然按 1 号编队继续向前挺进，关闭推进器的舰队看似浩荡，实则感觉不到一点动静，活像一队在漆黑的夜空中沉默迁徙的候鸟。

3 月 31 日下午，高天云穿戴整齐，肃然端坐指挥座上，一双布满血丝的眼睛盯着指挥台中央的大视屏。在大视屏的中央，一群小白点正在向前方一个稍大一些的小灰点慢慢移动。那群小白点代表前出的舰队，小灰点代表吞噬者。当前出舰队接近"吞噬者"附近人为标记的提示红线时，高天云立即向舰队下达了临战前的第一道命令："各分队注意，立即右转 45 度！"

屏幕上，这支绵延近 50 万千米的庞大舰队纷纷点火，赤橙黄蓝的烈焰交相辉映，把这片深邃幽暗的星空映照得异常灿烂！

70 分钟后，整个舰队转向完成。高天云立即下达了第二道命令："所有飞船按'2号编队'变形！"

下完命令，高天云把指挥舱设置成三维立体视角，以便看清上下左右和前后的变形动态。只一瞬间，母舰中的所有人都像是仅仅坐在悬飞于空中的椅子上了。只见后面的一艘艘飞船喷着火焰向上下左右纷纷移去，渐渐以母舰为中心形成一个垂直于黄道面的平面。后面的飞船还在不断向四方逐渐扩展的平面飞去，使那个平面越来越大，直至看不见边缘。

这个变形过程比转向过程更长，一直持续了120多分钟，最后形成一个高、宽均为6万千米的立体攻击阵形。这个阵形从侧面看去，不过是一条宽度不过百米、长度达到6万千米的灰线而已。但如果从前面远远望去，这个阵形又像一张由无数银点编织成的，宽达36亿平方千米的恢恢天网。

这个看似简单的变形过程一直让高天云的心在半空中悬着，因为他知道，在如此高速飞行的情况下，要想让近两千艘飞船不发生碰撞基本不太可能，要知道，飞船之间的间隔距离仅为两秒距啊，哪怕是1秒中的疏忽都会造成舰毁人亡，甚至引发连锁反应给整个舰队带来巨大灾难。

高天云终于松了口气，他可以让舰队按此队形再飞行三四天，直到它飞到与"吞噬者"轨迹呈30°夹角时再去管它。

舰队张着一张巨网在漆黑的天幕中飞着，"吞噬者"则在左前方的深空中呈现为一片比深空背景更深的黑盘状，因为密度极大的原因，它虽不是黑洞，但却将周遭的物质以及大部分光都吸走了。

经过两次长时间的队形变换，整个舰队都累了，太空战士们大多进入了梦乡。此时的太空是如此安静，静得似乎只剩熟睡的太空战士均匀的呼吸声。

突然，尖利的警报声打破了寂静，所有人都从梦中惊醒过来。

高天云和他的助手们来不及穿戴整齐，只穿一件睡衣就奔进指挥舱，迅速回到自己的岗位上。

高天云刚一坐定，第二分队司令考恩的头像就出现在视屏上："报告高司令，我队第四大队第三中队整体出逃，已经飞出1万多千米，请求处置指示！"

这个消息来得突然，把高天云惊得不轻，他愣神片刻，立即命令道："请您马上和那个中队长取得联系，劝说他归队，只要回来，一切既往不咎！"

高天云下完命令，回头向助手王欣征询处理意见。一向以智谋著称的王欣也想不出什么好办法，他觉得第三中队肯定是听从了地球方面的指令，认为高天云的命令非法，所以拒不执行。在这种情况下，劝说基本上是无效的。

果然，不到5分钟，考恩的头像又出现在视屏上，他把嘴一撇说："高司令，没用了，他们拒绝归队，正在向地球方向全速前进，离我们已有5万千米了。该做何处置，赶快下命令吧！"

高天云一言不发，盯着另一面视屏中的小白点慢慢远离，直到那个小白点快要融入视屏的背景色中，他才无力地挥了挥手说："随他们吧，他们已经飞不回地球了。"

"不！高司令，你不能放任不管，这样会动摇军心的！"王欣急忙劝阻他。

"是啊，高司令，这样会动摇军心啊。"其他人也跟着一齐说。

"我们都听高司令的吧，他们也太可怜了，我们还能拿他们怎么样呢？"艾眯支持高天云的处理方式，因为她认识那个姓孙的中队长，他是个很有才华的年轻人，他们曾经一起在一条星舰上飞行过3个月，互相都留下了良好的印象，要不是这次"吞噬者"闯入太阳系，他们应该进入热恋中了吧。

"好了，各位，由他们去吧。当务之急是前面那个小灰点，它才是最值得我们去关心的！"

高天云说罢，接着以一种特别沉重也特别坚定的语调，向他的太空舰队发表了一场临战前的即兴演讲。他大致讲了3点：一是再次强调舰队已经处于绝境，若想绝处逢生，只有勇往直前，拼尽全力改变"吞噬者"运行轨迹。二是讲了对逃跑者的处理意见，如果舰队无法改变"吞噬者"运行轨迹，那些人同样不可能有生还的希望，而舰队若能成功使"吞噬者"改变轨迹，那些人将来必会受到应有审判，所以暂时对他们不做任何处理 —— 不做处理就是最大的处理。但对新出现的逃跑者，将在第一时间毫不手软、格杀勿论。三是重点讲了对"吞噬者"进行核打击的目的、意义和具体执行过程，他要求所有太空战士为了家人、朋友和地球，舍命一搏！

面对绝境，全体舰员已看清自己的宿命。向前，或许还有一线生机，后退，则是必死之局。他们明白自己已经别无选择，只能抱定慷慨赴死的决心和勇气，等待着那个最后时刻来临。

4月3日早晨，那个代表全人类向"吞噬者"发泄愤怒的时刻终于到来。高天云向太空舰队发出了攻击前的第一道指令：保持2号编队，左转56°，瞄准"吞噬者"的必经路径！

一分钟后，高天云发出第二道指令：核弹填装，5枚连发准备。

"准备完毕！"4位分队司令回答。

"发射！"高天云命令。

2 000艘太空战舰万箭齐发，近万枚核弹拖着长长的尾焰，向数亿千米外的目标呼啸而去。

这些核弹将在超能粒子束火箭的推动下，以高达20个g的加速度把自己加速到每秒5 000余千米的高速，然后以这一速度直奔目标。这些核弹是目前地球上威力最大的武器，每一颗爆炸都足以灭掉一个近百万平方千米的国家。

在近万枚核弹铺天盖地地向"吞噬者"飞去的近20个小时里，高天云和他的舰队一直以600多千米的秒速尾随其后，密切注视着它们的飞行情况。

特别是在核弹临近"吞噬者"的最后几分钟，"吞噬者"的巨大引力场开始发挥它那不容抗拒的威力，核弹在其引力的牵引下越来越快，最后的那一瞬间简直快到了难以测算的地步。据周际事后说，那一瞬间的速度已经接近50%光速。

高天云和所有太空战士都通过太空望远镜看到了最后那一瞬间发生的情况：近一万枚核弹在接触吞噬者的一瞬间，就悉数被吸到那个花岗岩似的球面上去了，爆炸并未发生，球面依然干干净净，纤尘未染！

天哪！这就是黑矮星，人类终于在如此近的距离见识了它如此骇人的霸气和如此强大的"包容"能力！

所有人都被惊得目瞪口呆！

第 18 章 "拯救地球委员会"

江临枫走后的几天里，尚雅仪一直没有他的消息。她曾经和几个女人带着孩子到 361 兵工厂去找过，但威严的卫兵把他们挡在了工厂之外。

网上也出奇的平静，除了有关各地临时迁徙的消息外，就再没关于"行星迁徙计划"的半点信息，好像一切都不曾发生似的。

但尚雅仪和袁佳欣还是从这种异常的宁静中嗅到了危险的临近。

果然，从 4 月 2 日早晨开始，就有数以百计的飞机从四面八方飞来，纷纷降落在白云高尔夫球场的草坪上。接着，镇上就出现了许多不同肤色的陌生面孔。

中午过后，一件异常的事情让几个女人背脊发凉 ——4 个一早外出的孩子直到太阳偏西都不见回来。女人们急了，开始分头到镇上寻找。

街上已经很乱，邻街的店铺纷纷关门，成群结队的外地人在街上行色匆匆。而最让尚雅仪惊讶的是，卓尔竟然混在这些面无表情、目光阴冷的人群中。

在几个女人还在心急火燎寻找孩子的时候，一件更加意外的事件在傍晚发生了 ——"拯救地球委员会"所在的 361 兵工厂遭到突然攻击。

几十架飞机在 361 兵工厂上空突现,无数的导弹喷着火舌,呼啸着飞向那个秘密洞口周围的树丛,密集的爆炸骤然响起,弥漫的浓烟笼罩了山坡。接着就有几束激光穿透硝烟,直射那些肆虐的飞机。在一阵嗞嗞声中,好几架飞机分崩离析,橙黄色的放射状气浪像一片片绽放的礼花,把东方的天空映照得比西天的晚霞还要灿烂。在一阵短暂的平静之后,四处传来密集的枪声和激光束灼烧有机物的嗞嗞声。

大约 20 分钟后,枪声渐渐稀疏下来,硝烟散尽的东山燃起熊熊大火,十来米高的火墙像一条狂躁的火龙,迅速向南北蔓延……

爆炸刚开始时,尚雅仪就随受惊的人群一路狂奔。灼热的气浪一波接一波向人们猛袭,爆炸的碎片如飞蝗般穿过人群。好些人在奔跑中突然倒下,有的甚至还来不及发出一声惊愕的惨叫。

尚雅仪终于从那场梦魇般的奔逃中停下来。她这才发现,自己正站在父亲家门前面的小石桥上,周围已不见一个人影,也听不到惊呼和惨叫,刚才的逃命场面好像是很久以前的事情。

尚雅仪已经累得够呛,她坐在小石桥的栏杆上急促地喘息着。过了很久,才看见 3 个蓬头垢面的女人向这边奔过来。

"佳欣,知秋,可心,你们?"

"我们没有找到孩子们,你呢,雅仪?你找到他们了吗?"袁佳欣急切地问。

"我也没有,咱们该怎么办啊?还有临枫那边不知情况怎么样了?要是临枫在就好了。"

"听说神罚教的人已经攻进了那个山洞，'拯救地球委员会'的好多人都牺牲了，也不知江大哥他们……"叶知秋还没说完就哭出了声。

几个女人都承受不住这突如其来的打击，拥在一起抱头痛哭。

正哭着，江临枫的电话来了，声音显得异常急促。原来江临枫正和几位同事杀开一条血路，拼命往这边冲过来，他要尚雅仪赶紧去找飞行员小杨，通知他立即启动飞机接应他们。

几个女人立即停止哭泣，飞快奔向尚雅仪父母家的院子，也不知小杨在与不在，她们必须马上找到他，只有他才会驾驶那架停在院子中的飞机。

等她们气喘吁吁跑到院门口，却见小杨正低头往院子外面疾走，差点与跑在前面的尚雅仪撞了个正着。尚雅仪赶紧冲他大喊："小杨，快启动飞机，接应临枫他们！"

小杨一惊，慌忙驻足应道："我正要去找江大哥他们呢，快跟我来！"

小杨知道情况危急，话没说完就奔向飞机，拉开驾驶舱门一骨碌爬进了驾驶舱："你们快上来，他们在哪里，告诉我坐标！"

尚雅仪正要往机舱里爬，却想起父母还在屋里等他们回家吃饭呢，于是她赶紧跑到厨房把父母叫出来，扶着他们一起进入机舱。

小杨已经启动飞机引擎，正要升空，却见一辆军绿色越野车从远处的河滨公路飞快驶来，在对岸的桥头转了个急弯，然后驶过小桥，冲进院子哧的一声刹在飞机旁边，扬起的灰尘漫向飞机，一时间模糊了小杨的视线。

不等灰尘消散，就见4个车门同时打开，4个男人一齐跳下车，直奔飞机的后舱门。小杨这才看清，原来是江临枫、王浩、叶沃和查尔斯。

"江大哥，往哪里飞？"小杨问道。

江临枫仍是一副惊魂未定的样子，喘着粗气说："这……一直往前飞吧，先逃脱追杀再说。"

"如果没有预定目标，那就到我父母家吧。"袁佳欣看了看几个狼狈不堪的男人，补充说，"那里地处岷江峡谷，环境比较封闭，应该还算安全。"

"好吧，听这位女士的，我们先去那里避避。"说话的是王浩。

小杨立即按照袁佳欣提供的地址确定了坐标，然后朝岷江峡谷飞去。就在飞机消失在小镇西面的苍茫暮色中时，密集的枪声在东面的山脚下骤然响起，在熊熊山火的映照下，只见数十名政府军士兵在子弹和激光的扫射中纷纷倒下。

等确信飞机已经脱离了危险区域，几个女人才发现江临枫满脸是血，怀中紧抱着一个钢蓝色的金属箱。

"临枫，究竟出了什么事？"尚雅仪有些惊恐地望着丈夫。

"爸爸，你们这是……"叶知秋看着头发散乱、周身是泥的父亲叶沃，也非常吃惊。

"我们遭到了神罚教恐怖分子的袭击，万万没想到他们火力会那么猛，导弹、激光武器应有尽有……唉！"叶沃叹息一声，望向面沉似水的王浩。

王浩强打精神，大概向大家讲述了"拯救地球委员会"遇袭的经过。原来，在"拯救地球委员会"搬迁的过程中，由于消息泄露，神罚教分子和世界各大恐怖组织就开始暗中向C市集结，卓尔也投奔到了神罚教教主黎洪石帐下。在卓尔的精心策划下，一个名叫"保卫家园行动"的计划很快展开，他们以"阻止地球迁徙，留守美丽家园"为行动口号，主张继续实施"拦截计划"，坚决反对逃离太阳系这个温暖家园。经过几天的秘密准备，他们在傍晚时向"拯救地球委员会"发动了突然袭击，两个守卫团在他们的重创下几乎全军覆没，数千名恐怖分子攻进山洞，大部分先期到达的委员死于他们的枪下，卡罗尔主席也在绝望中自杀。

"那你们呢，怎么逃出来的？"叶知秋问。

"还是我来说吧。"金发碧眼、胡须浓密的查尔斯接着讲述了他们逃离的经过。

在设计"推进器控制中心"时，就已经考虑到出现意外时的退路问题，军方已经把另外两个和行星"推进器控制中心"相连的出口悄悄疏通。这两个出口分别在主洞口的南北约两千米处。在主洞口被攻陷时，他们正在"推进器控制中心"研究那个神秘的水晶球。悄悄从会议大厅逃过来的叶沃把山洞被攻陷的消息告诉了他们，是五道钢门的阻挡才让他们赢得了时间。在他们逃出洞口时，一个临时拼凑的特别护卫队把他们护送了过来，许多研究人员和护卫队员在撤离过程中献出了生命。

等查尔斯把这段危险的经历讲述完，江临枫的头上已经缠好了绷带，他这才发现几个孩子不在机舱中，于是着急地问道："雅仪，孩子们呢？他们怎么没有一起走？"

"他们……他们……"尚雅仪难过得说不下去了。

"他们失踪了，就在神罚教袭击山洞的前几个小时。"欧阳可心补充说。

"你们怎么不去找他们？就只顾自己逃命？"江临枫火了，"天云的孩子也在里面吧，你们让我怎么去向他交代？快调转机头，去把他们找回来！"

"这……"小杨回头望着江临枫，又望望王浩等人，一时不知所措。

"快飞回去呀，去把我的外孙们找回来！也许他们正危险着呢。"尚雅仪的母亲也大声催促小杨。

"找不到了，我们几个已经把该找的地方都找好几遍了。"袁佳欣无力地说。

听她这么一说，所有人都沉默了，一种不祥的氛围笼罩了整个机舱。

当飞机降落在川西高原袁佳欣父母家院落时，天已经黑透。

这是一个由一些仿羌族建筑构成的寨子，四周的碉楼黑森森的，如一把把巨型匕首直刺幽蓝的星空。背后的雪山只露出暗白的剪影，显得苍凉而悠远。前面不远处有流水潺潺，那是古老的岷江在穿越峡谷时所发出的亘古不变的轻唱。

在吃了一顿袁佳欣父母准备的羌味晚餐后，众人都顾不得眼前的危险，爬上那些碉楼睡下了。

看着碉楼外的星光，听着山风的轻诉，江临枫无法入睡，想到那几个生死不明的孩子，想到被血洗的"拯救地球委员会"，他已经有了一种不祥的预感。

袁佳欣更是无法入睡，这里的一切不但勾起了她童年的记

忆，更引发了她对高天云的思念。岷江边的那棵歪脖树见证了他
们不朽的爱情，她原以为他们的爱会像岷江一样长流不息，像草
甸上的格桑花一样妖艳无比，像雪山上的天空一样澄明纯净。可
是，这一切似乎都要离她远去了。天云，你离我们还有多远？你
还能飞回地球，回到我们的身边来吗？

4月3日一早，王浩就接到军方高层打来的电话，说"拯救
地球委员会"所在的361兵工厂已被军方收复，邪恶势力的主力
已被彻底摧毁，许多后续赶到的委员已在山洞中集结，大家都希
望他们3位副主席立即回去主持工作。这无疑是一个振奋人心
的好消息。

正当大伙告别袁佳欣父母，登上飞机准备返航时，江临枫接
到了卓尔的电话。

"江兄，你想要回你的那对宝贝儿吗？如果想，就请10分钟
后拿那个水晶球来换，地点就在那棵伸向江心的歪脖树旁。那棵
树见证了我下地狱的过程，一想到它，我就有一种钻心的痛。"

卓尔所说的下地狱，其实就是当年袁佳欣当着高天云和江
临枫的面严词拒绝卓尔的死乞白赖追求的过程，没想到他会如
此刻骨铭心。

"你没把孩子们怎样吧？"江临枫周身冒汗。

"暂时没有，不过我不敢保证之后会怎样，这要看你打不打
算玩花样了。如果想玩，你将亲眼看到4个小崽子如何断气。还
有，不要想逃，你周围已经全是我们的人。"

"好吧，你等着，千万别动孩子们！我们马上赶过去！"

江临枫挂断电话，立即向3位副主席汇报了这个棘手情况。

查尔斯提议用一个假水晶球去换，但很快又自己否定了这个想法，因为要在几分钟内找到一个相差无几的赝品是不可能的。人们开始后悔没有为这个水晶宝贝定制几个"替身"。

叶知秋建议立即报告军方，让他们派就近的部队出面处理。但最近的空军至少需要 30 分钟才能赶到。

叶沃建议采用拖延战术，争取时间等附近的空军赶到现场。但江临枫说那根本行不通，他了解卓尔的个性，他是那种不会轻易改变初衷的人。

在几个办法都被一一否定，急得几个女人泪流满面的时候，人们都把目光聚集到王浩身上。作为已经连任两届中国航天局局长的王浩虽然年届五十，但他那宽阔的脸膛上不见一丝皱纹，浓密的眉毛、冷峻的目光和宽厚的下巴都给人一种自然的威仪，挺拔厚实的身板和修剪得如钢刷般整齐的短发总是透露出一股超乎寻常的冷静。

"这样吧，除了临枫、查尔斯和我，其他人马上下飞机！"他的语气坚定得不容争辩。

等其他人下去后，王浩立即同空军总部通了电话，要他们立即派出足够数量的隐形飞机在以交换地点为辐射轴的 8 个方向埋伏，是迫降还是跟踪要根据当时的情况见机行事，务必要完好无损地夺回水晶球。

在约定时间的最后时刻，他们的飞机降落在那棵歪脖树旁的草甸上。

4 月的岷江峡谷还没有完全苏醒，对岸的山上除了几株紫红色的启明花外，只有很少的几点绿色，显得死寂而灰暗。近处的草甸却充满了春天的气息，嫩绿的小草和星星点点的小黄花在上午的阳光下显得生机勃勃。

还没走出飞机的舱门，王浩就看见卓尔的飞机停在 50 米开外，通身呈暗灰色，在耀眼的阳光下也不反一点光。

"不好，那是一架隐形飞机！"王浩低声说。

但江临枫却没有听见他的话，他的目光已经被悬挂在那棵歪脖树上的 4 个哇哇大哭的孩子定住了，他想马上跳下飞机冲过去把孩子们一一解救下来。

"王主席，让我去与卓尔交换吧。"江临枫抱着装水晶球的箱子就要去打开舱门。

但王浩却拦住了他："不行，你先别急！他们太狡猾了，预先安排了隐形飞机脱身。"

"那我们该怎么办？孩子们太危险了！"江临枫急了。

"我们总不能白白地把水晶球交给他们吧。"查尔斯双手一摊，大声地说。

"可是，那 4 个孩子怎么办？那可是 4 条幼小的生命啊！"江临枫激动得叫起来。

"别争了！让我来想办法。"王浩马上掏出手机把情况变化报告给空军总部，总部决定派飞机接近现场，伺机用离子束武器破坏那架飞机的控制系统，使其无法起飞。

"快下来！再磨蹭我就让你们好看！"卓尔站在江临枫他们的飞机旁大声吼起来，同时还扬了扬手中的激光枪。在他身后，站着一排满脸杀气的武装分子。

"好吧，看来我们不得不下去了。"王浩出现在舱门前，"临枫，提好手中的箱子，看我的眼色行事。"王浩第一个跳下飞机。

后面两人也跟着跳了下去，他们3人背靠飞机站成了一排。

"呵！临枫兄，怎么今天打扮得如此怪异，像个日本武士似的？"卓尔指着江临枫头上的绷带说。

"托你的福啊，这下你该有上天堂的感觉了吧？我知道你还记得十多年前在这里发生的事情。"江临枫有意提起那件让卓尔难受的往事，好让他去回忆，去解恨，去尽情享受报复的过程和快感，以此来拖延时间。

果然，卓尔在不觉间陷进了江临枫编织的圈套，他的目光变得迷离起来，开始回忆当时的场景。他说，姓江的你还记得那天上午吗？也有太阳，但感觉很冷，贯穿峡谷的风像刀一样割着我的脸……

江临枫何尝不记得呢？他觉得当时的季节略早一些，但阳光很暖和，草甸上的小草已经舒展开枝叶，小黄花就要绽放。江临枫为了帮高天云搞掉卓尔这个死乞白赖的情敌，提议让袁佳欣站在歪脖树下做出抉择，向南走，选择卓尔，向北，就选择高天云。结果不言而喻。绝望的卓尔以跳江相逼，但拥在高天云怀里的袁佳欣回头冷冷地告诉他，他的生死与她一点关系都没有！

从此，卓尔恨透了江临枫，他认为是江临枫的馊主意把他推进了感情的地狱。

"爸爸！"……"江叔叔！"……孩子们的哭喊中断了他的回忆，江临枫这才看清楚，4个孩子分别被缆绳吊在四根向江心伸得老远的枝丫上，像4只倒挂的风筝，在呼呼的江风中打着旋儿。

岷江在孩子们的小脚丫下很深的谷底哗哗流淌，泛着玉蓝色的波光。

"爸爸，快放我下来。我怕，我怕……"子都一边用稚嫩的童音呼唤着父亲，一边不停地拍打着一双小手，弄得头上的羊角辫一颤一颤的，活像一只徒劳挥动翅膀的红蜻蜓。

江临枫心急若焚，但对女儿却面带微笑："都都，乖孩子，别怕。爸爸办完眼前的事儿就放你下来。"

"好吧，姓江的，既然你如此喜爱你的女儿，就把手中的东西拿过来。快点！"卓尔已经清醒过来。

王浩已经隐隐听到了从天空深处传来的轻鸣，就对江临枫耳语道："临枫，再和他谈，我们的飞机马上就要到了。"

江临枫立即会意："卓所长，难道你就没想到这样做的后果吗？你这是在犯人类有史以来最大的罪行！你是在毁灭整个地球生命！全人类不会饶恕你！所有生命都不会原谅你的恶行！你的灵魂将会受到最严厉的惩罚！你将比被打入第十八层地狱还要痛苦！"

"呵呵，你说的这些老子都明白，但老子就是要这样做，我要让你们受尽煎熬，然后大家一起完蛋！好了，快把手上的东西交过来！不然老子不客气了！"卓尔咆哮起来，把激光枪对准了4个孩子。

"别！别！你再容我想想！"江临枫赶忙叫住他，然后看了看手中的箱子，又看了看身边的王浩。

王浩如一块巨大的碑石般岿然不动，一副处变不惊的样子。他一边静观对方的一举一动，一边凝神聆听正在临近的飞机引擎声。

看着卓尔着急，他微微一笑说："卓所长，我看你还是冷静下来吧。我以"拯救地球委员会"副主席的身份奉劝你，收回你的那些危险想法，站到我们这边来，我们会……"

"飞机来啦！"没等王浩说完，就听见站在卓尔身后的那个光头吼了一声。

接着，在场的所有人都听见了来自西南方向的轰鸣。

只见卓尔刚才还带着嘲讽意味的脸一下子变得异常凶残，他嗖地举起手中的激光枪，瞄向了那些无辜的孩子。

"不——"江临枫竭尽全力的呼喊却被呼呼的江风刮得软弱无力。

紧接着就看见一束蓝光从卓尔的枪口射出，射向子都头上的缆绳。一秒钟后，子都像一只断线的风筝似的，打着旋儿，向那深谷中的江面坠去。时间仿佛在那一刻停止，声音也似乎在空气中凝固。

江临枫狂奔到那棵歪脖树下，扶着树干，在一种无声状态中，目睹了心爱的女儿无休无止的坠落……

直到子都那幼小的身体在幽蓝的江面上溅起一小朵白亮的浪花，江临枫才发出了一声野狼般的哀号——"子——都——"

这声哀号在幽深的岷江峡谷上久久回荡，绵延不绝……

一向以沉着冷静著称的王浩被惊得手足无措，当卓尔再次将枪对着剩下的 3 个孩子，逼迫他打电话命令飞机返航时，他不得不悉数照办。

听到飞机渐渐远去的声音，卓尔露出一丝得意的微笑："这就对了，快把那个箱子递过来吧，你们已经别无选择。"

被眼前的情景吓坏的几个孩子还在哇哇大哭。江临枫仍然扶在歪脖树上，面朝空荡荡的河谷木偶般一动不动。

王浩只好提起江临枫扔下的金属箱，向草甸中间一步一步走去。

"你……"查尔斯想拦住他，但他已经走到草甸中间，把箱子放到野花点点的草地上。

"拿去吧！你们这群人渣！"他愤怒地吼了一声。

"打开它！"卓尔举枪对准王浩，命令道。

王浩再次照办，俯身打开了箱子。顿时，一束白光耀眼一闪，所有人都感到了一阵异样的晕眩。

卓尔揉了揉眼睛，走向箱子，蹲下身，双手捧起了那个光芒四射的水晶球。

就这样，王浩眼睁睁地看着卓尔把那个水晶球捧上飞机，再眼睁睁地看着那架隐形飞机在茫茫天际中消失得无影无踪。

第 19 章　水晶球之谜

4 月 3 日下午，江临枫等人回到"拯救地球委员会"所在的小镇。所有人都像经历了一场生死轮回，水晶球的丢失和子都的死，让人们的心境被一种绝望与死亡的氛围包围。

除江临枫被留在岳父家安慰过度悲伤的尚雅仪外，3 位副主席和叶知秋都立即赶回 361 兵工厂，因为"拯救地球委员会"被冲散后的第一次会议必须马上召开。

在那个被子弹和激光束弄得面目全非的扇形大厅里，仅存的 120 名委员坐得稀稀拉拉。整个会议开得简短而悲壮，在还残留着血腥味的氛围中开会是一件异常痛苦的事情，许多委员从头到尾一言不发，只是在需要表决时才举起自己的右手或左手。整场会议只有两个议题，一是增补委员和选举新的主席，二是研究水晶球的搜寻方案。

王浩临危受命，当选为第二任"拯救地球委员会"主席。

王浩发出的第一道命令是：启动所有国家的谍报系统，在最短时间内找回水晶球。

于是，一个几乎涵盖全球范围的拉网式搜索行动迅速展开，各国动员的人马达到 3 000 万人！

搜索成效立竿见影，从傍晚开始，就有许多大小相当的水晶球被运抵山洞，很快就堆满了推进器控制中心旁边的仓库，到第二天下午，水晶球的入库量达到了惊人的 25 000 多个。

面对如此海量的几乎长成一个样子的水晶球，所有研究人员都感到不知所措、一筹莫展。尽管头大，但他们还是从世界各地调来了集声学、光学、震动学等方面的所有先进仪器，不分昼夜地对每一个水晶球进行多学科检测，参与检测分辨的人员挤满了控制大厅周围的各个仓库，几乎一模一样的水晶球在他们的手中传来传去，不间断的机械重复，看上去场面热闹，但看不出有任何实质性进展。王浩甚至对这次超大规模搜寻行动的初衷产生了怀疑，通过这样的方式真的能找到那个真正的水晶球吗？

几天后，杰克从南极发来消息，行星推进器的组装工作已近尾声，不久即可进入调试阶段。这是一个难得的好消息，本该令人振奋，但水晶球控制器仍然搜寻无果。

王浩坐在"推进器控制中心"的主控台前，看着那个空荡荡的搁置水晶球的十字支架，心急如焚。他曾经亲自掂量过那个玲珑剔透的水晶球，那种冰凉冰凉的异样感觉好像还一直留在手心。

4 月 4 日早晨，王浩从那个令人窒息的山洞走出来，他已经不想再去看那些水晶球在人们手中无休止地传来传去了，他对那些所谓的精密检测仪器也失去了信心。就算那个真正的水晶球就在其中，他们也不知道识别的方式，更何况那个真正有用的水晶球未必就在其中。

绝望中，王浩只好去找江临枫求助。但江临枫却一脸麻木地回了一句："别再烦我，我要去找子都了。"

王浩知道江临枫仍处于子都落江的痛苦之中，只好长叹而去。

这样一晃就是 3 天。杰克已经顶住暴风雪的压力，完成了行星推进器的安装，让它的喷射管顺利地穿出了大气层。但这个消息并没有引起多大反响，而水晶球控制器丢失的消息却在很短的时间里传遍世界。社会秩序在绝望的氛围中再度崩溃，"拦截计划"再一次成为人类首选的救命稻草，高天云也再次成为人类希望的焦点。

"拯救地球委员会"不得不顺应民意，第三次向高天云下达了重启"拦截计划"的命令。

4 月 7 日上午，正当高天云准备带领阵容残缺的太空舰队与"吞噬者"拼死一搏时，中东谍报人员发回一条令人惊骇的消息 —— 中东某国首都南郊一座城堡突然有蓝光射出，见到的人瞬间失明，同时有空气电离的嗞嗞声从高空传来，周围的民众像看到末日先兆似的四散逃离，整个城市迅速变成一座空城，目前蓝光还在不断释放，那座城堡成了人间地狱，无人敢进。

对于这条消息，王浩等委员倍感蹊跷，但多数委员只把它看成一种不祥预兆，并不在意。

王浩却再次想到了江临枫，看对此有何不同看法，也许这是人类最后的机会了。

见王浩再次出现，江临枫麻木的脸上闪过一丝惊异。当听完那条消息，江临枫那双凹陷在绷带下面的眼睛大放异彩。他不顾尚雅仪的劝阻，二话不说就跨进王浩为他打开的车门。

中东某国首都南郊的一个山坡上，一座有着多个半球拱顶的城堡在柔和的晨光中显得静谧而冷峻。那道神秘蓝光已经不再，只有一架暗灰色飞机孤零零地停在城堡前的草坪上。

载着 500 名特警的几十架直升机在城堡前的缓坡上着陆。

在王浩的指挥下，500 名特警围成一个半圆迅速向城堡靠拢。10 分钟后，城堡的大门被打开。随即，王浩得到报告，在城堡底层的大客厅中发现 8 名武装分子，已经死亡，死因不明。

江临枫随王浩穿过花园，心里突然有一种异样的冲动，他感到有一股神秘力量在暗中牵引他的双腿，让他身不由己地步入那个宽大的客厅。等他用力站定身体，才发现自己的皮鞋尖已经触在一具尸体的光头上，他一眼认出了他，就是在岷江边站在卓尔身后的那个凶神恶煞的家伙。

江临枫感到一阵快意，想不到这帮家伙会死得这样惨 —— 每个人都圆睁着眼，大张着嘴，一副惊恐万状的样子。但这 8 具尸体当中却没有卓尔，江临枫心中不免又涌起一阵恨意。他多想卓尔就在脚下的尸堆中啊，那样的话，他就可以悄悄对他的子都说：子都，害你的人已经遭报应了，你可以在你的世界里开心地玩儿了。

这句不能说出的话憋得江临枫心里难过，以至于王浩的提问他一句也没有听见。过了好久，他才自言自语地说："死得好。死得好……"

"但他们是怎么死的呢？"王浩问。

"是啊，他们是怎么死的呢？"江临枫清醒过来，反问道。

"我问你呢，快想想看。"

"这……我想一定跟那道神秘的蓝光有关。我们必须找到它的光源。"江临枫说着就开始在客厅中搜索起来。

"不用我们亲自搜，500 名特警马上就可以把这座城堡翻个底朝天。来，我们先坐一会儿。"王浩已经把横在沙发上的一具尸体移到地上，自个儿先坐了下来。

江临枫没有坐，他在两具尸体间的地毯上一边来回踱步，一边扫视着客厅中的每一个细节。他这才发现，这个客厅与当地建筑风格截然不同，玲珑剔透的豪华吊灯和几幅价值连城的名画证明了主人的富有，那座斜对大门的壁炉镶嵌着纯金线条，一副霸气十足、不同凡响的样子。

没等江临枫欣赏完这个用金钱堆砌的客厅，特警队长就快步跑了进来："报告，整座城堡已搜查完毕，没有发现发光源。"

"有活着的人吗？"王浩问。

"没有。"

"发现什么可疑线索了吗？"

"有，在那架飞机下发现一个金属箱。"

王浩腾地弹起来："快取来！"

"水晶球！"江临枫跟着站起来。

一分钟后，那个熟悉的金属箱摆在翡翠茶几上。江临枫像面对久别重逢的亲人似的，仔细端详了好一会儿，才猛然打开了它——他顿觉一阵白光耀眼一闪，就什么也看不见了。等他再次睁开眼睛，才发现刚才的白光仅仅是个幻觉——金属箱中空空如也。

江临枫瘫倒在壁炉边，心里充满了绝望。他知道卓尔的性格，如果他的计划失败，他一定会让全人类为他陪葬的。

王浩同样心头一沉："水晶球难道已被卓尔毁掉了？"正失神间，客厅的壁炉中隐隐传来一股轻微的嗡鸣，那嗡鸣仿佛来自悠远的宇宙深处……

江临枫最先感知到了这种嗡鸣，他心头一震，睁开眼睛，仿佛看到有一团幽蓝幽蓝的辉光正从壁炉的灰烬中透出来。江临枫生怕又是幻觉，于是揉了揉眼睛，这才确信是真的，真的有一团柔和的蓝光在壁炉的灰烬中若隐若现。

江临枫来不及多想，手已经如闪电般伸向了那团蓝光，等他的手从壁炉的灰烬中取出来，一个发着蓝色幽光的圆球已托于他的掌心。

"水晶球！"王浩大喜。

"水晶球！"江临枫兴奋异常，"对，就是它。这正是我熟悉的分量和质地。"

"快看！里面出现了一些符号！"王浩发现了其中的异常。

"这是怎么回事？"江临枫吃惊。

"这些符号就是推进器的操纵符号吧？"王浩推测。

"对！一定是，你看 ——"江临枫指着那些由几何图案组成的符号说，"这个三角形很可能就是启动符号，这个菱形可能就是停止符号。"

"可他们是怎么出现的呢？"王浩不解地问。

江临枫转身看了看那个壁炉，再看了看手掌中的水晶球，突然似有所悟："明白了，他们想烧毁这个水晶球，没想到坏事却变成了好事，帮了我们一个大忙。这些符号是在火中烧出来的，如果他们不这样做，我们谁又想得到呢？"

……

当天下午一点，那个神秘复出的水晶球在 500 名特警的护送下回到 361 兵工厂。

在兵工厂"推进器控制中心"的密室里，水晶球被重新置于控制台中央的金属支架上，泛着幽蓝的光晕。那些神秘的几何符号像激光防伪商标似的浮在球内，显得无依无凭，好像一阵风都能把它吹跑。

由王浩亲自领衔的一个 10 人攻关小组围在它的周围，像 10 只饿得心慌的老鼠围着一个大南瓜似的，显得既兴奋异常又无从下口。

其余委员留在山洞中的扇形大厅里，由叶沃主持，对地球加速后可能出现的灾难进行预见性的讨论。

一位叫施拉格的法国物理学家抛出的安全加速度问题引起了人们的恐慌。他说，经过周密计算，地球所能承受的最大安全加速度为 1/3g，如果超过这一加速度，地球将有"碎壳"的危险，而就目前的情况看，我们已经浪费了太多的时间，要想在太阳爆炸时躲过超高温气浪的冲击则必须让地球的加速度大于 1/2g。这样一来，人类将陷入一种两难境地，无论做何选择，都无法逃脱被毁灭的厄运。

尽管施拉格的结论有些危言耸听，但多数委员还是保持了应有的镇静，因为太多的绝望和太多的打击已经让他们变得坚强起来，或者干脆说是麻木起来。因此他们还是事无巨细地对抗震棚的搭建、抢险救灾以及灾后重建等工作进行了周密部署。随即就向全球下达了立即搭建抗震设施、组建抢险救援队的命令。

随后，叶沃又向全体委员下达了一道命令——所有委员原地待命，不得离开山洞。虽然全体委员都服从命令，但多数委员还是对 361 兵工厂山洞能否承受即将到来的地震持怀疑态度。

接下来是等待，但这是一次在希望中的等待，尽管漫长，但在等待的尽头是生的希望，跟那种在绝望中的等待不可同日而语。

叶知秋虽然没有硬性任务，但她一刻也没闲着，她一次又一次地穿过那条通往"推进器控制中心"的过道，来到那扇厚重的钢门前凝神聆听……但每一次都一样，除了令人心慌的死寂，就只剩自己怦怦的心跳声。已经过去两天了，江临枫头上的伤好些了吗？他的身体会不会吃不消？他们已经摸着水晶球的门道了吗？雅仪大姐他们呢？他们已经把抗震棚搭建好了吗？要是能出去呼吸一下新鲜空气该多好，闷在这个压抑的山洞里真是难受死了！

4 月 8 日午夜，当所有委员都在昏睡时，一阵剧烈的震动把他们震醒。

"地震！"不知谁吼了一声。

睡在行军床上的人们纷纷鱼跃而起，跟跟跄跄地往过道涌去。

"别慌！这个山洞能抗十级地震！"不知是谁又吼了一声。

于是，纷乱的人群就衣衫不整地站在了原地。

叶知秋穿着睡衣站在一群只穿着裤衩的男人堆中，有些难为情，但像站在一只摇晃的小船上的感觉让她顾不得这些，她甚至不得紧靠在一个中年男人的身上一动不动，不然她会失去重心。

大约半分钟后，剧烈的摇晃停了下来，广播里传来轻柔的安抚：大家不要慌，刚才发生了一次小地震，大家都回到各自床上睡觉吧。

　　但过了不到 5 分钟，叶沃兴奋无比的声音从广播中传来："我代表'拯救地球委员会'郑重地告知大家，刚才的地震是由南极推进器点火引起的……"

　　后来人们才知道，在王浩和江临枫想尽所有办法、用尽所有先进仪器都操控不了水晶球控制器的情况下，是查尔斯在无意中用铅笔点到了那个三角形的启动符号，随之而来的剧烈震动让他立即想到了南极推进器已经点火。于是，在突兀的惊骇中，查尔斯又在水晶球上一阵狂点……当铅笔触到一个菱形图案时，震动立即停止。

　　紧接着，以施拉格为代表的天体物理学家对地球的最佳加速度做了最后核定 —— 地球飞离太阳的加速度绝对不能超过4.9 米 / 秒，超过这一加速度，地壳整体破裂的概率将达到 90%以上。其实，这就是神族设定的最大加速度啊，他们已经在基因信中说得很清楚 —— "第六行星推进器的加速度高达其重力加速度的二分之一"。

　　最终，"拯救地球委员会"把地球飞离太阳的最大加速度确定为 4.89 米 / 秒，而对于地球能否逃脱太阳爆炸波的波及已经无法顾及了。

　　此时，"吞噬者"已经飞过土星轨道圈，离惊天一撞只剩短短 25 天！

第 20 章　殉难者

4月9日早晨7点，"拯救地球委员会"向高天云发出了地球将于上午9点启动的消息，要求他们按照一并发去的地球加速轨迹图的指引追赶地球。江临枫知道，这条消息两个多小时后才能到达高天云的舰队，而就在这一两小时之内，将是高天云用他的"办法"同"吞噬者"做最后决战的时刻。江临枫是从高天云昨晚发来的告别信中得知这一情况的。高天云一共发来3封电文，一封给"拯救地球委员会"，一封给江临枫，一封给袁佳欣。给袁佳欣的那封还在江临枫的兜里揣着，看着那些缠绵悱恻的言辞，他真想躲到某个角落大哭一场。

此时，高天云的舰队离"吞噬者"只有4 000多万千米，凭肉眼都能看出它的位置所在了。

只见在漆黑的天幕上，在舰队的正前方，一颗四等星亮度的星星正在闪着微弱的光辉。而在望远镜里，它已经是一颗缓缓旋转着的"大钻石"了。它的圆整度非常高，看上去像是用精密数控车床加工而成。它表面呈半透明的结晶状，有明显的平滑感和冰凉感。所有人都被它那玲珑剔透、美轮美奂的外表镇住了，它是那么纤尘不染、完美无缺，若非亲眼所见，你根本不会想到它竟会跟吞噬、毁灭扯上关系。

在离"吞噬者"4 000万千米处，高天云沉吟良久，终于说出了自己长久以来一直没勇气说出口的想法。原来，还在地球上，他就已经预料到核弹攻击的致命缺陷，他知道，"吞噬者"的超强引力会使核弹上的所有元素的原子在相触的一瞬间瓦解成原子核，甚至更基本的粒子，核弹根本不会爆炸，因此必须利用另外的办法来迫使它改变轨道。于是，他想到了"撞机"，也就是用整个舰队侧向高速撞向"吞噬者"，并在相撞前的一瞬间引爆核弹，利用舰队的动量和核弹爆炸的威力去达到目的，只要能让"吞噬者"偏离微小的角度就足够了。

高天云说出自己的想法后，周际一怔，然后苦笑道："你确定？这太绝了吧？"

"是啊，绝到整个舰队在与'吞噬者'相碰的那一刹，彻底终结！"王欣有些自嘲地阐释道。

"那一刹那过后，我们这些血肉之躯和装载我们的钢筋铁骨都会统统化作一粒粒细微的等离子体，成为'吞噬者'的一部分了。"艾眯用凄凉的语调做了补充。

"是！"高天云对艾眯投去温情的一瞥，"这样，我们就可以成为那颗'钻石'的一部分永存于宇宙中了，还有什么样的死法比我们这样的结束来得更完美呢？"

高天云这句反问在所有人的脸上激发出圣洁的光辉，仿佛他们已经闪着钻石一样的光芒开始在宇宙中畅行无阻地遨游了。

"好，制定撞击方案吧。"高天云扫视众人。

不到半小时，撞击方案制定完成。依照方案，舰队将在离"吞噬者"3 000万千米时发起最后攻击。过了那个点，整个舰队就会分成四个方阵，全力加速向吞噬者冲去。

由于此时的舰队速度极快，已经达到数千千米秒速，因此只过了不到半小时，舰队的前锋就抵达了离"吞噬者"3 000万千米的攻击距离。这时，不知是谁第一个吼出了《太空勇士之歌》——"我们是宇宙的鲲鹏"，紧接着无数的和声唱出了"我们是冲天的壮士"，很快，整个太空舰队成员加入合唱行列，悲壮的歌声响彻天际：

　　我们是宇宙的鲲鹏

　　我们是冲天的壮士

　　扶摇直上

　　气贯长虹

　　柯伊伯带的阻隔

　　挡不住阿波罗的车轮

　　奥尔特云的迷雾

　　遮不住太空勇士的眼睛

　　沿着哈雷的轨迹

　　奔向我们奇幻的梦想

　　回望蓝色的星球

　　捍卫我们迷人的故乡……

歌声中，高天云最后一次戎装加身，肃然坐到指挥座上，一边死死地盯着视屏中那个移向红线的白点，一边在脑海中飞快地回放着他40年来的人间历程。童年、少年、青年、壮年……同学、初恋、老师、朋友……学习、工作、恋爱、佳欣、女儿……

佳欣，我不能陪你走完剩下的路了，你就独自带着小雪走吧，小雪还那么小……我知道，你们后面的路很不好走，荆棘密布，危险重重……佳欣，就此别过，来世相见……小雪，爸爸不能亲你的小脸蛋儿了，爸爸说话不算话，爸爸是小狗，爸爸不能和你一起去动物园看猴子了……临枫，佳欣和小雪就托付给你了，我知道你会好好照顾她们，你的大恩只有来世相报……临枫，你太出色了，我不得不佩服你，但愿你们能够顺利启动地球，也但愿我们的最后一搏能给你们带来好运……王浩先生，我们太空战士没有辱没使命，我代表 4 万太空将士向你告别了，希望你能凭借你的智慧，你的勇气，带领 80 亿人类冲出黑暗，走向光明……别了，地球！别了，我的亲人……

就在视屏中的小白点触及红线的一刹那，只听两个字像出膛的子弹般从高天云嘴中喷薄而出：出击！

随着这声决然的命令，考恩带领的第一方队喷着橙红的烈焰，像一群发现食物的蝗虫般向"吞噬者"呼啸而去。

间隔一分钟，第二方队、第三方队纷纷出击，以同样的气势冲向已经近在咫尺的"吞噬者"。

最后，高天云亲率第四方队紧随其后，以超过 5 个 g 的加速度向"吞噬者"冲去。

这时，从这个太空战场的侧面看去，在数十亿立方千米的巨大空间里，2 000 艘飞船延绵数万千米，浩浩荡荡、杀气腾腾，喷射的烈焰如同太空战士心中的怒火，强烈的光亮把这片漆黑的星空照得如同白昼！

高天云稳稳地坐在指挥座上，视屏上的速度数据在不停地跳动着：6 600、6 900、7 200、7 500……

"吞噬者"的体积在不停地变大、变大……

"报告司令，舰队越过 2 000 万千米点，'吞噬者'引力明显增大，相对速度已达 9 000 千米 / 秒！"

"报告司令，舰队飞越 1 500 万千米点，'吞噬者'引力越来越大，飞船速度已达 12 000 千米 / 秒！"

"很好！"这次高天云回复，"这样很好！'吞噬者'的引力带给我们的加速度已经超过推进器了，我们很快就会达到数万千米的秒速！我们要成功了！拦截计划就要成功啦！"

"报告司令！舰队飞越 1 000 万千米点，引力已超 10g，飞船速度已达 17 000 千米 / 秒！"

话务员报告的语音已经明显吃力，高天云感到自己的身体也已经沉得像一块铅，快要连同座椅陷进地板中去了，但他还是强撑着身体发出了最后一道指令："传令各方队，以一分钟间隔启动 3 分钟倒计时引爆装置！"

这时，巨大的加速度已经让人觉得身体快要扁了，神志也开始变得模糊起来，高天云脑中只剩下几个画面在缓慢地变换着：蓝色的地球……西山别墅家中的佳欣和小雪……越来越大的"吞噬者"……惊天动地的大爆炸……还有那些很远很远的记忆……

"报……告……司……令……接……到……地……球……电……文……"突然从话务员那里传来像是从笨拙的机器人嘴里发出来的声音。

高天云猛然惊醒，用力喊道："什么内容？"

"地球……已经……启动……命令我们……去追赶……他们……还发来了……轨迹图……"

"什么？"高天云大叫起来，"命令舰队，右转 30 度，逃离'吞噬者'！"

高天云的命令立即通过前排的几名指挥员传到了各个方队。母舰已经启动了转向推进器，开始做右转 30 度调整。很快，高天云所在的第四方队整体转向，奋力向"吞噬者"的右侧方向奔去。

"报告司令……第一方队……陷入引力陷阱……无法摆脱！"

"见鬼！"高天云急得想从座椅上站起来，可是巨大的压力让他根本无法动弹，"第二方队呢？"

"报告司令……他们也……陷入……引力陷阱……"

"该死！赶快命令第三分队扔掉核弹，轻装突围！还有第四方队，赶快扔掉！"

只见在第三、第四方队飞船下方，被扔出的数千枚核弹如飞蝗般跟在第二方队的后面，继续向"吞噬者"飞去。而抛弃它们的飞船则开始奋力去摆脱那股大得难以置信的引力。

高天云明显感觉到母舰是向右侧着舰身向前飞奔，航行的轨迹并没有沿着舰头的方向前进。引力越来越大、越来越大，所有人都面部扭曲、眼泪直飞，整个身体都快要被压成一个平面贴在地板上了。

高天云从母舰的视屏上，眼睁睁地看着第一方队正在以无法想象的速度向"吞噬者"坠去。

完了！全完了……

神志渐渐模糊，高天云失去了知觉。

第 21 章　永别太阳系

4 月 9 日上午 8 点。361 兵工厂山洞"推进器控制中心"。

水晶球控制器在控制台中央的金属支架上泛着幽蓝的光晕。飘浮在球内的几何符号尽管仍然像激光防伪商标似的显得无依无凭，但已被全部解密，尽在人类的掌控之中。

在控制台上方的墙面上，一面巨幅视屏正在分屏显示地壳板块活动的实时数据，以及南极行星推进器的现场画面，那根巨大的喷射管在风雪中静穆挺立，看上去像一尊以极简风格创作出来的巨型雕塑，似乎跟发动机之类的词汇扯不上半点关系。在控制台后面，十来张被固定于地板的特制软椅上，行星推进器的指挥者和控制人员坐在中间，两边还坐着天文、测控、地球物理等方面的高级专家，他们都像空军飞行员似的拴上了安全带，以防地球突然加速时被甩离岗位。江临枫作为委员会一致推举的"点火者"，正在不停地玩弄着手中的蓝色碳晶笔。一个小时后，他将用这支小学生们经常使用的玩意儿点开地球历史的新篇章。

8：20 分，王浩最后确认各部门的准备情况。

"地壳监控系统？"

"完毕！"

"人员撤离转移？"

"完毕！"

"通信保障系统？"

"完毕！"

"行星推进器检测？"

"完毕！"

"行星推进器点火准备？"

"完毕！"

8：30 分，控制中心人员全体起立。王浩一脸肃然，开始对着镜头向全人类宣读《告别太阳书》——

> 亲爱的地球同胞们：
>
> 一个决定人类命运的时刻终于到来了！30 分钟后，我们的地球将向 4.2 光年外的 BL 星系飞去！我们将就此告别太阳——告别这颗曾给地球带来光明、温暖和生命的恒星！告别这颗曾给人类带来文明、进步和梦想的恒星！我们将永远铭记它灿烂无比的光辉……让我们就此告别这个让我们难以割舍的太阳，一颗新太阳正在 BL 星系等着我们！人类的意志不可磨灭！人类的文明必将延续！再见，我们的太阳！再见，那片我们绕行了 45 亿年的星空！

8：40 分，行星推进器启动前 20 分钟倒计时，王浩向全球下达了第一道警报令，尖利的警报声顿时在全球拉响。

8：50分，行星推进器启动前10分钟倒计时，第二次警报再度拉响。

8：59分，当第三次警报拉响后，江临枫握紧手中的碳晶笔，对准了水晶球中的那个漂浮不定的三角符号。

"十、九、八……"王浩开始跟着视屏上的显示时间倒计时读秒，"三、二、一、点火！"

江临枫紧张到极点，他极力控制着颤抖不止的手，想要点下去。可他的手在关键时刻居然握不住一支小小的碳晶笔，刚刚触及水晶球，笔便从手中滑落，滚到控制台下去了。所有人都被江临枫这一臭得要死的"临门一脚"惊呆了，王浩看着不知所措的江临枫，急得大吼："你还愣着干什么？快捡起来呀！快！"

江临枫如梦初醒，慌忙解开安全带，钻到控制台下，把那支不听使唤的碳晶笔捡了起来，重新坐回软椅，一手抓住扶手，一手紧握碳晶笔伸向那个漂浮不定的启动符号。

"先系好安全带！"王浩大声提醒他。可江临枫已经顾不了那么多，他手腕轻轻一抖，碳晶笔的笔尖终于触到水晶球上的启动符号上。

顿时，所有人都感到被谁向后猛推了一把，紧接着就被死死地压在椅子上。同时，骇人的颤动从地下持续传来，厚重的轰鸣震荡着人们的耳膜，剧烈的摇晃震得控制台和屁股下的椅子嘎嘎作响。

前面大视屏的一个分屏上，地球加速度数据在不停地刷新着：……0.72、0.78、0.85、0.93、1.12……

在其余的分屏上，由同步卫星遥拍的地表面图像开始陆续传来。辽阔的洋面起初还是风平浪静，但随着南极推进器第一股蓝色烈焰的高速喷射，整个大洋表面就像开锅似的激荡起来，无数的超级气旋在洋面上空一个接一个形成，惊天动地的海啸连成巨大的水墙犹如千军万马由北向南一路狂奔，辽阔的平原顿时变成了汪洋，许多古老的城市在眨眼之间荡然无存，南太平洋为数众多的岛屿顷刻消失，汹涌的巨浪涌过澳大利亚、涌过新西兰，涌上南极大陆……在很短的时间内，那个矗立在南极"盆地"中央的行星推进器就被淹没了，只剩那根巨型喷射管不断向太空喷射着粒子流。与此同时，环太平洋断裂带、横断山区以及世界其他地壳薄弱地区，无数的死火山复活了，它们和许多新火山一起猛烈喷发——岩浆、烈焰、浓烟……眨眼间，厚重的烟尘很快包裹了地球……而最为壮观的场面莫过于珠穆朗玛等许多世界级高峰的迅速坍塌……陆地不断在塌陷，岛屿不停地诞生，一场沧桑巨变正在全球上演……

王浩浓眉紧锁，一边看着打摆子似的抖个不停的视屏，一边不断向各部门发出指令。

"报告地壳变化指数！"

"报告主席，地壳南北曲度缩小 3.2%，地球重心向南偏移 2.7 个纬度，欧亚大陆板块出现多处断裂，南太平洋板块受地幔挤压变形，已经接近承压极限……"

没等地球物理权威亨曼报告完毕，查尔斯就吼了起来："看来要被施拉格言中啦！现在才 2.5 啊，地壳肯定承受不了 4.9 的，赶快停止吧！"

"是啊是啊！我们赶快停止加速吧！"有人跟着吼起来。

这时，来自地下的震动越来越强烈，江临枫觉得自己就像坐在一艘遭遇强台风的海船上，随时都有灭顶之灾！他甚至已经拿起了那支碳晶笔，准备随时点向那个菱形符号。

"等等！"王浩拉住了他的手，"看看再说！"

"报告主席，南太平洋板块出现裂缝！"亨曼继续报告道。

"我的上帝！赶快停止加速！江，赶快停止！"查尔斯再次吼叫起来。

其他人也跟着吼起来，有人甚至想来抢夺江临枫手上的碳晶笔，没想到刚一起身就重重地摔倒在地板上，摔了个狗啃泥。

"不要吵！"王浩说道，"都冷静！都冷静！事关全人类生死存亡，我们不能停下！稍慢一步就会葬身在太阳爆炸的火海之中！我们只能冲！我们要相信施拉格的运算！快看！就要超过 4 米加速度啦……"

"报告主席，南极板块出现裂缝！"亨曼再一次颤声报告道。

整个控制中心顿时鸦雀无声，好像那种不祥的轰鸣都一下子远去了。

王浩用力咬着牙，咬得整张脸都扭曲了，他好像已经看见行星推进器正在随南极板块的断裂轰然倒塌："临枫！快！停止加速！"

那支救命的碳晶笔在江临枫的手里抖个不停，离水晶球已经只有一寸之遥……

视屏上的加速度还在不断增大：3.77、3.89、4.01、4.13、4.35、4.58……

"天哪！要超过极限啦！快停！"查尔斯再次咆哮。

江临枫的手抖得更加厉害，他对准那个三角符号用力一点，却一下点在了空白处。他急得不行，豆大的汗珠从他的额头上不断落掉，他只觉得自己的大脑快要变成一张白屏了，他趁着最后一丝清醒，把意识集中在那只不听使唤的右手上，第二次对准了那个停止符号，然后眼睛一眯，奋力点去 —— 不想却被一只手拽住了。

"快看视屏！"王浩大声叫道。

江临枫凝神再看，推进器加速度已经定格在"4.89"上，整个控制大厅先是一阵纷乱，然后是沉寂，这之后，终于响起一片如释重负的欢呼。江临枫这才明白，神族已经根据地壳的承受能力设定了推进器的最大加速度，那就是 4.89 米 / 秒。

第二天早晨，心力交瘁的江临枫在叶知秋的搀扶下走出山洞，他已经向王浩请了假，他说他再不出来就会被闷死在山洞里了。

当他们走进雅仪父母别墅前的草坪时，只见几个抗震棚在前院的草坪上一溜儿排开，就像自助旅行时搭建的临时营地。几个孩子正在帐篷间爬进爬出，他们已经把这里当成捉迷藏的好地方了。

看到江临枫他们回来，孩子们立即停下游戏迎了过来。

"爸爸，你总算回来了，昨天上午可把我们吓坏了，是不是那个'金字塔'已经启动了？"江子豪拉着父亲的手，仰头问。

"是啊，已经启动了，这下我们就不用怕那个'吞噬者'了，我们很快就会跑得远远的，谁也别想追上我们。"

"可是，我爸爸说他能够把'吞噬者'赶出太阳系的，我们怎么还要搬家呢？搬家一点都不好玩儿呀。"高袁飞雪拉着江临枫的另一只手，使劲摇着说。

"这个……"小飞雪的提问竟让江临枫一时语塞。

"是不是爸爸赶不跑'吞噬者'才搬家的？我爸爸呢？他怎么还不回来呢？"飞雪拉着他的手不放。

江临枫一怔，下意识地摸了摸上衣口袋里的那封电文，又爱怜地摸摸飞雪的头说："呵呵，你爸爸呀……他昨天就回来了，今天一早就赶往灾区抢险去了。"

这时，尚雅仪和袁佳欣已经站在江临枫面前，正用充满疑问和凄婉的目光望着他。

"佳欣，你还好吗？你……"江临枫欲言又止。

"临枫，你实话告诉我，天云他究竟怎么了？"袁佳欣盯着江临枫的眼睛，盯得他想撒谎都难。

"天云他，他……"江临枫承受不住袁佳欣的盯视，慌忙把目光移向了远处的河滨公路。

袁佳欣从江临枫的躲闪中看出了端倪，于是直截了当地问："你说，天云他们是不是回不来了？你们是不是把他们抛弃了？"

江临枫心虚，赶紧搂了搂飞雪的肩膀说："不，佳欣，我们在启动前两小时向天云发去了返航指令，我想他们已经在飞回地球的途中。"

"什么？两小时前？你不是说他们早就在返航途中了吗？你不是说地球要等他们返航后才启动的吗？"袁佳欣怒了，"难道……难道你们……你们真狠得下心把他们抛弃？他们的命就那么不值钱吗？那可是 4 万条人命啊！何况他们正在为拯救人类出生入死，你们有什么资格抛弃他们？谁赋予你们那么大的权力？你们这不是在草菅人命吗？"

江临枫无奈，只得硬着头皮解释："这也是没办法的办法，直到启动前两小时我们才把推进器的问题彻底解决，在不能确保行星推进器顺利启动的情况下，谁都不敢事先放弃'拦截计划'！委员会这样做是可以理解的，确保全人类的安全必然会成为委员会在无奈之下的首要选项，委员会也确实没有两全之法，我们……"

"天啊，天云，没想到你真的被那些没心没肺的人出卖了，你好傻呀……"袁佳欣再也控制不住心中的愤懑，俯在尚雅仪的身上号啕大哭起来。

看着悲愤不已的袁佳欣，尚雅仪一时找不到合适的话语来劝慰她，只得一个劲儿地抚摸着她的肩背，好像是在为自己的丈夫减轻罪责。

等袁佳欣稍稍平息之后，江临枫把高天云留给袁佳欣的电文拿了出来："佳欣，你先别哭，看看天云留给你的话再说！"

袁佳欣止住哭泣，一把抓过电文，迫不及待地展开，像捧着高天云的手似的捧着它。当她朦胧的泪眼一触及上面的文字，高天云话语仿佛在她耳边响起：

佳欣：

当你看到这封信时，我和出征的4万太空战士们已经完成了"拦截计划"，永远地离开你们了。我们没有辱没神圣的使命，也没有丧失人类的尊严，我们用勇气和生命捍卫了地球的安全。我们是高唱着《太空勇士之歌》走的，我们的生命已经在与"吞噬者"的最后一搏中得到了永生!

> 佳欣,为我们骄傲吧!为你的丈夫自豪吧!我相信你会坚强地活下去的,我们的小雪也会在你的呵护下健康成长……

看到这里,泪水模糊了袁佳欣的眼睛,她揽过飞雪,极力止住哭声说:"小雪,你爸爸说他完成'拦截计划'了,为你的爸爸骄傲吧!"

"嗯,妈妈,我知道爸爸是世界上最棒的人,我们永远都爱他!"飞雪已经从大人的表情中明白了什么,说完这句话就抱着妈妈呜呜地哭起来。

大伙儿任由母女俩尽情地哭,他们都知道,这对可怜的母女,她们有太多的悲伤需要释放出来。

这时,尽管那股向南拉的力已经减弱了许多,但来自地底的颤抖还在持续,单薄的抗震棚被震得瑟瑟作响。

到了下午,倾盆大雨不期而至,整个世界又被白茫茫的雨雾淹没了。所有人都挤在尚雅仪的抗震棚里,哪里都不能去,一种被囚禁的感觉骤然袭来,让人心生恐惧。是啊!有什么比这种让自然囚禁、让神秘的命运囚禁更为可怕的呢?

看到大伙都很郁闷、很沮丧的样子,江临枫觉得在这样的时候,只有他才能让大家看到希望。于是,他赶紧调整了一下自己的情绪,用一种很自信的语调向大家讲述地球目前的情况。他说,目前"行星推进器"的运转非常平稳,加速度已经固定在4.89 米 / 秒,按照这个加速度,地球不到 3 年就可加速到光速的 90%,然后停止加速做匀速飞行。为什么不能超过 90% 光速?因为水晶球控制器上标明的速率区间的最大值就是 90% 光速,人类不敢也不可能超过这一速度。现在地球正以550千米／秒左右的速度远离太阳，已经飞出原有坐标4000多万千米。当然，地球各地的重力也发生了变化。总的来说目前地球的北半球处于超重状态，南半球处于失重状态，但各个地方的重力都不尽相同了，方向也不完全指向地心，比如我们所处的北纬30°，重力就增大了5%左右，方向也向南偏离地心好几度。由于重力的改变，地球表面的海水经过一定时间的涌动之后，已经形成一个新的平衡，北冰洋的海水下降了几百米，而南极附近的海面却上涨了1000多米，许多国家和地区变成了海底世界。我国的喜马拉雅山区及横断山区也发生了强烈地震，地陷和火山给当地造成的灾难超出想象……

4月12日傍晚，江临枫突然接到王浩打来的电话，说有要事相商。

在办公室内，王浩为江临枫倒上一杯红葡萄酒以示慰问。

"来吧，干一杯！"两个老朋友很随意地碰了一下，就咕咕地喝完了杯中的美酒。

"临枫兄，你猜到我找你来的目的了吗？"王浩一边问一边又给他倒了第二杯。

"不会是又要我去破译什么'闲置基因'吧？"

"呵呵，我看你快成条件反射了，一找你就想到你的老本行。"

"我也只有这点本事啊。"

"你再猜猜，看还有没有值得你牵挂的事情？"王浩收回酒瓶，又往自己的杯子里斟酒。

江临枫用 3 根手指捏住杯脚端起来，看着杯中晃动的酒液，不解地问："值得我牵挂的事情？是不是行星推进器出什么问题了？"

"那倒不是，是……"王浩欲言又止。

"那是什么？你快说呀！都这个时候了，还有啥不能接受的！"

"看你急的，其实也没啥大不了的，今儿个闲，突然想到天云了，心里堵得慌，就想你来一起聊聊这个老朋友……"

"你说天云？都到这个时候了，还有什么好聊的，除非你有他的消息了？"江临枫一脸疑惑地望着他，眼中闪过一丝亮光。

"我也想有他们的消息呢，就是没有啊，我们从启动成功后就一直跟他们联系，但一点回音都没收到。"

"哦，我还以为你有他们的准信儿了呢。"江临枫很失望，独自喝干了杯中酒说，"现在说这些还有什么用呢？从他发回的电文看，他们多半已经全军覆没了。"

"嗨！都怪我们晚启动了几小时，要不然他们也不至于要去与'吞噬者'同归于尽，我们对他们有愧啊！"王浩边说边用右拳在自己的胸膛上捶了几下。

见王浩懊恼，江临枫抓过酒瓶，边往自己的杯子斟酒，边劝慰他说："你也别难过，天云是不会怪你的。我粗略算过了，就算我们能把那消息提早发给他们，他们也追不上地球了。"

"这个我也计算过，可是，如果他们知道我们启动后没有去和'吞噬者'做最后一搏呢？他们现在都还好好的，他们正在想办法与我们联系，他们正在调整航向，拼尽全力一路追赶过来……然后，当他们经过反复测算，很快就会明白：无论他们做何努力，都不可能追上地球了。比如就在此时，他们所有人都获悉了这个结果，他们望着遥不可及的地球，他们会怎么想？他们有没有被亲人遗弃的感觉？他们会不会对我们产生怨恨？他们将在一种怎样的心境中走完那毫无希望的最后旅程呢？"

"太难受了，我宁愿天云他们已经不在人世了。"

第 22 章　遥望地球

好疼！身体都快散架了，头像要炸开似的，肺部像有无数的小刀在里面不停地割。我这是在哪里？怎么身体又变得这样轻了？不会是做梦吧？不会，做梦不会这么活生生的疼。高天云用力睁开眼睛，眼前一片黑暗，他下意识地摸摸身下，发现自己还被安全带固定在母舰的指挥坐上。指挥舱安静极了，静得只听得见自己的呼吸。舷窗外，偶尔有微弱的星光在远处缓缓地后移，这才让他想起母舰还在航行。

我的天！我居然还活着！他们呢？他们怎么样？也和我一样没事吧？高天云摸索着解开安全带，又摸索着飘到前面控制台的电源开关上，摸索着摁了摁电源按钮——舱内仍是一片黑暗。唉，电源坏了，我得到能源舱更换电源。对了，叫王欣去吧，他应该没事的。

"王欣！"高天云叫了一声，不想一出声就那么响，震得整个指挥舱都颤动起来。

"是高司令吗？"艾眯的声音从舱外的医疗间传过来。

"是我，艾眯，快去更换电源，让我看看王欣、周际他们怎么样了。"

"好的，我这就去。"高天云听到艾眯喘着粗气移到对面的电源舱的声音。

高天云飘到周际的座位上，伸手摸到了周际的衣服，用力拽了拽，"周际，你醒醒！"可周际一点反应都没有。

高天云慌了，忙伸出另一只手去探了探他的鼻孔，却没探到一丝气息！他又赶忙移到王欣的座位上，抓住王欣的胳膊用力摇了摇："王欣，你醒醒！你醒醒！"

"哎呀！轻点，你弄疼我了！"王欣叫了起来。

高天云赶忙松手，正要问王欣伤到哪里了，指挥舱的灯却一下亮了，射得高天云一时睁不开眼睛。顿了好几秒钟，他才勉强睁开眼睛，看清了舱内的情景。

只见控制台前的座位上，除王欣正在吃力地解着安全带外，其余的人都雕塑般"浮"在那里，看不出一丝生息。

"艾眯，快去逐一查看，看他们是不是还活着！"高天云命令道。

艾眯立即飘进指挥舱，一个一个挨着检查，并一次一次地摇头。

最后检查到周际面前，她轻轻地扶起周际的头，高天云和王欣看见了他那七窍流血的恐怖面孔。

"看到了，放下他吧，你再到别的舱室去看看。"高天云颤声说。

等艾眯飘移入别的舱室，高天云就和王欣一起把战友们的尸体从座位上解下来，一具一具推到后面的储藏间里。

等他们回到指挥舱，艾眯已经检查完所有的舱室，泪流满面地等在那里了。

"是不是都死了？"高天云低声问。

艾眯痛苦地点点头。

"这么说仅剩我们 3 个了？"王欣简直不敢相信这是事实。

艾眯再次点点头，挂在脸上的泪珠被一颗一颗抛向空中，像几颗晶莹的珍珠飞向了对面的舱壁。

"都怪我啊，我以为我们都必死无疑，所以没叫大家穿抗压服。"高天云沉痛地说。

"怎么能怪你呢？只能怪那个该死的'吞噬者'。"王欣抹了抹挂在睫毛上的泪珠，恨恨地说。

"我们到了哪里了？我们该怎么办呀？"艾眯哭着问。

"还能怎么办？我们只是暂时捡了条命罢了。"王欣绝望地说。

"不！既然我们把命捡回来了，我们就一定要活着回地球！"高天云坚定地说，"王欣，你马上去检查导航系统和通信系统。艾眯，你去把医治超重内伤的药物找出来，我们得马上服下。"

三人各就各位。很快，王欣的检查结果出来了：导航系统、通信系统以及观测系统均告失灵。三人面面相觑，绝望的气息立刻弥漫了整个舱室。这样的结果至少让他们明白三点：第一，通信系统的失灵让他们与外界断绝了一切联系，包括与舰队其他舰只的联系和与地球的联系，他们无法知晓整个舰队还有多少幸存者，也无法知晓地球启动后到目前的具体坐标。第二，观测系统和导航系统失灵让他们成了睁眼瞎，他们很难确定母舰目前所处的具体位置，也无法确定母舰的正确航向。第三，依照这样的处境判断，他们追上地球生还的概率无限接近于零。

尽管如此绝望，高天云还是强迫自己镇静下来，他是一个不到最后关头绝不服输的人，哪怕只有一线生机，也要抓住。他先用平静的语调安抚两个部下一番，再带头服下内伤药，然后便打开主电脑查看母舰的巡航数据。当看到母舰的实时速度时，他简直不敢相信自己的眼睛：怎么可能？母舰的速度竟然高达 13 690 千米 / 秒！这让高天云大感意外，没想到"吞噬者"已经把飞船加速到如此高的速度，这肯定得益于那次狂暴无比的弹弓效应！可惜他们在弹弓效应发力初期就失去了知觉，没能亲眼看见它那无与伦比的威力。但可以想象，他们失去知觉的那段时间有多么可怕，不知有多少飞船成了"吞噬者"的腹中之物？也不知有多少飞船摆脱了那股巨大的引力而虎口脱险？这些都无从知晓了。

不过，高天云已经从飞船的速度上看到了生的希望，他已经开始在心里盘算求生计划了。他首先通过太阳和星座的方位粗略判断了飞船所处的位置，他发现飞船被"吞噬者"加速后，仍在黄道面上运动，方向已经偏出原有航向 40°左右，估计已经到了天王星轨道附近。此时的"吞噬者"已经远离飞船，正在左舷外几千万千米远的地方向那个橘子般大小的太阳奔去。

随即，高天云把地球的迁徙轨迹图调出来和王欣一起研究，很快发现了一个关键点，就是地球在飞出太阳系以前虽然走的是一条螺旋形线路，但北极始终对着北极星方向，也就是说地球在初始阶段始终是沿着与黄道面呈 66.5°的夹角飞行，这就让他们找到了地球大致的迁徙路线。高天云决定采用手动驾驶和星座导航，朝着大熊星座这个大方向飞行。

　　高天云心里清楚，他们的飞船能否追上地球，除了需要他自己对方向有准确判断之外，还取决于在接近地球时双方的速度，如果地球的速度比飞船的速度快太多，那么，无论飞船怎样加速，他们也很可能赶不上地球。

　　鉴于飞船已经达到如此高的速度，高天云不敢有半点疏忽，他立即启动转向推进器让飞船升离黄道面，以避开流窜于黄道面上的尘埃物质。半小时后，飞船开始沿着一条与黄道面呈70°夹角的方向飞行，这个方向正好指向大熊星座。

　　紧接着，高天云又把今后一段时间可能出现的情况向王欣和艾眜做了交代，特别告诫王欣在驾驶飞船时精力要高度集中，尽管这一区域太阳系的残余物质已经较少，但要特别留意，避免与其他脱险飞船碰撞，在如此高的航速下，哪怕是一秒钟的疏忽都会酿成毁灭性灾难。同时，还要注意节约燃料，不到万不得已，不得随意启动推进器。

　　交代完这一切，高天云才松了口气，接过艾眜递过来的流质食品，一管接一管地挤进渴得冒烟的嘴巴里。过后的几天，母舰就在几乎与黄道面呈70°角的航线上惯性飞行，从视觉上看，"吞噬者"已经变换了角度，已经跑到左舷"上方"，正在向处于"下方"的木星和太阳坠去。

　　既然母舰除了推进系统外，其他系统均告失灵，那么，寻找地球的任务就只有靠肉眼来完成了。高天云和王欣一直在轮流注视着两边的舷窗，绝不放过任何移动的星体。可是，要想在这浩如烟海的星空中找出远在数十亿千米之外的一颗行星，应该说跟大海捞针没有什么两样。

　　时间就这样一天一天过去，他们望眼欲穿，可那颗本该现身母舰前方的地球却迟迟没有出现。王欣和艾眯很快失去了耐心，绝望的情绪再度弥漫了船舱。

艾眯开始出现幻觉，她总觉得存放在储存间的尸体都复活了，一个个哭着飘进她的房间，有的问着她要吃的，有的伸出冰凉的双手来抱她。她已经不敢一个人睡觉，总要有人陪在她旁边才能入睡。高天云也常常出现幻觉，或者说常常出现梦境，奇怪的是，这个梦境总是不断重复，几乎都是他带领舰队凯旋的场面：欢呼的人群……热烈的拥抱……牵着女儿扬着鲜花向他奔来的佳欣……但佳欣总是跑得太慢，像电影中的慢镜头，每次都等不到她跑到跟前，他就会奇怪地醒来。

又是几天过去了，母舰已经飞行了几十亿千米，照理说早该追上地球了，可是那颗本该在周围出现的地球却没有出现在他们的视野。难道是追错方向了？或者是地球根本就没有启动？或者是地球在启动的过程中爆裂了？

绝望的氛围越来越浓，王欣也出现了反常情绪，他常常会在驾驶座上突然发笑，引得艾眯也跟着呵呵乱笑，然后又会莫名其妙地哭。而在高天云驾驶飞船的时候，他们又会像两个幼儿似的在各个舱室间飘来飘去地追逐打闹，或者就停留在某个房间里发出放肆的尖叫。

高天云开始还想用"保证能回到地球"的承诺来让他们恢复正常，可他们已经完全绝望，无论高天云说得再肯定，他们都不再相信了。最后，他们对高天云说，他们对飞回地球没兴趣，他们已经结婚了。

看到事情到了这个地步，高天云也快绝望了，那位古代科幻作家描写的场面开始在他脑中浮现：在一艘太空船上，人们为争夺生存权而展开了残酷的杀戮，20 多位船员为了多占一个罐头不惜向情侣下手，到最后只剩一个男人孤独地在深空中漂泊……

可是，那个梦却越来越清晰地出现在他的睡梦里，甚至出现在他驾驶飞船、睁着眼睛极目搜寻目标的时候。他看到他深爱的妻子牵着他们的宝贝女儿，一刻不停地向自己奔来，她们跑得那么执着，跑得那么辛苦，尽管一次次跌倒，尽管永远跑不到他的面前，但她们还是一刻不停地跑啊跑啊……

想见到佳欣和女儿的强烈愿望，促使高天云竭尽全力从绝望氛围中摆脱出来，开始重新梳理追赶地球的思路。他首先分析了方向，根据地球发来的轨迹图看，从目前的方向去追是没错的，地球肯定会路过这一区域。然后他想到了地球的速度，从地球的地壳、海水及大气的情况看，地球的加速度不可能太大，绝对不能超过 1 个 g，因为超过一个 g，地球上的大气、海水和许多松散物质包括人都会被抛向太空……

对了，问题就出在这里！

高天云猛然醒悟，立即对地球目前的大概速度进行了估算，结果令人兴奋：地球的现有速度无论如何都超不过母舰的速度。想到这一点，高天云禁不住一声狂喊："我们要回家啦！"

随着这声喊，高天云立即启动转向推进器，让飞船往左转了个弯，然后很自信地往左舷看去，只见在那个已经越来越柔和的小太阳旁边，一颗泛着蓝光的亮星正在缓缓向母舰的方向移动过来。

"地球！我们的地球！"高天云像个孩子似的拍手大叫。

被高天云的大叫吸引出来的王欣和艾眯也来到舷窗边，呆呆地看着那个正在变大的星球。

"赶快穿上抗压服！"高天云大声命令他们。

随即，高天云根据地球现在的大小目测了它离飞船的距离，这个距离应当还有数千万千米之遥。于是，等王欣和艾眯穿好抗压服后，他立即决定在地球旁边绕一个大圈靠拢地球，然后伺机登陆。

很快，飞船就越过地球必经的航线向地球飞来的方向转圈。

3分钟后，飞船已经绕过两千多万千米，从离地球不到100万千米远的地方擦身而过。当飞船与地球交错的一刹那，高天云看到了此时地球上的人类绝难想象的壮丽景象：只见在黑天鹅绒般的天幕上，一个拖着数十万千米光焰的蓝色星球呼啸而过，如陨星凌空，瑰丽无比；似哈雷降临，如梦如幻……这般景象，是如此的宏大无匹，又是如此的震撼人心，顿时让高天云的大脑只剩一片空白。

当高天云还沉浸在这种强烈的震撼中时，地球已经拖着长长的"尾巴"从飞船的身后匆匆远去。高天云立即清醒过来，绕了个大弯向地球全速追去。等高天云避开行星推进器的烈焰，在离地球数万千米的侧面追赶时，他才明白，地球此时的速度已经超过了飞船的速度，飞船与地球之间的距离缩小得非常缓慢。这下高天云急了，他立即对自己"大意失荆州"后悔不已，赶紧启动所有5台加速推进器，全速向地球追去。

近了，近了，那个不断喷射烈焰的巨型推进器和熟悉的地球表面都清晰在目了。眼看飞船就要和那个威力无比的行星推进器并行，电脑却突然提示："燃料即将耗尽，所有推进器将在10分钟后关闭。"

高天云彻底懵了，那个他一直担忧的燃料问题终于在最要命的时刻出现。

该死！我们已经看见地球的云层和大海了，难道要我们眼睁睁地看着地球弃我们而去吗？高天云非常后悔绕圈回来接近地球，要是他让飞船在前面等着该多好啊。后悔已经来不及了，高天云急中生智，连忙对王欣和艾眯大喊："快！把那些尸体搬到过渡室去。"

王欣和艾眯明白了他的用意，立即在很短的时间里把二十来具尸体推进了过渡室。高天云立即关闭过渡室的内门，打开外门，高喊一声："兄弟们，我不能带你们回到故土了！"随着这声嘶哑的喊声，那些尸体很快消融于漆黑的深空中。

接着，高天云又把飞船上所有的重型设备抛向太空。

飞船的加速度立即有了明显提升，很快从地球南极的旁边向赤道移去。

5分钟后，飞船已经和地球的赤道平行。这时，那个熟悉的蓝色星球上的大海、山脉和湖泊都看得清清楚楚了。高天云立即启动减速器和侧向加速器，小心翼翼地向大气层靠去。

4万千米、3万千米、2万千米、1.5万千米……飞船完全被地球引力捕获，开始下落。

然而，令人意想不到的是，就在飞船穿过大气层表层时，突然受到一股强力的阻挡，差点把数百吨重的母舰弹回太空，那感觉就像是撞在了一面透明的墙上。还好，沉重的母舰总算穿过了那道无形屏障，又开始快速下降。高天云赶忙关闭侧向加速器，打开所有的减速装置。

高天云恍然大悟：那面透明的墙就是地球大气层，因为母舰下落速度太快，所以被弹了起来，类似于人们用石片在水上打出的水漂。

快了，已经看得见白雪皑皑的祁连山了，高天云激动得真想大喊大叫。

可是，在这最关紧要的时刻，主控电脑再次报警：燃料耗尽，减速推进器将在 30 秒后关闭！

这时，母舰着陆地表的时间至少还需 1 分钟！也就是说，在母舰着陆前的最后 30 秒，将无法依靠减速推进器把母舰的着陆实时速度减到安全范围！

30 秒后，减速推进器准时关闭，庞大的母舰在空气摩擦的尖啸声中向数千米下的茫茫戈壁急速坠去……

第23章 血色太阳花

4月23日上午9时。

361兵工厂。

"拯救地球委员会"在地球启动后的第一次常委会在此举行。这时，距"吞噬者"撞上太阳已经不到5天。

江临枫一走进那个扇形大厅，坐在主席台上的王浩就带头鼓掌，以示对这位拯救人类的"大英雄"表示欢迎，可掌声并没有如潮水般涌来，几声稀稀拉拉的回应让江临枫感到失落。

会议就在这样冷淡的气氛中开始了。

首先是王浩通报了这次因地球启动所造成的浩劫和救灾情况。王浩几乎是拿着事先拟就的文稿照本宣科，对那些描述灾难程度的天文数字也几近麻木，只是在提到珠穆朗玛的坍塌和许多岛国的消失时，稍稍显得有些激动。

然后，查尔斯宣读了此次"拯救地球委员会"的授勋名单和烈士名单。其中叶沃和高天云被授予"人类英雄"勋章，理由是他们"用自己的生命谱写了一曲拯救地球的壮丽篇章"。而那4万名太空战士则以集体的名义被追认为"太空烈士"。在对他们事迹的介绍中，江临枫才了解到，叶沃是在某地视察灾情时被狂怒的人群活活烧死的，随行人员全部遇难。那些人还扬言，如果不停止执行"行星迁徙计划"，他们就要攻入"拯救地球委员会"的办公地，把所有委员通通杀光。事后才知道，那些人受到了神罚教的蛊惑，是一次有预谋的恶性事件。

当江临枫上台去代领高天云和叶沃的勋章时，他的内心异常沉重，他觉得拿在手里的已经不是勋章，而是两个活生生的有分量的灵魂。

最后，在一种沉痛的氛围中，委员们讨论了疏散人口回到原籍的问题，并对太阳爆炸波追上地球后可能出现的灾难进行了预测。

走出 361 兵工厂山洞，江临枫感到特别郁闷。高天云死了，叶沃死了，千千万万的人死了，但活着的人怎么办？袁佳欣怎么办？叶知秋怎么办？王浩交到他手里的那只楠木箱子怎么办？那可是叶沃唯一的遗物啊，他该怎样把它交到叶知秋的手里？

回到住地，叶知秋还是从那只空空如也的楠木箱子上看出了端倪，江临枫不得不把这个噩耗转达给她。

叶知秋整整哭了一个下午，所有人的劝慰都没能止住她的眼泪。后来，还是江临枫愿意照顾她一生的许诺才让她停止了哭泣。

晚上，电力已经恢复，大家总算又能坐在客厅松松软软的沙发里，一边聊天一边收看久违的新闻了。当看到 H 市等许多城市恢复重建的报道后，大人孩子都纷纷吵着要立即回到 H 市。江临枫当即打电话向王浩告假，准备第二天重返家园。王浩在再三挽留未果的情况下只好同意了他的请求，前提是必须随叫随到。

想到就要回到日思夜念的 H 市，大伙都带着希冀回房睡觉。

躺在二楼的大床上，江临枫辗转反侧，无法入睡。

"临枫，我们明天上午就走吗？"尚雅仪也没睡意，转身抚着江临枫的胸膛问。

"嗯，睡吧，明天会很累的。"

"我还是习惯睡西山别墅的那张床，我们的房子该还好好的吧？"尚雅仪把暖烘烘的胸脯往他的肩膀上靠了靠。

江临枫并不作答，只是重重地出了口粗气，算是对兴致勃勃的妻子做了回应。

窗外阒寂无声，没有月亮，只有稀微的星光勾勒出东山黑黝黝的剪影，周遭静得可怕，好像一切生灵都被地球搬家的动静吓傻了似的，再不敢在这寂静的暗夜中发出一丝声响。

是啊，我们才从 H 市迁过来多久啊，就按捺不住迫切的思念，急于返回故里了。而这次地球的迁徙却是永远的搬离，从地球被推离轨道的那一刻起，我们就注定回不到原来的家园了。要是天云的"拦截计划"能够成功该多好，那样我们就不用搬家了。想当初我还和天云争呢，这下倒好，我赢了，天云却没了……轮回无常，生命与死亡的转换竟是如此的简单而容易！

第二天早晨，女人们开始里里外外地收拾行李，孩子们欢天喜地地跑上跑下。只有尚雅仪的父母默坐沙发，一副很失落的样子。当尚雅仪要两位老人搬去和他们同住时，老人们死活不肯，他们说自己已经是正在零落的黄叶，最怕的是叶落归不了根！他们不愿搬家，就像地球上的大多数人不愿搬出太阳系一样。

飞机就要起飞了，江临枫站在舷梯上，最后向 361 兵工厂山洞的方向望了一眼，随即目光横扫，扫过这个承载了人类太多希望、太多绝望和太多伤痛的乡间小镇。这个小镇如今只剩满目疮痍，就像一片饱经战火的废墟。飞机于中午时分飞临 H 市上空。那些熟悉的建筑和蓝湖都被浓浓的云雾笼罩着，但葱茏的西山却浮于云雾之上，山上的景物依稀可辨。

我们回来啦！我们回家啦！所有人都想这样大喊两声来发泄一下心中的憋闷。

飞机减速下降，西山近在咫尺。那几幢红色房顶的别墅竟然安然无恙！草坪，花园、栅栏、树……一切依然如故，看不出丁点儿变化。

江临枫第一个跳下飞机，踏着松软的草坪，跨上三级大理石台阶，轻轻推开了那两扇厚重的橡木门。客厅的布置还是老样子，仿佛什么都不曾发生，海水也未曾漫上山来。

这就是我们的家，我们就要在这个家中度过那难熬的漫漫长夜了。江临枫这样想着，一屁股坐到客厅的沙发上思索起来。

尚雅仪很兴奋，她领着叶知秋、欧阳可心还有江子豪把行李往楼上搬，她是这个家的主人，她急于要再造一个温暖的"窝"。

"子豪，快点，把你的行李搬到自己的房间去！知秋，你就住客房吧。可心，你……你带美惠子住子都的房间，子都她……她曾经是你的学生，你不介意吧？"只听尚雅仪在楼上尽她的地主之谊，当提到女儿江子都的时候，她停顿了一下，话音明显变小。

江临枫原本已经把失去子都的悲伤压在了心底，正在一门心思思考怎样才能度过即将到来的漫漫长夜，但妻子又在无意中揭开了他心上的"伤疤"，丧女之痛再一次像潮水般涌上心头。多乖的孩子啊，有她在场的各种情景在他脑海中浮现：她在

H市人民医院产房发出的第一声啼哭，她在逗她笑时喊出的第一声爸爸，她在门前的草坪上推开妈妈搀扶的手迈出的蹒跚第一步，她第一天背着小书包上幼儿园，她第一次说出"终于""但是""而且"等副词，她第一次获奖，她第一次戴上红领巾，她第一次兴奋地把成绩通知单交到他的手里……她很会哄大人开心，也很听她哥哥的话，心眼儿比哥哥多，常常与哥哥联合起来对付大人。她特别黏爸爸，最喜欢的游戏就是爬在爸爸的背上或骑在爸爸的脖子上嬉闹……

但尚雅仪的情绪似乎并未受到多大影响，等一切安排停当，她就一头扎进厨房忙碌去了。她要好好摆弄出一桌好饭，把袁佳欣母女请过来聚餐。她照例在"购物口"的键盘上输进了所购物品名称，然后就等着选购的物品从管道运输网送上门来。几分钟后，小视屏却显示出"管道运输网暂停服务"的提示语。

"糟糕，管网出故障了，不知备用商场能不能采购到需要的食材？你们等着，我去去就回。"尚雅仪咕哝了几句，就开着车风风火火拐下山去。

从此，中国远通物流于30年前发明的管道购物网再也没有启用过，这给地球上的所有家庭主妇带来了深深的不便与失落。

因为食材有限，当天的晚宴并不丰盛，大伙都带着倦意匆匆吃饭，没有酒，也没有庆祝仪式，几个女人也少有昔日聚会的兴致，江临枫从头到尾没说一句话，一个人闷头吃着，只有江子豪、高袁飞雪和美惠子3个孩子关于明天的活动计划的讨论才让饭桌有了一些生气。晚餐很快结束，袁佳欣带着女儿匆匆告别。送走袁佳欣母女，江临枫本想看看有关H市恢复重建的报道，但网络不通，他只好早早地躺在床上休息了。睡在自家的床上真好啊，那种由家带来的安全感只有躺在自家的床上才能充分地享受到。

第二天早晨，江临枫刚起床，江子豪就跑进来对他说："爸爸，好冷啊！是不是进入冬天了？"

江临枫也禁不住打了个寒噤，捏了捏儿子的肩膀说："你怎么还只穿 T 恤啊，快去把外套穿上！"

"好的爸爸，我一会儿去穿。可我还是有些不明白，现在才 4 月底，怎么会这么冷？你听，窗外一直吹着寒风，外面一定冷死人。还有，现在已经八点半了，天怎么才蒙蒙亮？这让我们没法到外面去玩儿呀，昨晚我和飞雪已经约好了，上午我们要到后山去捉甲虫呢。"

江临枫看着儿子在这样的时候还想着玩儿，心里又气又怜，他勉强笑了笑，说："等会儿会亮一些的，你妈妈在楼下做饭，等吃过早餐你就去约飞雪玩儿吧，我们大人都有事。好了，别冻着，快去穿外套。"

吃过早饭，江临枫坐上他的跑车，习惯性地望了望大海的方向。不出所料，镇海塔没能经受住海啸的洗劫，已经倒掉了，也不见那轮水洗般干净的红日挂在昔日塔尖的位置。他随即怅然南望，只见一个毫不起眼的橘红圆球悬于海平线附近，像个大橘子，一点都不刺眼 —— 这就是那个曾经灿烂无比光芒万丈普照万物的太阳吗？这就是那个催生地球生命、驱动人类文明并照耀它走向辉煌的太阳吗？这已经不是了，因为地球正在离它远去，它很快会在"吞噬者"的撞击下灰飞烟灭……

江临枫等叶知秋上了车，就起动跑车向山下的研究所驶去。这台光能电动跑车已经跟着江临枫跑了四五年，江临枫开着非常顺手，已经到了人车合一的地步。但很可惜，它的能源是光，没有光，它就会变成一堆废铁，也就是说，还有几天，随着阳光的消失，它就真的会变成一个摆设了。

车到半山，一股浓重的海腥味扑鼻而来，呛得江临枫赶紧关闭车窗。一路都是海水冲刷浸泡的痕迹，行道树的枝丫上还挂着许多海藻、塑料袋之类的杂物；蓝湖中的荷叶被海水淹死了，泛着一片死气沉沉的黑褐色；湖边的杨柳也被淹得半死，柳叶几乎掉光，残存的几片黄叶稀稀拉拉地挂在树梢上。驶入市区，才发现好多街道都被高楼倒塌后的废墟阻断，几条还算通畅的大街显然经过冲洗，显得湿漉漉的，很干净。部分商店已经开始营业，一般的生活用品还能勉强买到。在大街两旁的小巷中，还有许多清洁工和志愿者在挥动着笤帚和铁铲。海滨大道外的大海灰蒙蒙的，显得异常平静，海水已退去了许多，几乎徒步就能涉过对面的星星岛了。

不觉间，跑车已经驶进研究所的停车场，还没等江临枫把车停妥当，办公室主任小王就跑来拉开车门，恭敬地对他说："江所长，我正在等着您呢。"

"什么？你在叫谁？"江临枫一脸愕然。

"江所长，我在叫您呀！"小王满脸堆笑。

"开什么玩笑？愚人节早过了，你还是去围着卓尔转吧！你不是一直围在他的鞍前马后吗？"江临枫顿觉脸颊发烫，他那脆弱的自尊明显受到了伤害。

"江所长，我……"小王显然没有觉察到江临枫表情的变化。

"你……你见鬼去吧！你是不是喝橡胶啦？"江临枫怒不可

遍，猛推车门下车，差点把小王推翻在地。

"别！别！"小王站稳身体连连摆手，像是在用力遮挡即将飞来的拳头，"听我说，卓尔……卓尔他辞职了，已经不知去向。这是科学院刚刚发来的任命文件，您请看。"

江临枫接过文件，朝那几行黑色的文字和红色的印章扫了一遍，随即愣住了。他一点没感觉到当上全球最顶尖病毒研究所所长的那份荣耀，也没感觉到受命于危难之际的悲壮，他只觉得这是一个多少带点黑色幽默的讽刺，是一个不合时宜的玩笑。

"江所长，恭喜恭喜，请受弟子一拜！"叶知秋不知何时已经站在他面前，学着古装戏中的样子，煞有介事地给他道了个万福。

但江临枫怎么也高兴不起来，现在让他当这么个所长，又能有什么作为呢？目前的状况真的还需要基因研究吗？一种难以名状的被戏弄的感觉搞得他很不爽——就像弥漫在楼道中的海腥味弄得他鼻子极不舒服一样。这个所长是被卓尔抛弃的，江临枫现在和所长连在了一起，他便自然有了被抛弃的感觉。

他不再理会小王，带着叶知秋赶到二楼的研究室——他急于了解研究室受到破坏的程度。

江临枫输入密码，打开了厚厚的密闭门，仪器设备都还好好的，居然看不出海水浸入的痕迹，真是太棒了！江临枫的心一下子安定下来……

几天过后，H市除少了几十幢摩天高楼外，其他一切都已基本恢复。

尚雅仪和袁佳欣成了天底下最累的人，数不清的病人围着他们呻吟，药味儿尿臭味儿血腥味儿搞得她们头昏脑涨。

欧阳可心也把孩子们带到学校上课去了，稀稀拉拉的几个学生让老师们兴味索然，昏昏欲睡。

然而，最令人忧心忡忡的却是太阳正在肉眼可见地远离地球，天气越来越冷，天光越发暗淡，挂在南方的太阳已经算不上是太阳了，充其量算个橘红色的小橘子而已，并且照射角度还在迅速变得更倾斜、变得更小，就快掉进南面的大海中了。

已经下过几场雪，大地银装素裹，人间四月天却呈现出一派"北国风光"。这样的雪景在江南难得一见，引得无数好奇者玩雪拍照搔首弄姿，把自身处境都忘得一干二净。

4月28日上午，江临枫收到"拯救地球委员会"发来的指令，要他继续破译闲置基因，以便从神族那里得到启示，找出解决黑暗和寒冷的办法。同时还告诉他，太阳已经和"吞噬者"相撞，具体情况要等碰撞发出的强光于6个多小时后传到地球才清楚，也就是下午2点过后，届时各地将举行"告别太阳仪式"。

江临枫和叶知秋驱车来到H市蓝湖社区广场，怀着无比虔诚的心，等待着与太阳做最后告别。他们同成千上万的男女老幼站在一起，手拿红巾，面朝南方，面朝那个无力地悬挂在南天的橘红色小球，默默地等待着。广场上空，一块巨大的虚拟激光视屏正在不断叠现着日出日落的壮丽图景，许多人都被这一幅幅一去不返的图景感动得泪流满面。

2点15分，仪式正式开始。

一个画外音似乎从悠远的时空飘渺而来："注视你的南方吧！注视那颗曾给我们带来光明和温暖的太阳！注视那颗曾给我们带来生命和文明的太阳！同胞们，请双手托起手中的红巾，面朝太阳，按照古老的礼仪向太阳告别！"

江临枫他们按照那个声音的引导，向太阳拜了三拜，然后把红巾系在头上。据发放的人说，这是要让太阳的光辉永远当头照的意思。接下来，广场上的所有人都跟着那个画外音"读秒"，亲眼见证那个生命之源的灰飞烟灭 —— 十！九！八！七！六！五！四！三！二！一！

数到最后一下，就看见斜挂南天的那个橘红小球突然炸裂了，没有任何前奏，也听不见任何声音，恰如夜空的礼花瞬间绽放！紧接着红色的放射状物质开始向四周缓慢抛出，活像影片中的慢镜头效果。据解说员介绍，这个过程要持续好几个小时，甚至好多天，最后，绽放的太阳就会如同盛开的鲜花般渐渐枯萎，而失去中心后的八大行星至此只好各奔前程，四处流浪了。

"太阳系就这么完了吗？"江临枫喃喃自语。

"我们再无退路了。"叶知秋用双手捂住已经红肿的泪眼。

"我们到海滨去吧，去向最后一缕阳光告别。"江临枫哽咽着说。

江临枫和叶知秋来到海滨，沙滩上已经挤满了和阳光告别的人群。许多人都如雕塑般静穆而立，面朝南方，面朝那个比怒放的花朵还要灿烂的太阳，面朝那片被染成血红的绚丽云天，泪流满面！

过后的几天里，人们都抓住这个最后的机会，到田野、到山坡、到湖泊、到海滨，去饱览大自然的最后秀色，尽情享用着这道太阳赋予人类的"最后的晚餐"。

第 24 章　极度冷却

5 月 8 日，大爆炸产生的冲击波追上地球，南半球立即被淹没在灼热的气浪之中，非洲、澳洲和南美的大片森林与草原在几小时之内变为焦土，滚滚的热浪继续北扫，席卷了欧亚大陆和北美大陆的广大地区，许多地方的气温达到了创记录的 60 摄氏度。好在推进器控制中心在冲击波赶上地球时及时关闭了行星推进器，这才抵消了由此造成的过度加速，避免了地壳破裂的大灾难。幸运的是，随之而来的特大暴雨袭击了北半球，给在热浪中惊慌失措的人类带来了一丝清凉与安慰。

不过，太阳的回光返照只坚持了短短几天就永远消逝了。

江临枫站在三楼的露台上，他想用他那双饱含忧患的眼眸留住那抹投在西山上空的最后亮色，但事与愿违，黑暗来得比他想象的要快得多，只见无尽的黑暗如同一块宽厚的乌云，由南向北，迅速铺满了天空，大地立即失却了朦胧的轮廓，周遭只剩一幅看不出景深的纯黑画。江临枫顿觉眼眶一热，两行热泪情不自禁地从他那幽深的眼眸中奔涌而出。他想到了太阳，想到了太阳催生的生命，太阳唤醒的绿色，太阳催开的鲜花，太阳点燃的火焰，太阳染红的鲜血……然而，就在今天，太阳却横遭劫难，英年早逝，死于非命！她死前绝美的挣扎是何其壮丽，她死时旷世的呼喊又是多么无奈！她辛苦孕育的太阳系大家庭已经四分五裂，各奔东西；她精心呵护的儿子已经仓皇出逃，弃她而去。太阳就这样死了，死在她盘踞了 40 亿年的温暖星空，在那片曾经灿烂的星空里，将留下一座没有墓碑的寂寞坟墓，默默地等待着那个慢慢长大的儿子，前往凭吊⋯⋯

江临枫就这样在黑暗中站了很久，直到市区的灯光如寒星点亮漆黑的天幕。在还算明亮的灯光中，他非常幸运地看到了地球上最后一场雪花的悄然飘落。雪花如洁白的梨花纷纷扬扬，簌簌地落在草坪上，落在房子上，落在牛奶树的阔叶上，落在江临枫的头发和肩膀上。雪花落了很久，直到给大地穿上了一件白色的冬衣。从那一刻起，时间就定格了 —— 定格在漫漫的黑夜和寒冬里。关于"昼夜"和"四季"的概念，都留在太阳系那片寂寞的墓地里了。

原野上已听不见风的轻唱，只有一踩就咯吱咯吱碎响的冰雪，冰雪包裹中的草木渐渐断了生机。江河不再放歌，大海停止咆哮，从三峡电站传来最后一组水轮机组停转的消息，太阳能电站的光伏板徒劳地排列于广阔的原野，成了太阳文明的最后摆设。与人类生存无关的行业几乎全部停业，只有医院，成了这漫漫长夜中唯一兴旺的行业。

好久好久后的一个周末（虽然昼夜不分，但人们仍然坚守着"天"的概念），尚雅仪和袁佳欣暂时摆脱了医院中由血污、恶臭和呻吟织成的梦魇，回到了冰雪中的家园。

冰雪中的家园既温暖又寒冷。因此，袁佳欣提出开"火锅宴"的建议得到了所有人的附和，包括不吃辣椒的尚雅仪。于是，大家就在这个寒冷的永夜美美地饱了顿口福，吃得大伙纷纷喊辣，呼呼哈气，大叫过瘾。

大家回到了自己的房间，一切归于平静。黑暗，以它绝对的权威统治了这个世界。

江临枫睁眼躺在床上，却感觉不到一丝光线。尚雅仪在他身边静静地躺着，但听得出，她的呼吸并不均匀。江临枫明白，一直以来，尚雅仪就是以这样的方式来表达她的需求的。

"雅仪，在想啥呢？"

"我……在想医院的事。"

"明天不去上班行吗？"

"不行，病人太多了。这段时间患抑郁症的特别多。对这种病症，药物也没多大效果了。"

"那就想不出别的办法了？"

"有啊，和谐的夫妻生活就是最好的药物……"

"是吗？"江临枫转过身，爱怜地抚了抚她的肩。

"是的。我好像也患抑郁症了，心里闷得慌。"

"哦，那我给你治治吧。"

正当江临枫准备尽丈夫之责的时候，有嘤嘤的哭声从对面的房间传来。

"是叶知秋在哭吧？"尚雅仪推开了江临枫。

"是……是吧。"江临枫突然觉得周身发冷。

"我看她也患抑郁症了，她是在怪你没管她吧？"

"雅仪，你……"

"好了，睡吧。我明天还是去上班，你管管她吧。"

"你……你千万别误会，我和她……"

"不用解释了，她离不开你，特别是在这样的时候。"

"你……"江临枫还想解释，但尚雅仪已经用后背堵住了他的嘴。

江临枫也无意争辩，他知道，在这个特殊的黑暗岁月里，一切法律秩序、一切道德伦理都在悄无声息地变化着，社会规范正在土崩瓦解，婚姻家庭正在受到前所未有的冲击。作为人类"大欲存焉"的"食""色"两大本性，逐渐会赤裸裸地暴露无遗，而荣誉和尊严将被践踏得一钱不值。

江临枫醒来，尚雅仪已不在身边，他听到尚雅仪那辆电动小跑车的嘶嘶声消失在院子外的山路上。他佩服尚雅仪的敬业精神，那是许多年轻人都不具有的，极大的物质繁荣和过分的养尊处优，已经掏空了大多数人的责任心和使命感。

江临枫翻身起床。顿时，刺骨的寒气包裹了他，他赶忙穿上太空服，像个太空人般走出房间。限量用电真是要命，空调也不能开了。整个楼道黑漆漆的，万籁俱寂，连隔壁床上子豪的呼吸声都听得很分明。他走下楼梯，见叶知秋已经起床，正在帮助欧阳可心准备一大家子的早餐。

今天的早点只有稀粥和饼干，外加一小碟泡咸菜。大人小孩坐在饭厅昏黄的灯光下，吃得无精打采。正当江临枫把一块压缩饼干咬得嘣嘣响的时候，电话铃声突兀响起。一听到这个已经变得十分陌生的铃声，江临枫心底涌起一股莫名的冲动，他两步跨到视屏前，按下了接收键。"啊？是王浩先生！"

只见王浩一脸倦容，明显消瘦的脸颊显得更加棱角分明。他勉强笑了笑说："是我，临枫。你看你，胡子都长出来了。"

"哦，我倒没注意。"江临枫摸了摸自己的下巴，感觉像是摸到一把乱草，"哎，你不也瘦了吗？是不是行星推进器出麻烦了？"

"那倒没有，那个大家伙好得很，一点问题都没有，目前地球的秒速已经达到上万千米，我从没想到地球会跑得那么快。"

"既然如此，那你还担忧什么呢？"

"地球表面的平均气温已经降到 30 摄氏度以下了，我们必须尽快找到解决严寒和黑暗的办法，如果这个问题不解决，我们恐怕撑不到找到新太阳的那一天。"王浩眼中充满焦虑和期待。

"有核电站啊，青山核电站不是正在搞扩建吗？"

"那不顶用，再说我们已经浪费了太多的核弹头，现在想起来真是可惜。"

不知为何，王浩的忧虑居然让江临枫感到一丝快意，但随即他又问："你是不是想说，还是需要从基因中找到解决的办法？"

"嗯，你还得继续探索，看看能不能找到地球搬家过程中对抗黑暗与酷寒的办法。"

"可是基因信已经破译完成，我恐怕是无能为力了。"

"不！临枫，你应该相信神族的伟大和神奇，他们一定给我们人类留有后手。你想啊，当初神族把地球从奥古特星系搬到太阳系来时，不也是同样经过漫漫长夜和奇冷酷寒的考验吗？如果他们没有一套高明的解决办法，那还处于石器时代的人类根本就熬不过来。你赶快研究，别停下，几十亿人类的命都交到你手里了。"

"这压力太大了？万一……"

"没有万一！"王浩打断他，"赶紧开始，临枫！"

江临枫从王浩的脸上看到的是一种不容推辞的信任。"好吧，主席先生，我试试。"

江临枫带着叶知秋钻进电动跑车，还不赖，蓄电池还有电。江临枫打开顶灯，看见他和叶知秋像两头大灰熊似的并排坐着，把两个座位塞得满满当当，就滑稽地举起戴着手套的"前爪"做了个"饿熊扑食"的动作，"昂——"哈出一串白色的水气。叶知秋被逗得咯咯直笑，也喷出一串白色的水汽来。这些水汽很快就在挡风玻璃上蒙上一层白雾。江临枫赶紧打开空调，玻璃上的白雾就慢慢散去了。

车灯照耀下的山野正如江临枫的想象——银装素裹，分外妖娆。跑车很快穿过灯光昏暗、车少人稀的市区，来到国家基因研究所的大门前。江临枫把车开进去，停在自己的车位上。车灯一灭，黑暗立即包围了他们，就像突然掉进一座阴森森的古墓里。

"太黑了，我怕。"叶知秋一下车就靠紧了他，他感到她那臃肿的身体正在瑟瑟发抖。

"有什么好怕的，跟着我走。"江临枫带着她一步步摸进研究大楼，用力跺了下脚，走廊上的路灯亮了。长长的楼道空荡荡的，只听得见一轻一重的脚步声在大楼中清晰回荡。

上了二楼，叶知秋问："大楼里还会有别人吗？"

"不会了，就我们两个。"

"这样也好，省得别人来打搅。"

"好了，我们抓紧时间吧。"

他们走进研究室，打开灯，打开空调。还好，电力还是可以保障的。等室内的气温升上来，叶知秋立即把她那身臃肿的装束脱去，只穿一件淡紫色的紧身毛衣，那迷人的曲线极具动感和张力，似乎有无限的热力要散发出来。

其实，有了第一次成功破译闲置基因的经验，其后的破译工作就显得极其简单了。江临枫叫叶知秋把多个种族的基因标本同时装进基因分析仪里，再把电脑设置成自动研究状态，这样就能事半功倍坐享其成。干完这一切，讨论现实与未来，讨论生命与死亡等内容就成了他们的主要话题。

一晃就到了中午，他们正在吃那讨厌的方便面，欧阳可心打来电话，说松下美惠子失踪了，是跟子豪、飞雪到蓝湖去滑冰时不见的。

"见鬼！"江临枫骂了一句，匆匆带着叶知秋赶往蓝湖。

他们找了好半天，也没发现松下美惠子的半点儿踪迹。没办法，只好到当地派出所报案。派出所的人有气无力地告诉他们，这样的案子最近实在太多，所里人手有限，只能自己想办法寻找。

该找的地方都找了一遍，江临枫和叶知秋一无所获，满身疲惫回到家里。两个孩子在沙发上安静地坐着，都不敢说话，江临枫心里也是空空的，有说不出的失落感。想到美惠子在家时，几个孩子叽叽喳喳的热闹场面，他就想哭。他把两个孩子叫到身边，将目前所面临的危险和困难告诉了他们，提醒他们今后要注意安全，别再随便乱跑。

　　过后，江临枫和叶知秋就不常去研究所了。每次去，也只是看看电脑显示的数据和更换基因标本等。情况似乎不妙，每次看到的结果都不是他们想要的。江临枫已经记不清"拯救地球委员会"那边打来过多少次电话，他只记得他每次无奈地回答后，对方的表情一次比一次绝望。最近一次，王浩告诉他，如果不能从闲置基因中找到对付严寒的办法，地表将在几个月后冷却到零下一百多度，最终变成一个毫无生机的死亡星球。

　　江临枫又何尝不想从闲置基因中破译出更多有价值的信息，但如今，如何保障一家大小在低温、黑暗的环境中活下去已成为头等大事。最近一段时间，江临枫已经把大部分精力放在砸冰取水和抢购食品上去了。

　　看看他那辆电动跑车尾箱里装着的两只大水桶和镢头、铲子之类的工具吧，你还看得出他是一位拯救人类的基因学家吗？你也决然想象不到，那个用废砖头砌在厨房角落里的那个土不拉几的大水缸，就是出自他那常年敲击键盘的手。每天，他的第一任务就是和叶知秋一道开车到食品供应点去排队购物。然后再把车开到蓝湖边，到湖中去抢镢挥铲，凿冰取水。

　　凿冰这件事，让江临枫第一次从体力劳动的角度，品尝到了人世的艰辛。要想从半米厚的冰层下舀出水来，就必须用镢头不断地敲击，用铲子不停地铲除，往往要干上一两个小时，才能看到那龟缩于冰洞之下的一汪清水。从干上这活儿的第一天起，江临枫的手就被打出8个血泡，到现在已经磨出老茧来了。光是辛苦倒也罢了，要命的是随时都有性命之忧。人们常常会为争夺一个"老坑儿"大打出手，以命相拼。昨天就有一位40岁上下的妇女在他们面前被一个青年用镢头敲死了。在巨大的灾难面前，随着食品的短缺，水资源的危机，这种局面将愈演愈烈，丛林法则终将再次主宰世界。

自从经历"火锅晚宴"那夜的难堪之后，尚雅仪就很少回家了。每次回来，也只是悄悄和江子豪说上几句，念叨一些多穿衣服不要着凉之类的老话。她很少和江临枫说话，江临枫问到医院的情况，她也选择最简短的语句作答。睡觉时，也总是给他一个冷冰冰的后背。尚雅仪好像也患上抑郁症了。

又是一个周末，尚雅仪让袁佳欣转告江临枫，她宁愿住宿舍也不想回家了。这让江临枫大感不妙，二话不说就带上江子豪往医院赶。

市医院坐落在之江北岸，是H市规模最大、门类最全的一所现代化医院，占地近五百亩，拥有一万张病床，能满足各类病人的医治需求。刚结婚那几年，江临枫常常去那里接送尚雅仪上下班，近几年却去得少了。市医院从前给他的印象是规划合理，设施完备，宽敞洁净。可是，今天他看到的却是另一番景象——混乱不堪，人满为患，恶臭扑鼻。他很后悔自己最近对妻子关心太少，竟然没想到她目前的工作环境如此恶劣！

江临枫带着江子豪在混乱的人群中挤着，叫骂声、呻吟声不断从昏暗的角落里传来，走廊上到处躺着奄奄一息的病人，那一双双眼睛中流露出的绝望眼神令人心碎。他们好不容易才挤到三楼尚雅仪的办公室，值班医生却告知，尚雅仪已经回家了。

回家了？袁佳欣明明说她不想回家了呀！江临枫猛地打了个寒战，赶忙又拉着江子豪急匆匆跑下一楼，然后向后面那幢灰色大楼跑去。那幢大楼是市医院的员工宿舍，尚雅仪的休息室就在三楼的靠东头。

　　昏暗的林荫道上，狂奔的江临枫躲闪不及，迎面与两个抬担架的人撞到一起，扑通一声，担架上的人重重地摔到地上。江临枫正要道歉，只见前面抬担架的那个人一摆手，随即爬起来把地上的人像滚木头似的滚进担架，然后就和后面的人一起把担架抬起来，从旁边的一条岔路抬到临江的悬崖边，然后有人喊了一声"起"，担架上的人就被抛到悬崖下去了。原来是在抛尸！没想到那个临江的悬崖竟成了死人的葬身之地！江临枫感到儿子的手正死死地攥着他，还在一个劲儿地发抖。

　　"别怕，子豪，我们快去找你妈妈吧！"江临枫安慰着儿子，加快了脚步。

　　父子俩很快爬上宿舍楼的三楼，气喘吁吁地赶到尚雅仪的宿舍前，看到了从门缝里透出的几缕灯光。

　　"儿子，你妈妈还在呢。快叫妈妈！"

　　"妈妈！妈妈！"江子豪边叫边拍打着房门。

　　"雅仪，快开门！我们来接你了！"江临枫也跟着喊。

　　过了好一会儿，门才缓缓打开，憔悴的尚雅仪一动不动地站在门口，用一种木然而陌生的目光看着父子俩。她脸色苍白，头发散乱，身体消瘦得不成样子。

　　"妈妈！我们接你来了……"江子豪扑向母亲，双手拉着尚雅仪的手，仰着头哭喊。

　　"雅仪，你怎么了？别这样，我们回家吧！"江临枫只觉鼻子发酸、喉咙发哽。

　　"我很好，你们回去吧。"尚雅仪冷冷地说。

"不！妈妈，我要你一起回去。我做梦都在想你呀！"江子豪更加大声地哭喊。

看着可怜的儿子，尚雅仪叹了口气，蹲下身，把他紧紧地搂在怀里，两行泪珠扑簌簌地从消瘦的脸颊上滚落。

就在这时，江临枫的目光越过尚雅仪的头，看到了床头柜上的那只药瓶，那只可以让江临枫的心大为紧缩的药瓶。他认识那个药瓶上的标识，他知道那是一种强效安眠药，只需半瓶就足以让人一觉睡去，永远不醒！

"雅仪！你傻呀！你为什么要这样？为什么啊？"江临枫瘫坐在地，痛苦地哀号起来。

"妈妈！你怎么了？你怎么了？"江子豪也感觉到了什么，使劲地摇着妈妈的肩膀。

江临枫跟跄着爬过来，把尚雅仪斜抱怀里，撑起身子就往外跑："你不能死！你不能丢下我们爷儿俩不管！"

"快放我下来！临枫，我没事儿。"尚雅仪叫起来。

"不！雅仪，我一定要救活你。我再也不会让你伤心了。"江临枫哪里肯放，已经跑到楼梯口了。

"快放下我，我没吃药。那瓶药还好好的呢。"尚雅仪说着，从江临枫手里挣脱下来。

"快！子豪，去把那个药瓶拿过来！"

江临枫接过药瓶打开一看，果然还是满满的。

"你真的没吃？"江临枫还是将信将疑。

"要是你们晚来几分钟，也许我就真吃了。因为我觉得，这世上已经没有值得我留恋的东西了，活着已经没有价值。"尚雅仪平静地说着，眼帘低垂，好像江临枫父子在她眼前不存在似的。

"我的雅仪啊——"江临枫一把搂过妻子，呜呜地哭起来。

第 25 章　剿灭神罚教

地球，已经成了一只被套上黑天鹅绒布袋的大鸟笼，人类则成了这黑笼子里的瞎眼鸟。时间似乎早已在黑暗中凝固，地球也不知飘到了哪一片星空。

食品越来越紧张，电力也开始实行限量供应。人类在户外已找不到活动的场所，观看闭路电视成了人类唯一的寄托。酷寒，让太空服成为至宝，就是捧着黄金，也很难买到。医院，这个人类与死神搏斗的最后阵地，也在药品短缺、医生旷工和病床爆满的情况下崩溃了。

尚雅仪和袁佳欣失业在家，沦为标准的家庭主妇。后来，在尚雅仪的再三邀请下，袁佳欣母女也搬到江临枫家合灶吃饭，一起住下来。

不久后的一天，正当一大家子围在饭厅吃晚饭时，一个黑影跌跌撞撞地闯了进来。江临枫第一个看见，看那身形非常熟悉，心里顿时一惊 —— 莫非是天云？我的天！怎么可能？难道他没有死？难道我看到的是他的鬼魂？

江临枫已经管不了那么多，大喊一声："天云！真的是你吗？"

袁佳欣放下筷子，从桌边站起来，转身上下打量着眼前这个乞丐般的人："你是人？还是鬼？"

"佳欣，我……我不是鬼，我是天云啊。"那张干裂的嘴吃力地张合着。

事情来得太突然，袁佳欣不敢相信这是真的，她一个劲儿地否定说："不！不不！你不是人，你是鬼！你别来吓唬我！你快走！"

欧阳可心可不这么认为，她已经捷足先登，几步跑到袁佳欣前面，也不嫌眼前的人有多脏，一把抱住他惊喜地叫起来："高大哥，你居然活着回来啦！这不是天上掉下个大馅饼吗？"

听欧阳可心说"天上掉馅饼"，叶知秋不禁乐了："天上掉下的可不是馅饼，是个大活人！"

尚雅仪见袁佳欣还愣着，赶紧提醒她："佳欣，你还愣着干嘛？"

欧阳可心这才发觉自己有些唐突，赶紧放开高天云对袁佳欣说："佳欣姐，不好意思啊，我太激动了。"

袁佳欣上前一步，与高天云四目相对。只见高天云满脸伤痕，头发凌乱，原本笔挺的将军装已经破损不堪，露在胸前的白衬衣沾满血污。

"天云——"袁佳欣终于忍不住低呼一声，扑到高天云的怀里，嘤嘤地哭起来，"你可算回来了，我们都以为你死在撞击中了，怎么会有这么好的好事？我是不是撞上大运了……"袁佳欣一边流泪，一边不停地诉说。

"爸爸！你怎么现在才回来呀，我和妈妈好想你呀！"飞雪也跑过来，一头扎进爸爸妈妈的怀中，哭起来。

　　江临枫等一家人亲热得差不多了，才上前拍拍高天云的肩膀说："真是万幸，回来就好，回来就好！来，我们为天云接风洗尘！雅仪，把我的好酒拿两瓶来，我要与天云一醉方休！"

　　高天云与江临枫并排坐下，抓起筷子就大吃起来，接连吃了几分钟才放下筷子说："现在可以上酒了。"

　　酒过三巡，在听完大家的祝福语后，高天云才把他如何追赶地球如何脱险的经过原原本本地告诉了大家。

　　当时他们的母舰失去动力，开始急速下坠，高天云百感交集，心想：这下完了……谁知就在这时，在母舰离下面的沙漠只有200米的时候，减速推进器突然重新点火，母舰的坠落速度因此得到一定控制。但因为先前的坠落速度太快，飞船还是重重地摔在沙漠上。好在沙漠的斜坡缓解了飞船的冲击力，坐在飞船里的人才幸免于难。高天云和王欣活了下来，但他们的随舰医生艾眯，却在母舰失去动力后在极度绝望中服下了一整瓶安眠药。

　　接下来是日复一日的艰难跋涉，高天云和王欣都受了不同程度的伤，伤口发炎，加上缺水，在沙漠戈壁中的求生过程可想而知。而更可怕的是，他们在沙漠中走着走着就迷路了。在千辛万苦走了十几天之后，他们远远地看到一架飞船的残骸，都很兴奋，以为找到基地了，可等他们走近一看，才发现那具残骸正是他们的母舰。没想到十几天之后又走回原地，没有比发生这样的事情更让人绝望的了，高天云气得直拍脑门，恨恨地说了一句："妈的，撞鬼了！"王欣彻底绝望，加上伤口感染严重，已经无力走路。高天云只得把王欣背回母舰，想找一些药品为他疗伤。可存放药品的舱室已经严重损毁，存放在里面的药品也被一同毁掉了。高天云毫无办法，只能眼睁睁看着王欣在高烧中咽气。

高天云强忍悲痛，掩埋了助手的遗体，然后尽可能多地带上水和食品，还带了一套可以御寒的太空服，再一次朝着他认定的目标出发。最后，是再见妻女的强烈愿望牵引着他，让他终于找到了河西走廊的发射基地。万幸的是，在基地的停机坪上，居然还有一架小型飞机停在那里。高天云如获至宝，兴奋地登上飞机，一通摆弄之后才发现，那飞机根本打不燃火。高天云并不气馁，他对这种型号的小型飞机的各大系统都很了解。他从电路、电脑系统开始检查，把数千个插头及板子重新拔插一遍，用仪器测试每一块电路板，修完这个系统他花了整整一周时间。然后是传动系统，修理这个系统可是力气活儿，在缺少工具的情况下，要拆开较大的零件可不是件容易的事情。过了十多天，在快把他累得趴下时，他终于发现问题就出在这个系统中。又过了差不多一周，在地球陷入黑暗的那一天，他终于让飞机响起了动听的轰鸣声。高天云立即驾驶飞机冲进漆黑的夜空。可那飞机的燃料不多，在飞到离 H 市还有 1 000 多千米的地方被迫着陆。最难最苦也最危险的是这 1 000 多千米，没有了飞机，也找不到代步的车辆，如此遥远的距离只能用脚步去丈量，而归途又是无边无际的黑暗与酷寒！高天云对那 1 000 多千米的黑暗带给他的痛苦说得有些轻描淡写，但所有人都想象得出，那是一段需要具备异常坚忍的意志和毅力的人才能走完的苦难历程！

大家都对高天云九死一生的经历惊叹不已，同时又对高天云身处绝境、临危不乱的坚韧深表钦佩。欧阳可心显然是被高天云的讲述征服了，等高天云刚一讲完，她就一双大眼睛定在他身上围着他转了一圈，然后用极其夸张的语气说："这是人吗？不，这不是人，这是神！只有神才能做到常人不能做到的事情！高大哥，我爱死你了！"说完，再一次不管不顾地大张双臂拥抱了他，把高天云和在场的人都弄得尴尬不已。

第二天，高天云就向王浩报告了自己幸存的消息。王浩看到高天云还活着，快活得像个孩子。他在听完高天云的传奇故事后，有意无意间透露了青山核电站大会战的事。高天云一听，立即请命赶往青山参加大会战。王浩表面反对，内心却求之不得，因为在他心中，高天云才是可以委以重任的不二人选。高天云还从王浩的口中得知，水能、太阳能电站均告关闭，核电站成了人类维持光明与温暖的最后希望。在高天云的一再请求下，王浩同意三天后派他去青山核电站指挥大会战，到时候会有飞机来接他。

三天后，送别才团聚几日的丈夫，袁佳欣母女又搬过来合灶吃饭了。江临枫和叶知秋虽然重任在身，但确保一大家子活下去似乎更加重要。这天，他们早早开车出发，向食品供应点赶去，因为去晚了有可能空手而归。哪知在离供应点不到200米远时，就听见一阵枪声破空而来。

很快，就看见有许多黑影向这边飞跑，如惊弓之鸟。

"糟糕！有人抢劫食品供应点，我们要饿肚子了。"江临枫把车靠在路边。

"那我们还不赶快离开？这里太危险了。"

"等等，看看情况再说，必要时马上报警。"江临枫熄了车灯，悄悄把车滑进供应点附近街口的阴影里。

食品供应点门前，几辆大卡车停在昏暗的灯光里，每辆车的货箱门都敞开着，十几个年轻力壮的男人正在供应点里进进出出，把成箱的食品往车上搬，几十名武装分子在两边持枪把风，个个横眉冷眼，一脸蛮横。街道两头躺着三三两两的尸体，有些是食品发放员，也有警察和百姓，他们的鲜血流淌在大街上，还在无力地散发着热气。

江临枫赶紧用车载系统向附近的派出所打了电话，但几个所都没人接听。

很快，偌大一个食品供应点被抢劫一空，一阵"哐当"声之后，几辆大货车的货箱门关上了。街对面的阴影里，一辆豪华轿车后座上的人把手一挥，整个车队就向奥林匹克中心方向疾驰而去。当那辆豪华轿车从江临枫的车前晃过的一刹那，他一眼认出了后座上的那个人——卓尔！他差点叫出声来。

"见鬼！"江临枫低低地骂了一句，起动跑车一溜烟跟了上去。

"干嘛？你喝橡胶啦？他们可是杀人不眨眼的亡命徒呀！"叶知秋想制止他。

"放心，我会小心行事的。我必须摸清他们的据点，然后直接报告市政府，让军队去剿灭他们。"

江临枫和最后一辆卡车保持一定距离，一路上小心翼翼地跟着。

十来分钟后，抢粮车队鱼贯开入奥林匹克中心体育场。这个形如雀巢的体育场是 L 市奥运会的一个分会场，是所有 H 市人实现奥林匹克梦想的地方，他们都曾经不止一次地设想过，在 2092 年 8 月的某一个红霞满天的黄昏，自己坐在其中的某个看台上，与周围的人一起燃烧激情，纵情放歌，为国家队呐喊助威。

江临枫悄悄跟到体育场入口对面，正想下车摸入"雀巢"探个究竟，不想两辆小车不知从哪里蹿了出来，雪亮的车灯照向他的跑车，射得他眼睛发花。

卓尔，江临枫的老冤家，已经从其中一辆车上下来，踌躇满志地踱过来，亲手为他打开了车门："下来吧！我的所长大人。欢迎光临我们神罚教总部。"

江临枫只好硬着头皮下车，装作一副若无其事的样子说："呵呵，是卓所长啊？我就说啊，你怎么放着好好的所长不当，原来是加入神罚教干坏事来了。真是毁'三观'啊！"

"毁'三观'？我他妈还要毁你五官呢！说说吧，你是怎么跟到这里来的？吃了熊心豹子胆了？那边的叶小姐也下来吧，我早就看到你了。"卓尔说着绕到另一边为叶知秋打开了车门，"请吧，叶大小姐！"

叶知秋下车，狠狠地瞪了卓尔一眼，随即有些怨艾地望向江临枫，那样子好像在说："我叫你别跟来，你偏不听，这下如何是好？"

"怎么？当着我的面还敢向你的老情人眉目传情？我看你还是识点时务的好，现在，只有我才配做你的心上人儿。"卓尔说着一把抱住叶知秋，就要去亲她那雪白的脖子和脸。

"你这畜牲！放开我！拿开你的臭嘴！"叶知秋拼命挣扎，像一只落入虎口的羔羊。

"混蛋！放开她！我跟你拼啦！"江临枫大喊着冲过去，奋力拉开了卓尔。

"呵呵！还想英雄救美啊？做梦吧你！都给我绑了，带进去！"卓尔把手一挥，江临枫和叶知秋就被他的喽啰们绑了个结实，被 4 个人押着，拖进了体育场。

江临枫和叶知秋被带进一个灯光刺眼的大厅，后面黑压压地坐满了神罚教的信徒，个个头缠紫巾，全副武装，活像一支古代的农民起义军。

随着狂热的吼叫，一位装扮如古代皇帝的人携着他的"皇后"坐上了台上正中的龙椅，卓尔等七八个随从立即唯唯诺诺地分列左右。显然，那就是神罚教的黎洪石和他的"圣母"了。

待两人坐定，卓尔上前单腿跪下："报告圣主，此次全球性的抢夺食品战役初战告捷，几十个分会一共抢获食品600万吨，已经为我们全体教民备足了4个月的口粮。"

"很好，干得漂亮，我会逐一论功行赏。但这还不够，我们需要的不是4个月的口粮，而是4年，甚至10年！你们明白吗？"

"明白！圣主圣明，我们会继续去关照那些食品供应点的！"

"好吧，一定要快，要狠，决不能手软！哦？他们是谁？"黎洪石的目光已经落在江临枫和叶知秋的身上，"看样子，今天还有更有趣的事，是这样的吧，卓先生？"

"我主圣明！我们捉到了两名奸细，他们一直在后面跟踪我们，他们想坏了我们的大事。"卓尔指着台下的江临枫和叶知秋说。

"是吗？你打算怎么处置他们呢？"

"按教规 —— 入教者饶，顽固者死。"

"让奸细抬起头来，本教主要看看他们是哪路神仙。"

江临枫和叶知秋昂然抬头，冷冷地看着一副滑稽装束的黎洪石。

"噫！这不是大名鼎鼎的江临枫先生吗？"黎洪石说罢一阵

怪笑。台下的信徒也跟着一阵怪笑。

这时，只见一身宫装的"圣母"从龙椅上站了起来，吃惊地盯着江临枫和叶知秋，随即冲他们一声大叫："江叔叔！叶阿姨！你们……你们怎么到这里来了？"

叶知秋一眼便认出了她，有几分惊喜地喊了一声："美惠子！你怎么在这里？"

"是我，叶阿姨，我就是松下美惠子。"松下美惠子边答边从台上跑下来，冲旁边的卓尔喊道："还不快给他们松绑！"

卓尔迟疑着看看她，又看看台上的黎洪石。

"怎么？你敢违抗我的命令吗？"美惠子厉声质问他。

"这……这……"卓尔再次用征询的目光望向黎洪石。

"你看什么看？还不按照圣母的旨意办！"黎洪石狠狠地瞪了他一眼。

卓尔这才无奈地叫人为他们解开了绳子。

"美惠子，你还好吗？你怎么就成这样了？"江临枫疑惑地看着她。

"这个说来话长，以后有机会再说吧。不过还好，黎洪石很宠我，我现在身不由己。这样吧，我马上叫他放了你们，他会听我的话的。江叔叔、叶阿姨，你们要保重啊！"

松下美惠子说罢转身与叶知秋紧紧拥抱了一下，就跑回台上坐到黎洪石身边，娇嗔地说了几句什么。

只见黎洪石微微一顿，随即把美惠子揽入怀中，故作威严地说："好吧，看在江临枫先生对你有收养之恩的份儿上，本教主下令赦免二位。如果愿意加入本教，本教将不胜荣幸。”

“对不起，人各有志，你还是放了我们吧。”江临枫冷冷地对他说。

“好吧，放他们走！”黎洪石把手一挥，显得很慷慨。

卓尔没想到会有这样一出，跪拜在地，大声谏道：“英明的圣主，这俩人可不能放啊，他们会带人来剿灭我们的，我们好不容易抢来的据点眼看不保啊！”

黎洪石轻蔑地看了卓尔一眼，随即大笑：“哈哈哈哈……派人来灭我？本教遍布全球的教众加起来比军队还多，我们还怕他们不成？更何况，现在这种情况，各国的军队都解散得差不多了，士兵们也要保命，谁还有心思来打仗？”

“还有警察部门啊，他们可以集中力量来围剿我们。”卓尔跪着没起，继续提醒他的教主。

可黎洪石是个一意孤行的人，只要做出决定，哪怕明知是错，也绝不更改。

“好了好了，没什么大不了的，放他们走吧。”

“我去送送他们吧。”美惠子不等卓尔再次说话，快步走下台来，白了傻跪着的卓尔一眼，就带着江临枫他们走出戒备森严的会场，一直把他们送上自己的车。

“美惠子，这里不是你待的地方，还是跟我们回去吧。”叶知秋看着美惠子被不伦不类的宫装包裹的单薄身体，心中充满了怜惜。

“对，跟我们回去吧，子豪和飞雪都在想着你呢。”江临枫也不忍心她身陷迷途。

"不，我回不去了，如果回去，只会给你们带来麻烦和灾难。江叔叔、林阿姨，请代我向子豪和飞雪还有其他叔叔阿姨问好。再见！"

他们只好眼睁睁地看着美惠子转身离开，直到体育场那个黑黢黢的门洞把她瘦小的身影吞没。

逃离险境后，江临枫一口气把车开回家，立即把掌握的情况报告了"拯救地球委员会"，建议尽快来一场针对神罚教的全球性清剿行动。

江临枫的报告引起了委员会的高度重视，当即做出决定：各国统一行动，剿灭神罚教。于是，一场世界范围内的围剿战打响了。

几天后，江临枫从食品供应点军官的口中获悉，神罚教总部已被摧毁，黎洪石带着他的骨干分子不知去向。统计数据表明，此次对神罚教的围剿战大获全胜，几乎摧毁了神罚教绝大部分有生力量。神罚教已由猖狂的公开挑战，转入地下。

然而，由于神罚教的抢劫和破坏，世界范围的食品危机一天比一天严重。饥饿，成了继疾病之后又一凶顽的夺命恶魔，许多穷国的人民正在成批成批地饿死，富国也调不出多余的粮食去救济他们了。

第 26 章　生存危机

H市的情况也很不妙，食品已经完全由军队接管，贪污、克扣现象时有发生。由于电力缺乏，蔬菜工厂的生产大受影响，市场供应严重不足，营养调配成为奢谈。头发脱落、缺钙和贫血等营养不良症成了常见病。

江临枫由于受到"拯救地球委员会"的特别关照，一大家人勉强还能糊口，两个孩子也受到大人的特别呵护，营养还算跟得上。

只是让大人们感到为难的是，江子豪在蓝湖边捡回的那只叫菲菲的小狗一天天长大了。菲菲的食量越来越大，人们从嘴角省下的食品越来越难以填饱它的肚子，它常常饿得汪汪大叫，叫得人心烦。而每到这个时候，江子豪和高袁飞雪就要偷偷省下一些食品去喂它，宁愿自己饿肚子也乐意。后来，菲菲就自然成为大人们的眼中钉了。

终于有一天，江临枫对它摇尾乞怜的样子忍无可忍，一把抓起它的后腿恶狠狠地甩到门外的雪地上。几声凄厉的嚎叫之后，就听不见它的声音了。江子豪怨恨地看了父亲一眼，奔进院子，把不断哆嗦的菲菲抱回屋子。菲菲痛苦地抽搐着，一双湿润的眼睛满是惊恐，它可能在想，一向善待自己的主人今天为什么会如此狠心？

"爸爸，我恨你！"江子豪恨恨地瞪了父亲一眼，大哭起来。

高袁飞雪抱过菲菲，也跟着大哭。

江子豪边哭边示威似的把自己的饭碗端到菲菲嘴边，可它连闻都不愿闻一下了。

几个女人也忍不住抹起泪来，他们围着两个孩子，一边安慰，一边为菲菲查看伤势。江临枫虽然没有出声，但两行清泪已经挂在苍白的脸颊上。

还是尚雅仪最懂丈夫的心，她把菲菲从高袁飞雪手里抱过来："来，让我给它看看。我会把它治好的。哦，子豪、飞雪，你们看，它的四条腿儿还好好的呢，只是受了点惊吓罢了。"说着就把菲菲放进它的狗窝，还给它盖上了小被子。

袁佳欣也过来抱起女儿，柔声说："好孩子，你们可不能怪你江叔叔啊！你江叔叔为了我们一大家子人的生存连心都操碎了，他也是心里烦才这样的！"

"是我不对，孩子们。"江临枫抹了抹胡子拉碴的脸说，"我不该这样残暴地对待一条小生命。你们都知道，我一向是喜欢小动物的，更何况，狗是忠诚地陪伴人类走过几千年的好伙伴啊。如果人人都像我这样对待它们，在我们走出这个漫漫长夜之后，我们还看得见它们摇头摆尾的友善身影吗？孩子们，你们是对的，特别是在这样的时候，你们的行为不仅是在表达人类最起码的爱心，也是在为保存地球物种尽自己的一份力量。我向你们道歉！"

江临枫说着郑重其事地从沙发上站起来，对两个孩子鞠了一躬，把在一旁看着的叶知秋和欧阳可心惹得大笑，两个孩子也跟着笑了起来。

江临枫的真诚不但让两个孩子谅解了他，而且还引发了一场关于地球物种存亡的讨论。通过讨论，他们仿佛看到了人类在走出漫漫长夜之后孤零零地立足于地球的尴尬情景。于是，江临枫产生了一个想法——必须马上制订物种保存计划，设立地球物种基因库。江临枫当即把这个想法电告拯救地球委员会，王浩马上意识到这个计划的必要性和重要性，立即召集会议，对各国的基因研究所进行了分工部署。

一个宏大的物种保存计划在全球迅速展开……

菲菲一天天好起来，大家的脸上也露出了笑容。一天中午，正当菲菲在美食的诱惑下做出各种滑稽表演时，一个电话带来了一个晴天霹雳——高天云病重，叫家里赶快去人。

袁佳欣差点当场晕倒，但她还是强打精神收拾好一些可能管用的药品，叫江临枫火速带她上路。研究所的飞机早已不知去向，江临枫只好驾着他的电动跑车走陆路。去青山的路有几百公里，要是在平时，走高速几个小时就能到达。但现在是非常时期，没有卫星导航，公路被冰雪覆盖，加之外面又冷又黑，谁也不知道需要多长时间才能赶到。也不知道高天云能不能熬到他们赶到那里？江临枫给王浩打了电话，要他无论如何派人抢救天云，王浩满口应承了他。

江临枫在几年前去过一次青山，知道大体方向。车子穿过黑黢黢的之江大桥，就上了去青山核电站的高速公路。

路上铺满了薄薄的积雪，江临枫只能以极低的车速小心行驶，稍不留神，车子就会滑到路边，撞上护栏。一路上少见车辆，倒是不时有几具尸体闯入视线。每当看到灯光中面目狰狞的死尸时，袁佳欣都要用双手捂住被刺痛的眼睛。江临枫也总是心惊胆战地绕开尸体，生怕撞上。

他们的车就这样左躲右绕地向前开着，死亡的气息弥漫着整条高速公路。

当车开到一个缓坡处时，突然发现一"巨人"立于路中，手举一支黑亮的短枪。江临枫一惊，想加速猛冲过去，但不行，一加速就打滑，他只好保持原有速度接近那人。那人用枪对着江临枫，蹒跚着移到车头前，把手一伸，咆哮道："食品！快交出食品！"

江临枫见那光景，知道他早已饿得有气无力了，就对袁佳欣小声说："快！扔一小块面包到右边去，扔远点！"

袁佳欣会意，把面包从车窗的缝隙抛了出去。那人一见面包，就像穷人见到金子一样扑了过去。就在这一刹那，江临枫立即加速前冲。由于心慌车快，跑车有好几次撞到护栏上，嗤嗤地擦出了火花。江临枫把车一口气开出七八千米，正想松口气的时候，车子却因转不过弯一下子撞到坐在护栏边的一对男女身上。

"糟了！撞到人了！"江临枫一声惊呼，赶忙刹车，打开车门，跑到后面查看。只见那两人被撞得仰倒在路边，双腿奇怪地向上翘着。江临枫赶忙伸手去拉，那两人又像跷跷板似的坐了起来。江临枫正想问撞到哪里没有，随后跟来的袁佳欣淡然道："别管他，是死人！"

江临枫这才明白是怎么回事，但他并没有马上离开。借着汽车的尾灯，他仔细观察着这对奇怪的尸体。这是一对青年男女，女的紧靠在男的肩上，他们的手紧握一起 —— 猛烈的撞击竟然未能分开他们！女的似乎已经睡着了，男的却没有睡，他那双浓眉下的眼睛大大地睁着，显然是在期待着过路车辆的到来，好把他们带到一个没有寒冷、没有饥饿的地方。

"看来是一对恋人，这样死在一块儿也是一种解脱。"

"是啊，他们解脱了。可我们还得经受苦难，不知还要熬多久才能到头？"

"赶路吧，天云还在等着我们。"

"天云怎么会生病？他的身体一向很好啊！"袁佳欣重新坐回车上，心里一阵难过，恨不得马上赶到丈夫身边，为他消除病痛。

一路上真是太难了，车速只能控制在 30 码以内，开了 7 个多小时才开入邻近省份，照这样的速度，两天都不一定到得了目的地。江临枫最担心的还是跑车的电量问题，他们已经换上了备用电池，如果在途中电池耗尽，后果不堪设想。为了节电，他不得不关掉了空调，几分钟后车内就冷得像个冰窟窿。尽管他们穿着厚厚的羽绒服，但刺骨的寒冷还是深入骨髓，冻得他们直打哆嗦。实在难以忍受了，他们就在遇到隧道时停留一会儿，隧道内的余温能让车内的温度升高几摄氏度。但不是每个隧道都可以放心停留，因为那些拦路抢劫的人往往就藏在隧道边的停车岛内，有的甚至用抛锚的车辆做掩护。好在拦路人只为食物，即便遇到了，只要抛出一小块儿面包就能蒙混过关。但在经过一个叫打鸡洞的隧道时，一排面目可憎的人挡在了车灯光束尽头，那些人的前面还用原木和死尸架设了不可逾越的路障。江临枫赶紧刹车，但已经来不及了，跑车还是随惯性向前滑行了几十米，差点撞到路障上。没等车停稳，那群人就吆喝着冲了过来，一边吆喝一边不停地喊着"把车留下"。江临枫意识到他们要抢车，迅速挂上倒挡，猛踩加速踏板向后方退去。但毕竟是倒车，车速不可能很快，那伙人很快就追上来围着车门两边跟着跑，边跑边喊边砸车门，两边的车窗很快就被砸成了蛛网状。江临枫知道大事不妙，这样耗下去难逃一劫。情急之中，袁佳欣指着左边喊了一声："左边有个连接洞！"江临枫明白了她的意思，喊了一声"坐稳了"，一脚急刹车，甩开那伙跟跑的人，迅速换上前进挡，往左猛打方向盘，一个加速冲进了连接左侧隧道的连接道。等那伙人反应过来，江临枫的跑车已经开到对面的隧道里，逆向往洞口疾驰而去……

经过 20 多个小时的艰难跋涉，他们终于赶到了青山核电站。穿过灯火辉煌的工地，江临枫把车开到西北角的一片工棚前停下来。找到高天云的房间，袁佳欣忐忑地推开了竹门。在昏暗的灯光下，高天云孤零零地躺在简易床上，额头上搭着一条湿毛巾。

见袁佳欣还愣愣地傻站着，江临枫推了推她说："快进去吧。"

"天云——"袁佳欣嘶喊一声，就扑到奄奄一息的丈夫身上啜泣起来。

江临枫也走到床边，哽咽着喊道："天云，天云！你怎么了？"

听到喊声，高天云慢慢睁开眼睛："哦，你们怎么来了？我……可能是重感冒……很快……很快就会没事儿的。"

"别说了，让我给你看看再说！"袁佳欣一边掉泪，一边为丈夫做全面检查。经过病毒试纸测试，袁佳欣初步判断高天云得的是一种罕见的病毒感染，这种病初期类似重感冒，如果不及时抢救，病毒就会很快侵入中枢神经，让人在毫无知觉中死去。好在袁佳欣带来了杀灭这种病毒的药物，高天云就无性命之虞了。

打过针，高天云似乎从魔掌中挣脱出来，他强打精神问了一些家里的情况，然后就酣然睡去。江临枫和袁佳欣也因为一路劳顿，在电炉的烘烤下，靠着椅子睡着了。

等他们醒来，高天云已经起床，把"早点"都准备好了。高天云看上去恢复很快，已经有精神向他们介绍工地上的情况了。他说，目前的主要困难是建筑材料缺乏，工程进展缓慢，工人疲惫不堪、缺乏热情，工程质量难以保证。他最担心的就是花了如此巨大的代价建起来的东西会成为一座废墟。听到这些，江临枫感到很绝望。看来，高天云这一次仍然赢不了他，他必须赶回研究所，加快基因破译才行，不然，人类就只有死路一条了。

正说着，一个工头模样的人气喘吁吁跑进来："高队长，不好了，工地罢工了！"

"是吗？"高天云并不吃惊，因为这已在他的预料之中，"说吧，究竟是怎么回事？"

"是一个叫黄风的人煽动的，应该是神罚教分子，他在工地上大肆鼓吹'地球毁灭，及时行乐'，大部分工人都听他的，离开岗位不干了，有的还把设备砸坏了，还有的……"

"好了，你赶快回去坚守岗位，我随后就到！"高天云把手一挥，立即拿起电话，"喂！特警队吗？我是高天云。哦，你是刘队长啊，请你立即带领全体队员赶到扩建工地，全力镇压神罚教分子。对！一个不漏，一网打尽！"

放下电话，高天云抱歉地对袁佳欣和江临枫说："对不起，我不能送你们了，一路保重！"

"不！天云，我们等你回来再走。"袁佳欣担忧地望着他说。

"你快去吧！别让事情闹大，注意安全！"江临枫也牵挂着老朋友的安危。

"好吧，我去去就回，你们等着！"高天云话没说完，就消失在门外的黑暗中。

高天云出去不到一分钟，就从扩建工地的方向传来几声清脆的枪声，袁佳欣的心随之一紧，慌忙对江临枫说："临枫，天云不会有事吧？"

江临枫安慰她说："应该不会，不过，如果你不放心，我们可以过去看看。"

"可是，天云让我们在这里等他的。再说，万一遇到那些神罚教分子如何是好？"

"没事儿的，我们把车悄悄开过去，就躲在车里看，万一天云有个啥的我们也好接应。"

"天云不会有事的，我相信他。"袁佳欣说着上了江临枫的车。

穿过林荫道，绕过一个小丘，他们的车开到了灯火辉煌的工地边缘。江临枫把车停在一个巨型冷却塔的阴影里，在那里，可以把两百米开外的工地一览无余。只见几个神罚教分子被特警队员押着，正垂头丧气地站在前面的高台下。高台上，高天云正在神情激昂地发表演说，台下黑压压一大片人正在听他演讲。

"看来已经没事了，毕竟天云当过太空司令，没有他驾驭不了的场面。"江临枫发自内心佩服高天云的领导能力。

"他的身体还没恢复呢，我怕他吃不消。"袁佳欣还是不放心他的身体。

"是啊，等会儿天云回来，你可要好好劝劝他。"

"我可劝不动他，他的脾气你是知道的，犟起来十头牛都拉不回来。你帮我劝劝吧，也许你的话他还能听几分。"

"好吧，我们一起劝，像斗地主那样一起斗他。"

处理完骚乱，高天云拖着一身疲惫回到宿舍。江临枫劝他一定保重身体，别太拼，不要早早地把本钱拼光了。江临枫的话无意中点醒了袁佳欣，这让她改变主意不走了，她说她不能丢下虚弱的丈夫不管，让江临枫回去帮她照顾好女儿。

尽管江临枫感到突然，但还是点点头说："好吧，你在这里照顾天云一段时间，家里有我顶着，你放心好了。"

"开什么玩笑！"高天云的脸一下子沉了下来，"你以为这里是宾馆吗？你必须跟临枫一起回去，我自己能照顾好自己！"

"不！天云，你别赶我走！谁知道我们还有多少日子在一起啊？我什么都不指望了，就指望还能好好地跟你做几天夫妻。"袁佳欣话没说完就伤感地哭了起来。

袁佳欣的话像刀子一样割在高天云的心头，他沉默了一会儿，忍住了揽她入怀的冲动，恳求她说："佳欣，我又何尝不想你天天陪在我身边呢？我不是冷血动物，我也想老婆孩子热炕头。可是，现在是什么时候？我有儿女情长的权利和资格吗？佳欣，你看这样好不好？等工程一完工，我就立即回到你身边，哪里都不去了，我发誓，行不？"

袁佳欣还能说什么呢？她明知丈夫的誓言只是暂时哄哄她而已，但她还是假装相信说："好吧，我答应跟临枫一起回去，但你也必须答应我，一定要保重身体，千万别硬撑，健健康康地给我回来，行吗？"

"行，我答应你，一定带着一副棒棒的身体回到你身边，到时候随你怎么支使都行！"高天云看着袁佳欣的眼睛，笑着眨了眨眼。

第 27 章　10 个太阳

气温低到爆表, 究竟有多低, 已经无从知晓。

又停电了。江临枫和叶知秋被黑暗囚禁在研究所里, 只能用声音去穿透漆黑。

"江老师, 你说这低温会有止境吗?"

"有啊, 零下 273℃。"

"那地球不成一个死亡冰球了吗?"

"是的, 连自由电子都会停止运动。"

"天啊!"叶知秋打了个寒战,"我们多久才能过上不停电的日子呢?"

"那要看天云他们了。"

"高大哥他们的扩建工程还没完工吗?"

"没有。天云来电话说出现了重大质量问题, 正在加紧返工。"

"真是糟糕!看来, 这种该死的间歇供电制就要没完没了啦。"

"那倒不至于, 希望我们的基因破译工作能有进展。"

"还会有吗?我们几乎把地球上所有人种的基因都试过了。"

"鬼才知道还有没有！不过只要我们这项研究还没停止，就能给人类以希望。我们的研究就像黑暗中的灯塔，只要这里的灯亮着，人们心中的希望之星就不会陨落。"

"灯塔，希望之星，灯塔，希望之星……"叶知秋轻声重复着这两个词，靠在江临枫肩上睡着了。江临枫也不知不觉间进入梦乡。

他们是被突如其来的灯光吓醒的，也不知道这一觉睡了多久，也许长达数小时，也许只有几分钟。但不管怎样，他们的精力得到了恢复，工作的劲头一下又上来了。等空调把房间烘得暖烘烘的时候，他们立即脱掉那身航天服，继续干起那份单调乏味的工作来。

其实，从高天云的核电工地回来之后，江临枫和叶知秋就没有松懈对闲置基因的破译。他们在停电、严寒的围困中，一天天坚持下来。尚雅仪、袁佳欣和欧阳可心已经接过了购买食品和砸冰取水的担子。尚雅仪的抑郁症有了明显好转，她把很多事情都看开了，已经把个人得失放在了非常次要的位置。

就这样又过去了半年，闲置基因的破译仍然毫无进展。江临枫越来越感到无法承受王浩那种信任的目光，无法面对亲人和朋友们期待的眼神。他常常感到绝望和沮丧，他心中的希望之星已经摇摇欲坠。最近，一种宿命感又开始在他的脑中闪现：这就是人类的定数，人类大限将至，人类在劫难逃。

几天后，王浩又打来电话，他那一向从容的目光也有些游移了。他竟用了一种近乎怯懦的语调问江临枫："临枫，还是没有一点进展吗？"显然，他自己也知道这话是徒劳的，就像以往的几十次那样，但他还是忍不住要问。

对回答这个问题，江临枫早已产生了一种近乎恐惧的心理，因为他早就不想把自己的痛苦传递给别人了，但他还得一遍一遍地传递那样的痛苦："抱歉，没有，没有一点进展。"

"哦。"王浩的眼中闪过一丝绝望，"那你继续吧。有情况立即通知我。"

王浩的头像消失了，江临枫的视线并未离开，继续盯着空荡荡的视屏发愣。

盯着盯着，视屏中突然有一大段文字从下到上拉出来：

可怜的人类小朋友：

当你们能读懂这封写在基因上的信的时候，证明你们已经长大了……

"唉，又是那些该死的重复内容。知秋，你说我们的工作还有意义吗？我们是不是到了该撤离的时候了？"

叶知秋凑过来看了看，也失望至极："唉，这种玩笑不知还要开多少遍呢？我都快疯掉了！"

"我简直受够了。该死的，你就别再作弄我们这些可怜的人类小朋友了吧，求求您，高抬贵手，放过我们吧！"一脸倦容的江临枫打了个呵欠，准备刷新视屏重新开始。

"住手！"叶知秋拉住了他的手，"快看，有新内容！"

江临枫赶忙停住手，只见在原来破译过的内容后面出现了以下内容——

还有一些情况必须告诉你们，不然你们将无法解决在迁徙过程中遇到的麻烦。

第六行星离奥古特星系越来越远，巨大的奥古特星变成一颗亮星离我们远去了。一种茫然若失的情绪笼罩着神类。气温骤然下降，江河开始结冰，森林迅速枯萎，动物大量死亡，赖以生存的物质越来越少，人类处境危险，面临灭绝。这时，一个叫阿塔的神类灵机一动，及时设计出一种原子能发光球，把它发射上天。于是，十颗明亮的光球从南向北挂上了天空，开始绕着行星旋转。这样，第六行星又有了白天和黑夜、光明与温暖。第六行星在这十颗光球的照耀下，开始了长达 50 个行星圈的星际旅行。在此期间，人类发生了几场大范围的瘟疫，我们神类虽全力施救，也仅仅保住了几百万人的性命。

智元 213812 行星圈，我们终于接近了那颗如奥古特星一样耀眼的恒星。我们飞进了太阳系，精确地设定了能保持第六行星原有参数的轨道半径和公转、自转速度。极其巧合的是，计算出的轨迹竟与太阳系第三行星重叠。当然，这难不到神类，我们把这颗比第六行星小得多的行星俘获，让它成了第六行星的一颗卫星。这样，第六行星的夜空就多了一个银盘般的白色发光体。让我们大感意外的是，那个后来被你们叫作月亮的卫星，居然会成为人类文人的歌咏对象和精神寄托。

太阳正当壮年，神类和人类的前途都很光明，神类对未来充满了信心。可是，一个极其致命的打击突如其来，在我们这不到 1 000 个神中，所有的雌性都同时丧失了生殖能力，原因是突然出现的基因突变超出了我们的控制能力，连克隆技术也被一种无形的力量锁死了。神类别无选择,只好把已有的文明竭尽所能地传授给人类。但你们实在太笨,几乎毫无接受能力。于是,迪克斯宣布解除了神类不干预人类发展进程的禁令,允许神类与人类交合,这样就出现了许多半神半人的人,他们有幸成为神类文明的传承者。然而,令神类悲哀的是,他们所具有的智力尚不及神类的百分之一。但从人类的角度看,他们却足以成为引导人类走出蛮荒与愚昧的先知。他们创造了文字、创立了宗教、掌握了冶炼技术、建筑知识和一些天文知识……埃及金字塔、雅玛金字塔、复活节岛巨石人、巴比伦通天塔和雅典娜神庙等,都是他们为了彰显能力而向神类交出的习作。

　　智元217536行星圈,当我们神类还剩下最后10个神的时候,我们就利用基因改写技术,把神类文明的精髓和这次搬家历程输进了3 000名雌性人类的受精卵基因中,期待着在遥远的将来,能被你们破译。同时,我们还把神类的所有文化科技灌注在黄金白银和各种宝石之中,让他们散落各地,以便在将来被你们解读。

　　我们非常怀念我们奥古特星系,于是,我们10个神在最后时刻做出决定,重返奥古特星系,那里是我们永恒的归宿,我们将把星系的废墟作为我们最终的墓地。祝你们好运吧!我们的人类小朋友,在未来的漫漫长途中。

最后 10 个神

智元 217536 行星圈

紧接着是原子能发光球的设计图和制造说明,非常翔实,一目了然。

江临枫和叶知秋屏息看完神类的信，一种神秘的震撼力像一支长有吸盘的爪子似的攫住了他们的心，让他们好久好久都说不出话来。

良久，叶知秋才问："临枫，你说我们能造出10个太阳来吗？"

"能！图纸非常周详，我们也具备这样的技术。"

"神类真是考虑得周到，令人肃然起敬。"

"是的，他们在仅剩最后10个神的时候竟然一切都为我们考虑到了。我已经感到他们在给人类'写信'时的那种崇高与悲壮了，实在令人感动，都到那样的时候了，在对自身前景完全绝望的情况下，他们还把我们的一切安排得妥妥的，这是一种怎样的无私与大爱啊。只有一点我想不通，如此智慧、如此伟大的神类文明，竟然也未能逃脱最终消亡的命运！这让我不得不担忧，我们人类还能走多远呢？我们能达到神类那样的文明高度吗？"

"你说那最后10个神还会回来吗？特别是在我们遇到无法解决的难题的时候。"

"这就不得而知了。因为他们的寿命只有不到两千年，而他们至少离开我们有两千年了吧。也许，他们在凭吊完自己的'故乡'之后已纷纷死去。也许，他们又侥幸繁衍了许多后代，现在正在赶往地球的途中——他们绝不会坐视地球的灾难于不顾。"

"是的，一定是后一个，也许。因为地球上毕竟留下了他们的后裔。可是，他们能感知到地球上发生的灾难吗？"

"他们能，那个'水晶球'可能就是他们的遥感器。"

"是吗？你说得也太玄了吧？"

"一点都不玄，从现在开始，地球上的诸多难解之谜都能找到合理的解释了。"

"金字塔、诺亚方舟、希腊神话、后羿射日……这一切的一切，原来都和神类有关呀！"

"是的，地球人类的历史恐怕得改写了。"

"可是，神在信中说到黄金白银和宝石中灌注着他们的文明成果，这怎么可能呢？"叶知秋对这一点还是有些难以理解。

"傻姑娘，你是在故意装傻吧？"

"不，我没有，我是真的理解不了。"

"其实，这不难理解。以我们人类现有的科技就已经能把各类信息存储在磁盘和光盘里，难道以神类那样的文明程度还不能把信息存储在金银和宝石里？也许这才是最为永恒的信息保存办法，可惜以目前人类的科技水平，暂时还没找到读取的方式。现在，我们不难看出，宇宙生命信息的保存至少有两种模式：一种是生物模式，即把所有生命信息保存在基因之中，正如神给我们写的基因信那样；另一种是物理模式，即把所有生命信息保存在一种比较恒定的无机物质之中。两种模式并驾齐驱，相得益彰，共同肩负着传承文明的历史使命，让宇宙生命不断地从简单到复杂、从低级到高级的方向演化，最终达到唯我独尊、掌控万物的至高境界。在这种生命的不断演化与毁灭的过程中，很可能已经形成了一种比较固定的生命演进模式，甚至已经形成了一种神秘的宇宙意志，正是这种神秘的宇宙意志控制着所有生命的进程……"

在这黑暗的两小时里，江临枫和叶知秋的思想在纵向的时间和横向的空间中尽情驰骋，他们对宇宙和生命的认识提升到了一个新的高度。

电终于来了，江临枫立即把刚才破译的新内容发给了"拯救地球委员会"。这个突如其来的好消息差点让王浩激动得中风，他涨红着脸，语无伦次地对江临枫说："临枫啊，我……我再……再一次代表全人类感……感谢你。我……我要为你授勋！"

这消息才刚刚传开，就像已经有 10 个"太阳"在地球的天空升起，让人类看到了耀眼的光焰，感到了灼人的热量。

第28章　重现生机

"拯救地球委员会"通过了由江临枫和高天云联合起草的"原子能太阳计划"。Z国分到了两颗原子能太阳的制造任务，由高天云负责领导实施。王浩没有食言，他把一枚金质奖章挂在了江临枫的脖子上。

江临枫和高天云回到H市，迎接他们的是一个盛大的"饺子宴会"。整个"夜晚"，大伙都像服了兴奋剂，兴高采烈，开怀畅饮。

饭后，大伙一边观看新闻，一边热烈交谈。所有媒体都在歌颂江临枫的丰功伟绩，江临枫名字的出现频率超过了所有的文字。一直到间歇停电开始，人们才意犹未尽地回到自己的房间。

尚雅仪已事先给房间加了热。江临枫躺在暖和的被窝里，心里有一种说不出的舒坦，很快就在尚雅仪温馨馥郁的胸前睡着了。

接下来的日子仍然黑暗，仍然寒冷，但人们不再沮丧，因为心中已经装满了光明。食品供应点的秩序明显好转，少有哄抢事件发生。神罚教的声音也越来越弱，几乎销声匿迹。

江临枫和叶知秋又肩负起砸冰取水和购买食品的重任。出于对江临枫的奖赏，他们家得到了双倍于别人的食品，日子也就过得相对较好。高天云也经常打来电话报告人造太阳的最新进展，他带来的每一点消息都让大家心情欢畅，好像新太阳已经在东边的地平线上冉冉升起。

终于在一天"早晨"，高天云又一次打来电话，他告诉江临枫，过一会儿他的太空舰队就会载着两颗人造太阳的零部件，分别飞往北纬 30 度和 45 度的上空进行组装，估计在"中午"即可运行。

听完这个消息，江临枫在不到 10 分钟的时间里，就把大人小孩全部吆喝起来，让他们在客厅集合，听他宣布这个独家新闻。他那副得意样儿，活像一位刚刚提升的排长站在他的士兵面前。

"女士们，先生们，我这里即将有独家特大新闻发布，敬请大家洗耳恭听 ——"江临枫说到这里故意停顿，他想充分享受一下那种拥有独家新闻的良好感觉。

"还即将个屁呀，赶快说。"在厨房忙活的尚雅仪探出头来，嗔怪他说。

"是呀是呀，快告诉大家，是不是'原子能太阳'要升空了？"叶知秋也催促他说。

"是不是呀？是不是呀？"两个孩子围上来，一边一个摇着他的手仰头追问起来。

江临枫还是一副欲说还休的样子，他想再吊一吊大伙儿的胃口，特别是看到两个小朋友急迫的模样他就想笑。

欧阳可心看穿了他的心思，在一旁故意咳嗽了一声，不阴不阳地说："别把麦芽糖熬焦了啊，再不说，我就告诉孩子们了。"

"是啊，其实你接听电话的时候我们都听到了。"袁佳欣也冷不丁补了一句。

江临枫这才知道他的独家新闻已经泄密，赶紧低下头摸摸两个孩子的头说："好好好，我知道你们等不及了，我这就告诉你们，这个特大新闻就是：黑暗即将过去，光明就要来临——原子能太阳在今天中午就要大放光明了！"

"喔——哇——"两个小孩雀跃欢呼，几个女人的反应却相对克制，这样的效果没有达到江临枫的预期，不免让他有些失落。

江临枫随即打开那块平时显示风景画的大视屏——国内最大媒体正在直播原子能太阳的装运现场。在聚光灯的照耀下，无数的吊装设备正在把原子能太阳的主要部件和一块块光热片装进航天飞机。很快，所有部件吊装完成，航天舰队纷纷点火升空，不一会儿就变成夜空中的一群一闪一闪的萤火虫。

这时，传来解说员激动得有些把持不稳的声音："视屏前的观众朋友们，你刚才看到的是我国原子能太阳的装运现场。现在几百架航天飞机已经把所有零部件运上了几百千米上的太空，十几分钟后，科学家们将分别在北纬30度和45度，东经110度的太空把那些零部件组装成球面发光体。据专家介绍，每个发光体的表面积都在10平方千米以上，相当于一个中等规模县城的面积。另据最新消息，其他国家的原子能太阳零部件也运到了指定位置，正在加紧组装。到当地时间中午12点整，所有太阳都将在东经118度上空一字排开，开始自东向西旋转，同时发出万丈光芒！从今天起，在我们的天空中将有十个太阳东升西落，我们将重新拥有白天与黑夜、光明与温暖。

"视屏前的观众朋友们，由于通信卫星系统早已瘫痪，我不得不遗憾地告诉大家，原子能太阳的组装现场就不能给大家直播了，我们将在以后以录像的形式呈现给大家。好了，就让我们等待那个光明重照大地的时刻吧！"

停电的间歇，大人孩子都涌到院子里仰望天空，耐心地等待着。江临枫一眼就发现了头顶偏东的天空中多了许多小星星在眨着眼睛。

"快看，那群小星星那儿就是原子能太阳组装现场。"

"你能肯定吗？爸爸。"

"肯定，子豪。那群小星星就是航天器的灯光和喷出的火焰。"

"它们不会掉下来吗？"高袁飞雪不安地问。

"不会的，因为它们已经开始绕着地球旋转了。"江临枫安慰她说。

"实在太冷了，我们还是回屋去吧。"尚雅仪提议说。

"不冷不冷！我一点都不冷。"叶知秋嘴里这样说着，牙齿却在不停地打着架呢。

"不冷不冷！我也不冷。"高袁飞雪也跟着说。

欧阳可心见大家都不愿进屋，就建议一起来做游戏，这样既暖和了身子，又能保证大家在第一时间迎接光明。

一场"猫鼠大战"就在黑黢黢的院子里展开了。欢呼声、惊叫声、求饶声响彻整个院落。好久没有这样开心过了。

也不知经过了几场"战役"，被逼得跌坐在地的高袁飞雪突然发出一声惊呼："快看！飞碟！"

顺着她手指的方向，一个银白色的圆盘悬在头顶，它所发出的微弱光亮已经把大地照出朦胧的轮廓。

"傻孩子，那不是飞碟，是刚刚开始工作的原子能太阳。"袁佳欣纠正道。

"快看！又出现了几个，排成了一条线呢。"叶知秋也惊呼起来。

"怎么不太亮啊？还不如月亮呢。"高袁飞雪不解地问。

"会亮的，孩子。"欧阳可心肯定地说。

果然，那由南向北一线排开的太阳越来越亮，人们已经能看清其他人脸上的表情了。

光辉还在增加，颜色逐渐由灰白变成淡红、橘红、橙黄，不一会儿就变得白亮刺眼、金光闪闪了。江临枫感到一阵目眩，赶忙把目光从天空收回，想立刻去欣赏大地的景物，但不行，眼睛已经花了。这时，听见大家都纷纷叫喊起来："哎哟，眼睛花了。"

江临枫就叫大家把眼睛闭上一分钟，然后再慢慢睁开 —— 呵！看见了！房子、西山、蓝湖，还有远处的高楼，全都裹着一层皑皑白雪。

太阳出来啦！我们看见啦！类似的欢呼声从 H 市的每一个角落冒出来，汇成一股巨大的声浪直冲天宇。

"走，我们开车出去看看。"江临枫说着走向汽车。其他人也向自己的车走去。

几辆车鱼贯而出，绕着弯弯曲曲的盘山公路拐下山去。一路上，往日郁郁葱葱的西山已见不到一点绿色，所有的林木花草似乎已经枯死。枯黄的松枝上压满积雪，像一座座泛黄的雪塔。漫山灰白的积雪黄叶点染，没有风让它们婉转飘扬。

车子驶上滨湖路，街道上已经涌出欢呼的人群，肥硕的装束像是刚刚才从南极归来。号称人间天堂的蓝湖，此时已成一个满目凄凉的冰雪世界——千疮百孔的冰面令人心碎，争斗遗下的尸体比比皆是，凝固发黑的血迹点染冰面……街道的角落也不时晃过一具具蜷缩的尸体，许多店铺留下了遭劫的痕迹。

江临枫的车像有记忆似的，自然就开到了那个食品供应点——他们已经习惯去食品供应点了。明媚的阳光照着井然有序排队等候的人们，照得他们一脸灿烂。江临枫一下车，供应点的漂亮女分配员就一眼认出了他："噢！江先生，欢迎光临！女士们先生们，我们的救星来了，我们把食品先发给他好吗？"

"好！好！好！……"众人兴奋地高喊。

在漂亮女分配员把最好的食品往江临枫的车上搬的时候，"肥"得像企鹅的人们趁机围住了江临枫，表达着崇拜、敬畏和感激，好多人请他签名，他不得不脱下手套，裸着手在刺骨的寒冷中写啊写。这时，H市电视台的记者也来凑热闹，他们用镜头在江临枫和狂热的人群间扫来扫去，扫得几个女人好开心。

江临枫终于冲出重围。在车上，孩子们兴致不减，闹着要去看海。

海滨的情景没能超出江临枫的想象——长长的沙滩覆盖着浅浅的积雪，人和动物的尸体像一节节烂木头般横陈着；茫茫大海早已变成一片冰原，从这冰原，你可以走到世界上的任何地方去；昔日如绿宝石般的星星岛，被灰白和枯黄统治着，已经看不出一点儿生机……

接下来的日子，江临枫、高天云和女人们都参加了 H 市的自愿劳动，搬运尸体，铲除积雪，清扫街道，他们都以极大的热情投入其中。

一个月后，政府、学校和医院等许多重要部门都恢复如常。尚雅仪和袁佳欣回到医院，欧阳可心和两个孩子到了学校，叶知秋也搬回到她的小屋里去了。高天云一直肩负着 Z 国制造的那两颗原子能太阳的燃料供应工作，很少回家。平日里，就只剩江临枫一个人了，一种从未有过的孤独掏空了他原本充实的心。

他常常一个人站在枯黄的草坪上发愣。那几棵牛奶树已经枯死，那种端着杯子捩着树牛奶看太阳从镇海塔塔尖升起的日子已经不再有。也有太阳升起，但那十个不伦不类的太阳让他不知该先看哪一个。十个太阳照耀下的西山一派荒凉，蓝湖已失去了观赏价值，让苏轼看了，想必也写不出什么好诗来。他也试图重新开始基因研究，但谁还需要那个呢？他觉得自己已经被人遗忘，成了多余人。

不知多少个难熬的日夜过去，气温回升、冰雪融化，大地已如初春般温暖。

这天，江临枫又一个人站在院子里发愣。突然，电话来了。

"是叶知秋！"江临枫惊喜地叫出声来，"喂，知秋，是你吗？你在哪儿？"

"我在家里，我太闷了，能出去走走吗？"

"好！我马上去接你。"江临枫简直要跳起来了。

"不！我自己开车，保持车距！"

"好吧，依你，去哪里？"

"郊外，我想去看看田野，你在滨湖路等我。"

"好的，你快点来啊！"江临枫已经迫不及待了。

接完电话，江临枫跑进卫生间，胡乱地刮了几下胡子，草草地整理了一下衣着，就开着车向滨湖路赶去。到了那里，叶知秋的车已经在等着他了，他们就一起向西北方向的郊外驶去。

在路过孩子们的学校时，他们顺便去看了看江子豪和高袁飞雪。在孩子们的教室里，欧阳可心正在给他们讲后羿射日的故事。她讲得很来劲，并不因为稀稀拉拉的十几个学生而影响她的兴致。在这当中，江子豪和高袁飞雪还提出了几个颇有意思的问题。比如：那 10 个太阳是神造的吗？和我们现在这 10 个太阳是一样的吗？又如：后羿究竟是好人呢还是坏人？我们现在这10 个太阳会不会有后羿那样的人去射呢？该不该采取保护措施呢？对这些问题，欧阳可心引导孩子们展开辩论。看到江子豪和老师同学争得脸红脖子粗的傻样儿，江临枫满意地笑了。

他们的车一开进萧瑟的原野，就有一股枯禾的霉烂味儿扑鼻而来。公路两边曾是大片的农田，黑暗来临之前所遗下的秋苗还斜斜地伏在田里，显着枯黑的色调。在这片田野的尽头，是一片面积很大的乔木林，江临枫曾和尚雅仪来过这里，那可是谈情说爱的好地方啊。

他们把车停靠在树林边，向树林里走去。

"快看！树木发芽了呢！"叶知秋用她纤细的手指指着一棵小丛树，激动地说。

"想不到这森林有这么强的生命力啊，我还以为它们都死了呢。"

"看！地上也长草了。"叶知秋蹲下身，爱抚着一棵棵浅绿的小草。

"好，真好！我们很快又有一个绿色的世界了。"江临枫也蹲在地上轻轻抚摩着小草，就像是在抚摩子豪一岁时头上的绒毛。

正当他们在为自然界的生命力尽情欢呼时，天空开始积聚乌云，转眼间，狂风大作，电闪雷鸣，瓢泼大雨说来就来。

"呵呵 —— 下吧下吧！浇出一个绿色的世界来吧！"江临枫张开双臂，肆无忌惮地大喊大叫。

"呵呵呵 —— 下吧下吧！浇掉我所有的郁闷和烦恼吧！"叶知秋也欢跳着大喊。

他们就这样在雨中跑着、追着、喊着，冰冷的雨水淋湿了他们的头发，淋透了他们的衣服。他们不能错过这场久违的洗礼，他们要找回昔日那种置身大自然的真切感觉。

这第一场雨来得及时去得也干脆，明丽的阳光重新投进树林，照得树上的嫩芽和小草分外翠绿。

"彩虹！好美！"顺着叶知秋手指的方向，一道彩虹如天桥般横跨西天，把天空与大地装扮得分外妖娆。

"我们走吧！彩虹再美也没有'出水芙蓉'美呀！"

"哈哈！我看到的可是一只落汤鸡。"

第 29 章　神秘病毒

3 个月后，人类的幸存者们都吃到了在人造太阳的照耀下种出来的粮食。袁佳欣还特地在她家搞了一个不伦不类的尝新会，尝新的大米是从分给她家的田地里种出来的。

当晚，好像是为了特地强化喜悦的气氛，"拯救地球委员会"发来了最新消息：地球已经飞行了 3 年零 3 个月又 3 天，加速阶段已经结束，相对速度达到 90% 光速，计划匀速飞行两年后调头减速，再经 3 年减速飞行即可进入预定轨道。

一想到还要经历 5 年的苦难，大家又有一种前途未卜的渺茫感。在未来的 5 年中，还会有多少意外多少灾难在等着人类呢？

果然，在人们都忙于粮食生产的当口，一场新的灾难无声无息地降临了。

第一个觉察到这场灾难临近的是尚雅仪。她在为一个深度昏迷的病人化验血液时，查出了一种从未出现过的新型病毒。这种病毒复制速度惊人，以人血中的红血球为载体复制分裂，最后噬灭红血球，让病人很快失去载氧工具而窒息身亡。而最为奇特的是，这种病毒可以不经接触传染，传染途径尚不清楚。随着第一个病例出现，世界各地先后发现了同样的病例。最可怕的是，病人的数量正在呈指数级增长，而所有医院都尚未找到能杀灭这种病毒的药物。不间断地输血，成了暂时维持病人生命的唯一办法。

H 市医院很快人满为患，叶知秋和高袁飞雪也不幸中招。江临枫闻讯赶到医院，看着面色惨白、毫无知觉的叶知秋，他的心里像有一把钝刀在不停地割。

江临枫只好在 H 市医院驻扎下来，一头扎进尚雅仪和袁佳欣的工作室，加入对付这个可怕病毒的行列之中。江临枫的加盟让认识这种病毒的速度得到明显提升，不到半天，这种病毒的基因序列测序完成。但棘手的是，该病毒的变异速度非常罕见，能在几天之内变得面目全非，让治疗的药物根本找不准靶点，疫苗同样不现实，因为疫苗的研制速度跟不上病毒的变异速度。

"这哪里是低等生物的表现，这简直就是高级智慧的结晶！"江临枫震惊，"看来我们要重新确立生命进化观念和生命等级划分标准了。"

"是啊，我们总认为生命是从低级到高级、从简单到复杂进化的，其实，简单中也有复杂，低级中也有高级，到头来，谁高级谁低级还真不好说呢。"袁佳欣同意他的观点。

"怎么，你们还有闲心扯这些？火烧眉毛先顾眼前吧。"尚雅仪心急。

"好吧。"江临枫说，"依我看，我们得先把那个导致病毒'变身'的底层机理找出来，然后再想办法对付它。"

"对！直接攻击那个'移动靶'的操纵者。"袁佳欣赞同。

江临枫把破译基因信的一些便捷方法也用上去了，经过一整天的"排查"，终于发现了"操纵者"的身影，原来是一种编号为 JN031 号的特殊蛋白酶导致了该病毒的 DNA 不稳定。江临枫总算松了口气，这才想起叶知秋，不知她能不能挺到新药配制出来。他把配制基因药物的工作交给了尚雅仪，就急匆匆地来到叶知秋的病房。

叶知秋已经苏醒了，江临枫坐到床边，摸了摸她额头："知秋，你现在感觉好些了吗？"。

"好……好些了，只是头……头晕……"叶知秋蠕动着乌紫的嘴唇，脸色苍白得如同一张宣纸。

"那是缺氧的缘故。我们找到病因了，药物很快就会配制出来，你先挺一挺，很快就会没事儿的。你现在不能多说话，保持静卧状态，这样能节省些体力。你先休息，我去看看飞雪再过来陪你说话。"

江临枫站起来，正想往隔壁病房去看高袁飞雪，袁佳欣却急匆匆跑来："临枫，你快跟我来！雅仪晕倒了，浑身抖得厉害。"

嗡 —— 江临枫像当头挨了一记闷棒：不好，雅仪也中招了！

他极力控制着自己，赶忙奔进尚雅仪的工作室，把她从椅子上扶起来横抱在臂弯里。尚雅仪已经失去了知觉，整个人在他的臂弯中像一只软体动物。江临枫心里顿时涌起一阵不祥的预感：尚雅仪接触的病毒是进化后的最新一代，毒性已经比最初感染者体内的明显增强，她能挺到新药配制出来吗？江临枫不敢迟疑，立即把她抱进了就近的病房，马上让袁佳欣给她输上了血。这时，一种更大的恐惧让他不堪设想：要是他和袁佳欣也染上了病毒怎么办？谁来配制基因药物？

想到这里，他当即拨通了王浩的热线，王浩忧心忡忡的面容出现在视屏上，一见江临枫，马上露出笑意："是临枫啊，我正要找你呢，没想到你主动找上门来了。"

"我正在 H 市医院，我有要事禀告，我们这里遇到了一种新型病毒，据我推测，这种病毒应该是地球在穿越新的宇宙空间中出现的，应该是一种从未出现过的宇宙病毒，我想您已经得到这个信息了。从目前的情况看，这种病毒异常凶险，专门攻击红血球，如不及时加以控制，很快就会酿成一场灭绝人类的大瘟疫。"

"我在第一时间得到了这个信息，现在世界各地都发现了这种病毒，C 市的医院已经人满为患。"拯救地球委员会"已经做出决定，命令你务必于近期破译出致病基因密码，并同医院配合，迅速研制出特效基因药物。"

"没问题，我尽我所能！"

"哦？答应得这么爽快，是不是已经有眉目了？"

"嗯，我在半小时前刚刚从这个致命病毒的基因中找到致命因子，现在可以针对性地配制基因药物了。"

"临枫，怎么人类在每一个危急关头都有你啊！这真是一个天大的好消息……"

"主席先生。我想把基因药物尽快研制出来，我的妻子已经染上病毒晕倒在研究室里。我想，我和另外一名研究人员也有随时染病的可能，因此，我必须把我破译出来的病毒基因资料传给您，您再转发给世界各国同行，让他们一同攻关，以求万无一失。这也是我给你通话的目的。"

"好，你把资料传给我。"

"我这就去传。"江临枫说完，快步向研究所走去。

3天过去了，药物配方试配了近千个，但试管中的病毒仍然在肆无忌惮地吞噬着红血球。

而这时血库告急，库存的血量已所剩无几，越来越多的病人因缺血窒息而死。医院因此做出秘密决定，剩余的血要优先保障尚雅仪、叶知秋和高袁飞雪等人，其余的病人需要自筹供血。

情势危如累卵，江临枫急得快要发疯，他从没想过同死神的赛跑会变得如此急迫，如此惨烈！

尚雅仪也躺不住了，她强忍着剧烈的头疼，支撑起虚弱的病体，一手提着血浆袋，一手扶着墙壁，跟跟跄跄地走进了自己的工作室。

"雅仪，你怎么来了？你……"江临枫鼻子发酸，一股热流从心头涌起。

"还是让我来吧，配制药物不是你的强项。"尚雅仪走到江临枫身边，无力地推开丈夫。

江临枫深知尚雅仪的个性，在这样的时候，任何劝阻都是没用的。他小心地把尚雅仪扶上座位，把血浆袋接到手上："慢慢来，我陪着你。"

"不用你陪我，你会影响我的，你把血浆袋挂到那个支架上就行。"

江临枫只好照办，把墙角的金属支架移到尚雅仪的身边，再把连着尚雅仪左前臂的血浆袋挂上去。

尚雅仪在工作台前一干就是8个小时，血浆袋前后换了4个，把江临枫的心都疼得快麻木了。

而这时，一个无情的事实差点把江临枫逼疯，血库护士悄悄告诉他：尚雅仪所用的血型要用光了，需要早做打算。

这意味着雅仪很快就会无血可输，如果她在断血之前还配制不出基因药物，那么她就有性命之虞，而她一旦性命不保，那么基因药物的配制速度可能会大受影响。

情急之下江临枫亲自去血库找了一遍，结果一无所获，两手空空地从血库出来，正碰上江子豪抱着他的小狗菲菲跑过来。

"子豪，你来这里干啥？你不要命了？"江临枫厉声问他。

"菲菲病了，得找个医生给它输血。"

江临枫气不打一处来，大声斥责道："还不快把它扔掉！你也想染病吗？你不想活了是不是？"

"不！它怀孕了，我还等着它把小狗狗生下来呢。"江子豪紧紧地抱着它，依偎着它的头。

子豪的性格越来越像他妈了。江临枫知道拗不过他，只好软下来说："好吧，爸爸待会儿找血给它输。你先跟我来，快去看看你妈妈，你要劝劝她，叫她别太累了。"

"好的，妈妈会听我的。"

刚走到研究室门口，就听袁佳欣在里面欢呼起来："成功啦！成功啦！雅仪成功啦！我们有救啦！"

袁佳欣一边喊着，一边把尚雅仪像抱孩子似的抱起来，转了个圈才把她放下。

尚雅仪见父子俩进来，就无力地投进江临枫的怀抱，欣慰地说："终于成功了，我配制出杀死那病毒的药物了。"

江临枫喜极而泣，滚烫的泪水落到尚雅仪苍白的额头上：

"快，子豪，祝贺妈妈的成功。"

江子豪抱着他的小狗菲菲过来，快乐地和两个大人拥在一起。

"妈妈，祝贺你！你是世界上最伟大的妈妈！"

"不，儿子，还得感谢你袁阿姨和你爸爸。"

"哪里，全靠你爸爸妈妈，我只是打打下手罢了。"袁佳欣慈爱地摸了摸江子豪的头说。

"好了，"尚雅仪吃力地走到工作台前，"先看看药物样品吧。"

尚雅仪把一个锥形瓶拿在手里，里面装着半瓶淡黄色液体："就是这个淡黄色的液体，刚才杀死了那些可怕的病毒。临枫，你再确认一下。"

江临枫把眼睛靠近显微镜，看了一会儿说："病毒全都被杀死了，一个不留！……怎么，那些正常的红细胞也死了，它们也是被它杀死的？"江临枫离开显微镜，疑惑地望着尚雅仪。

"是的，这药有副作用，它在杀灭病毒的同时，还会杀死红血球。"尚雅仪有些遗憾地说。

"这怎么办，能改进吗？"袁佳欣问。

尚雅仪肯定地摇摇头说："恐怕不行，药性使然。"

江临枫也跟着摇了摇头说："看来这药恐怕还是不能用啊。"

"能用，关键是用药的剂量问题。"尚雅仪赶紧解释说，"只要适量就既能杀死病毒又能保全正常细胞。我在试验时，发现这药具有识别性。它会首先一对一地攻击病毒，和病毒同归于尽。最后找不到病毒了，才会攻击正常细胞。"

"嗯，很好，雅仪刚才说的才是问题的关键。"江临枫的脸上终于露出了一丝笑容，"我看这样吧，我们先用子豪的小狗作作试验，先摸索出一个大概的剂量再说。子豪，把菲菲抱过来。"

"不！爸爸，别拿它作试验。万一它死了，我们就再也找不到狗了。还是用小白鼠吧。"江子豪哀求地看着父亲。

"哪里还有小白鼠？你……难道你妈妈还比不上你的小狗吗？"江临枫恨不得狠狠地揍他一顿。

"不是，爸爸……妈妈……"江子豪紧张地搂着他的狗，委屈的泪花在眼眶里打着转儿。

"别逼孩子了，临枫，还是从我开始吧。好了，子豪，你先到飞雪的病房去看看她，陪她玩儿一会儿再过来。"尚雅仪宽容地拍拍儿子的后脑勺，把他轻轻往门外推。

"好的妈妈，我等会儿来看你。"江子豪抱着小狗跑了出去。之后，江临枫不安地问，"这样成吗？万一发生意外怎么办？"

尚雅仪淡淡一笑："这不更好吗？你还有叶知秋啊，这样你就不用两头为难了。"

"你……你怎么能这样说啊……"

"好了好了，"袁佳欣打断他们，"临枫，快去做药物成分和剂量分析！雅仪的最后一袋血浆眼看就要输完了。"

第 30 章　死神的吻

在一种异样的气氛中，江临枫和袁佳欣紧张地忙碌起来——抽血，化验病毒数，估算血液总量，测算药物含量指数，确定用药剂量。很快，几项重要数据准确无误地显示在电脑上，江临枫和袁佳欣都觉得至少有了九成把握，可以在尚雅仪的身上试药了。

这时，尚雅仪的最后一袋血浆已经输完，只有插在她前臂上的输液管里还有一小段血液，但已经分不清是输入的血还是倒流的血。

"雅仪，你准备好了吗？"江临枫忐忑不安地问。

尚雅仪温情地看了看江临枫，点了点头。

"好吧，佳欣，你扶雅仪躺到工作台上去，我去抽取药物。我还是决定保守一些，先注射百分之六十的剂量，然后再根据病情进行第二次注射，这样才能确保万无一失。"

说话间，袁佳欣已经让尚雅仪平躺在工作台上，对她说了一些安慰的话，然后接过江临枫抽取的一管淡黄色液体，熟练地推进了她的静脉里。

"雅仪，感觉怎样？"江临枫双手握着她的右手，柔声问。

"哦，很好……头晕在减轻……药物在和病毒战斗。"尚雅仪显得很平静。

"是的，雅仪。"袁佳欣兴奋地说，"等会儿你就是好人了。还有许多病人等着我们去救呢，够我们忙一阵子了。"

"嗯，我还得救活子豪的狗，不然他会恨我的。还有知秋，我们得抓紧时间，赶快让她脱离危险，晚了就来不及了，不然临枫会怪我的。"尚雅仪说到这里，俏皮地瞟了江临枫一眼。

"还有飞雪，还有所有染上病毒的人。"江临枫并不在意妻子的揶揄，接着尚雅仪的话说，"雅仪，这一切都是你的功劳，所有人都会记住你的名字的。当然，等你恢复之后，我们首先要做的是带着子豪去看望你的爸爸妈妈，他们一定很想我们了……"江临枫滔滔不绝地诉说着，仿佛他的妻子已经健健康康地站在他的面前。

"临枫！我……我的头好疼……我头疼得快要炸开了！"尚雅仪突然喊叫起来，一双惊恐的眼睛直直地盯着他，痉挛的双手死死地把他抓住，豆大的汗珠从额头上迅速渗出，全身开始剧烈地颤抖起来。

"佳欣，你快来啊！"江临枫大惊失色。

"天啊！刚才还好好的，眼看就……也许……也许是药物……"袁佳欣也被这突如其来的情况吓得语无伦次。

"对！是药物，是药物过量！药物过量！"江临枫绝望地叫喊起来，"佳欣！快想办法，赶快找解药，你一定要救活她！雅仪！雅仪！你要挺住！一定要挺住啊……"

"临枫！你好……你好……"尚雅仪双手用力一抓，怨恨地看了他一眼，就失去了知觉。只是身体还在剧烈地抽搐着，汗水已经湿透了她的全身,脸色开始慢慢变成惨白。

被吓得团团转的袁佳欣突然停住脚步,大声喊:"临枫,快去血库拿血浆,换血浆!马上!"

江临枫慌忙挣脱尚雅仪的手,向血库跑去。等他跌跌撞撞地跑到血库,护士却告诉他,血库的血早被病人家属抢光了。江临枫哪里肯信,发疯似的逼着护士大喝:"快拿!快拿!不拿老子杀了你!"

那个柔弱的小护士吓得缩成一团,战战兢兢地打开了所有储藏柜的门。一个个储藏柜空空如也,江临枫更加疯狂了,不由分说,拧着小护士纤细的胳膊,就向尚雅仪的工作室奔去,活像拧着一只受惊的小鸡。

"走!输你的!抽干你的血也要救活雅仪!"

当暴徒般的江临枫拖着护士闯进工作室时,尚雅仪剧烈的抽搐已经平息,她静静地躺在工作台上,煞白的脸上笼罩着一种异样的宁静。袁佳欣呆呆地站在尚雅仪的身边。

"雅仪 ——"江临枫一声嘶喊,扑了过去。

"爸爸!妈妈怎么了?"江子豪抱着他的小狗冲了进来。

"你!还抱着你那死狗!"江临枫冲过去,一把抓过那条狗,狠命丢向窗外,"去死吧!是你害死了你的妈妈 ——"

江子豪已经明白了是怎么回事,扑到母亲的怀里大声哭喊:"妈妈!妈妈!妈妈 ——"

"子豪,别哭了,妈妈已经听不见了。"袁佳欣用力把子豪从尚雅仪的身上拉开,"你还有爸爸呢,去安慰安慰你的爸爸吧。"

子豪见爸爸瘫坐在地，木然地流着眼泪，就懂事地跪到他身边，哽咽着说："爸爸！是我害死了妈妈。如果我同意用菲菲做实验，妈妈就不会死。我……我再……再也不养狗了。爸爸，你揍我吧！你狠狠地揍我吧！"

"滚！滚——"江临枫一声狂喊，巴掌高高扬起。

"爸爸！我……"江子豪惊恐地望着父亲。

"快滚！"江临枫再一次狂喊，他那暴着青筋的巴掌眼看着就要朝子豪的脸上扇去。

子豪从小到大没见过父亲如此吓人的举动，他吓呆了，慌忙爬起来，看了妈妈一眼，转身飞奔而去。

"子豪！子豪！回来，快回来！"袁佳欣急得大喊，"临枫，你快去追他，会出事儿的！"

"让他走！让他去死！让他永远别再回来！"江临枫恨恨地冲着儿子的背影怒吼。

袁佳欣害怕出事，赶忙叫那小护士去追，要她一定把他追回来。

这时，高天云和欧阳可心也来了，他们是来报告血浆已经用完的情况的。当他们看到工作台上直挺挺的尚雅仪时，瞬间明白了是怎么回事。欧阳可心当即伏在袁佳欣的身上大哭。高天云也忍不住泪流满面，伸手把江临枫从地板上拉起来："兄弟，节哀。你可要挺住！叶知秋他们的血浆已经用完了，你不能让他们都死了吧？"

"我已经管不了那么多了，雅仪死了，我也不打算活了。都死吧，死干净了最好，省得再去为那些劳什子的基因呀搬家的瞎忙了。"江临枫已经从大悲引发的狂怒中平静下来，情绪一下子跌到谷底。

"你可千万不能这样想！"高天云眉头紧皱，"好多人都在指望着你，想想奄奄一息的叶知秋，想想那些可怜的孩子们。还有我的女儿，你这当叔叔的不能见死不救吧？"

"可是谁来救雅仪？谁来把她救活？"江临枫甩开高天云的手，走到尚雅仪身边，一下把她抱了起来，"雅仪，我们走！"

"临枫！你……你要把她抱到哪里去？"高天云拦住了他。

"让开！我要带她到该去的地方去。" 江临枫的眼中透出一股从未有过的蛮横。

"不行！你无权这样做！你还有更大的使命要完成！"高天云挡住去路。

"你让不让？"江临枫的眼中已经燃起火焰。

"不让！就是不让！"

"啊——"江临枫猛地发出一声狂叫。

"临枫！""江大哥！"袁佳欣和欧阳可心赶忙上前，一边一个抓住了他们的胳膊。

高天云趁势接过尚雅仪，重新把她放回工作台上。袁佳欣和欧阳可心赶忙把江临枫扶到椅子上坐下来。

经过几次情绪狂潮的涨跌之后，江临枫终于平静下来，他木然地望着尚雅仪的身体，不停地喃喃自语。

不知过了多久，从病房传来令人心悸的哭喊，接着一个护士闯进来："知秋不行了！知秋快死了！"

见鬼！江临枫腾地跳起来，像变了个人似的，迅速拿起一根针管儿，飞快扎进尚雅仪的血管里。还好，尚雅仪的血还未凝固，乌黑的血很快充盈了他手中的针管儿。

江临枫开始对尚雅仪的血液作 TR 分析，结果很快出来：病毒和红细胞全被杀死了，但还有大量的药物残留 —— 药物严重超量！怎么会这样？明明是经过精确计算的呀，况且他还事先降低了剂量。他把尚雅仪的各项数据调了出来，眼睛停留在"用药量"一项上，只见冒号后面打着 1.0ml 字样，他赶忙用注射器吸入 1.0ml 的药液。

"我的天，这比注入尚雅仪体内的少得多！我真他妈的蠢，我把 1.0 看成 10 了！"

铛！江临枫手中的注射器掉落在地，碎了。

等他醒来时，发现自己已经躺在病床上。叶知秋正坐在他身边，忧郁地望着他。

"我怎么会躺在这里？"江临枫莫名其妙。

"你也染上了病毒，晕倒了。现在好了，所有人都好了。"

"所有人都好了……雅仪呢？你雅仪大姐呢？她在哪里？"

叶知秋不知所措："雅仪姐她……她……"

"她走了，到很远的地方去了，是吗？"江临枫潸然泪下。

叶知秋点了点头，陪着他默默地流了好一会儿泪。

第 31 章　十字路口

尚雅仪的死和江子豪的出走，像一场飓风，把江临枫卷进了痛苦的深渊。他开始酗酒，终日昏昏沉沉，再不管今夕何夕，也不再关心地球流浪到了哪一片星空。

叶知秋不离不弃，一直伴在江临枫身边。

农忙时节又到了，叶知秋不得不用柔弱的肩膀挑起生活的重担，她如农业文明时代的农妇一样，干起了繁重的农活。就这样，一茬庄稼下来，叶知秋不但学会了所有的耕作技巧，还收获了一大堆黄灿灿的稻谷。当然，这是以牺牲女人最珍贵的东西 —— 美丽，作为代价的。她的脸黑了，手粗了，如动漫女孩儿般明亮忽闪的大眼睛变得暗淡起来，那一头像风一样向后翻飞的金发也变成了枯燥的长发，被一条花布条很随意地拢在脑后。对于叶知秋的这些变化，江临枫却视而不见，好像叶知秋与他从来不认识似的。面对这些，叶知秋伤心落寞，不时就会有一种莫名袭来的情绪把她的眼睛弄得雾蒙蒙的。

可是，一个意外的坏消息却冲淡了她的忧伤。那是一个周末的晚上，在袁佳欣精心准备的饭局上，高天云酒后失言，泄露了一个不该泄露的秘密 ——BL 恒星即将超新星爆发，也就是说，等地球几年后进入 BL 星系时，将再次面临星系毁灭的威胁。

众人都愣住了，情绪瞬间变得沮丧，只有江临枫没有理会，照样一杯接一杯地喝酒。

"临枫，不要喝了，快和天云一起想想办法吧。"袁佳欣期待地望着他说。

"对，临枫，你们一定能想出办法的。"叶知秋希望通过这件事来激起他的斗志。

"哈哈，嘿嘿！"江临枫一阵怪笑，"你们……你们以为我是救世主吗？呸！我是个狗屁！"说完就不再理会大家，只是一个劲儿地喝酒，不一会儿就酩酊大醉，不省人事。众人都非常绝望，看来，他们真的不能指望他了。

叶知秋把江临枫扶回家，给他放好热水，让他去洗澡醒酒，可他死活不去，他说他还要喝，他没醉。说着就楼上楼下翻箱倒柜地找起酒来。

叶知秋也不拦他，她知道他找不到酒，因为她已经把仅剩的几瓶都转移到高天云家。一无所获的江临枫愤怒地冲到叶知秋面前，吼道："臭婆娘！酒！酒！老子要酒！"

看到江临枫被酒精和狂怒折磨得浑身发抖的样子，叶知秋既爱又怜，凄惶的眼中又蒙上了一层雾："临枫，你……你真的不能喝了。"

"快给老子拿酒！"江临枫充血的双眼凶光毕露，爆着青筋的右手举了起来。

"你……"两颗晶莹的泪珠在叶知秋的眼角闪烁，一触即落。

啪！江临枫一巴掌甩过来，狠狠抽在叶知秋脸上，抽得她眼前金星乱飞。

"哇——"叶知秋再也压抑不住内心的苦楚，大声哭了出来。

江临枫懵了，那只打人的手雕塑般举在那里，半天没能收回去。天哪，我怎么打她了？

这时，一个电话不合时宜地打了进来。江临枫没有动，他假装没有听见。叶知秋用衣袖擦了擦眼睛，抽噎着打开了视屏。原来是王浩，他先询问了江临枫的近况，然后就要江临枫直接对话。江临枫勉强走到视屏前，王浩就把刚才高天云说过的事又说了一遍。

王浩的"寸头"已经变得来像一株好久没有修剪的毛叶丁香，浓密的胡茬布满阴郁的面孔。他说，外太空监测中心已经核实，BL 星即将超新星爆发，行星迁徙计划面临中途流产的命运，多灾多难的人类又到了命运的十字路口。"拯救地球委员会"已经做出决定：命令江临枫和叶知秋继续破译闲置基因，尽快找出"拯救地球委员会"的决策依据。

江临枫听了发出一阵怪笑："哈哈哈哈，嘿嘿嘿嘿……你们还指望我这个废人干嘛？"说完啪地关掉视屏，把接入线也扯掉了。

做完这一切，江临枫摇摇晃晃上楼，一头栽倒在床上，沉沉睡去。

看到江临枫心如死灰的样子，叶知秋伤心得五内俱焚，她真担心江临枫就这样一睡不醒，离她而去。

高天云被召回"拯救地球委员会"所在的 361 兵工厂山洞。王浩用一个颇具沧桑感的拥抱迎接他的归队，并问起江临枫的情况。当得知江临枫如此糟糕的近况后，王浩面对那个还在发着幽光的水晶球，发出一声长叹！

如今的"拯救地球委员会"已经不再像地球最高指挥机关，

倒像一个乱糟糟的收容所或难民营。委员会中很多成员已经离开：有些是被病毒夺去了生命，有些因顶不住压力自杀，有些则是麻木不仁不告而别……留下的这些大多意志消沉，一张张菜青色的脸上写满了无奈和不知所措。

高天云走后，袁佳欣和欧阳可心都聚到江临枫沉睡的床前，同叶知秋一道，承受着煎熬。江临枫一醉不醒，一连多日昏昏沉沉，她们都觉得江临枫可能醒不过来了，她们心照不宣，默默地等待着那个时刻到来。

但让人想不到的是，江临枫在沉睡到第四天傍晚时，竟然醒了。他突然睁开眼睛，嘿嘿一笑，翻身起床，突兀地冒出一句："我要去'拯救地球委员会'。"说罢拿起电话，便和王浩联系。

电话接通，江临枫问了王浩一个问题："除了 BL 恒星外，目前距地球最近的恒星是哪颗？"

王浩告诉他："太空监测中心已经探测到一颗目前离地球 11.5 光年的年轻恒星，各种数据都比较适合地球生命生存，现在正在与 BL 星做比对……"

一小时后，高天云亲自驾机来接江临枫和叶知秋。飞机一上天，江临枫又找回了那种腾云驾雾、飘飘欲仙的感觉。只是窗外的景致已大不如前，云层之上不再是蓝天，在黑天鹅绒般的天幕上，无数的星星像绣在绒布上的银饰，一闪一闪的。离得最近的那颗人造太阳显得很大，耀眼的光芒像要烤化飞机的翅膀。往下看，却见不到一望无际的莽莽绿色，山脉灰蒙蒙的，带着几分死气，田野色块模糊，只有江河仍然如明亮的带子一般，蜿蜒着飘向远方。

几十分钟后，飞机降落在 361 兵工厂山洞外的灰色大楼前。

面对那个熟悉而又陌生的洞口，江临枫蓦然想起了 4 年前的那场战乱：漫山大火，激光武器的嗞嗞声，飞机分崩离析时爆炸的气浪、硝烟以及浓烈的血腥气息……他感觉到，那道被深埋于内心深处的痛苦正在被复苏的记忆嘎嘎撬开，无数尘封已久的痛苦蜂拥而出，疯狂撕扯着那些刚刚结痂的伤口。莱登·伯格、卡罗尔、叶沃、江子都、尚雅仪，以及在尚雅仪病逝那天一去不返的江子豪……一连串逝者的名字牵引出一连串灼心的旧事 —— 短短 4 年间，人类经历的苦难和伤痛，已超过以往历史的总和，半数以上的生命身销魂殒，数不清的物种整体消亡。而幸存下来的人们，不得不一边承受失去亲人的钻心之痛，一边还要为获得生存的机会徒然奔波。还有多少个这样的 4 年？还有多少需要承受的苦难？

"临枫，你怎么了？脸色这么难看？"叶知秋不安地问。

"怎么不进去呢？"高天云也跟了上来，"在看什么？"

"我……"江临枫好容易回过神来，"我在看洞口上的那副对联。"

"是吗？你不是早对它做过评价了吗？——滑稽，对仗不工。"

"不过，我今天不这样看了。"江临枫已恢复如常，"我觉得它恰好在为目前的人类指明一条生存之道。"

"此话怎讲？"叶知秋问。

"你看，深挖洞广积粮……就是要我们多囤积生活资料以备不时之需啊。"

叶知秋笑了："听起来，我们好像回到一个世纪以前了。"

"不是好像，"高天云纠正道，"而是已经回到那个时代了，我们现在所做的一切都是围绕'生存'二字进行，活着，已经成为人类唯一的目标。"

"好了，我们进去吧。"江临枫不想讨论下去，第一个钻进了山洞。

一走进洞中那个扇形大厅，王浩就迎过来给了江临枫一个拥抱，"呵，恢复得不错嘛！"

"谢谢主席关心，让你操心了。"王浩原本荒草丛生的脑袋又剪成了寸头，"你来得正好，就等你了，会议马上开始。"

会议由一位副主席主持，他首先对此次大会的目的和意义做了个简短介绍，随后请出外太空监测中心的负责人对两颗恒星的最新数据进行了通报，内容大致如下——

M 恒星，距离地球 11.47 光年，直径为太阳的 130%，光热强度与太阳接近，X 射线偏高 10%，其余射线指标与太阳接近。综合考评结论：适合地球生命生存。按地球现有速度，加上减速过程，预测到达时间为 17 年。

BL 恒星，距离地球 2.1 光年，已到暮年期，离超新星爆发时间为 1 万～10 万年，各项光热、射线指标与地球接近。综合考评结论：在 1 万年内适合地球生命生存。预测到达时间为 4 年。

接下来就是讨论。委员们分成两派，针锋相对，各抒己见，互不相让。

主张去 M 恒星的一派认为：只要地球人类齐心协力，抓好粮食生产，抓好人造太阳的能源供应，就能一劳永逸，顺利到达 M 恒星。而去 BL 星则是鼠目寸光，权宜之计。

　　而主张去 BL 星的一派认为：去 M 恒星无异于慢性自杀，因为人类已经没有足够的能源来支持人造太阳燃烧 17 年，地球还在去 M 恒星的半道上，所有物种就已被饿死冻死。而去 BL 恒星，却有足够的把握，能源和粮食都基本能让人类支撑到最后。至于新超星爆发的事，那毕竟是一万年以后的事情，在这一万年里，人类完全有时间来休养生息，把科学技术发展到极致。到那时，再从容不迫地迁往 M 星系，岂不更加万无一失。

　　主张去 BL 星一派似乎更有说服力，但另一派却誓死不让：要是超新星爆发提前了呢？要知道，对于有近百亿年生命的恒星来说，一万年简直可以忽略不计。这一驳竟驳中要害，让主张去 BL 星一派无言以对。

　　过了好一会儿，他们才回过神来，指出：我们应该相信外太空监测中心的测算，我们要相信人类一定会交上好运！

　　你们看，这也算是理由？支持去 M 星一派立即反驳。

　　双方你来我往，谁也说不服谁。主持人见不好收场，立即打断双方："静一静，都静一静，王浩主席，你是什么意见？"

　　王浩表情严峻，清了清嗓子："在座各位，对这样一个关系到整个人类前途和命运的问题，我不能妄下断言，我想，我们还是听听屡次为拯救人类做出杰出贡献的江临枫先生的意见吧！"

　　江临枫再一次成为焦点。他等大家安静之后，说道："此时此刻，过多的言语已经没有意义。我只想说一句 —— 凭直觉，我主张飞往 BL 星系。"

　　"好！好！……"许多人大声欢呼起来。

　　"不！不！……"欢呼中夹杂着反对派的叫喊。

鉴于这种情况，王浩主席最后宣布："何去何从，由全体委员投票表决！"

委员们个个表情凝重，一只只伸向表决器的手都战兢兢的，有的过了好久都没能按下去。这是艰难的一按，这轻轻一按之后，人类的生死存亡已成注定！

漫长的等待……反复的复核……

结果终于在大屏幕上显示出来：赞成 73 票，反对 68 票，弃权 31 票。

势均力敌的表决！这真的能带给人类一条光明的重生之路吗？

"继续执行'行星迁徙计划'，飞往 BL 星系！"王浩有些心虚地宣布了这个最终决定。

人类，又一次走过命运的十字路口。

第 32 章　能源危机

时间，不详。

地点，西山东南隅，一个叫馨德堂的教堂。

一身西装革履的江临枫和一身新娘妆的叶知秋站在殿堂上，他们满脸喜气，神色稍显紧张，目光都盯着眼前那位手持《圣经》的混血神甫，等着他张口重复那几句老掉牙的套话——

江临枫先生，你愿意娶叶知秋小姐为妻吗？无论是……

叶知秋小姐，你愿意嫁江临枫先生为夫吗？无论是……　二人都毫不迟疑地说愿意，然后互赠戒指，拥抱亲吻。

台下顿时响起一阵热烈的掌声——高天云、袁佳欣、欧阳可心等人向二人致以衷心的祝福。

此情此景，江临枫脑中浮现出另一场婚礼——拜堂的画面……闹洞房的画面……又闪到了那个葬礼——追悼会的画面……下葬时泥土纷飞的画面……都没有声音，就像无声电影。雅仪，你不会怨恨我们吧？我们再也承受不住那要命的孤单了。还有子豪，你现在在哪里啊？你还好好地活在这个世上吗？爸爸不该骂你，更不该赶你走……

"愿主赐福于你们，愿你们在未来的岁月中相互扶助，共渡难关，一起走向光明的彼岸。阿门！"神父的话把江临枫拉回现实，他发现叶知秋正凝望着他。

江临枫忧郁地笑了，他牵着她的手走向那辆玫瑰花车……

接下来的日子虽然艰辛，但却充满了幸福与甜蜜。他们像农耕时代的夫妻那样你耕田来我织布，日出而作，日落而息。

甜蜜的日子总是过得太快，一晃又是一年。

一个春天的早晨，江临枫还在梦中，"拯救地球委员会"派来的飞机就在院子中降落。江临枫和高天云被同时叫上飞机，告知有重要会议需要他们参加。

飞机很快升空，H市的一切尽在眼底 —— 红色房顶的院落，生机再现的西山，平如镜子的蓝湖，还有在远处翻着白浪的大海……那次临时迁徙的情景开始在他脑中叠现，他想到了尚雅仪，想到了子都、子豪，想到了从那以后的腥风血雨……

"天云，我想先去看看雅仪的父母，我得把雅仪过世的消息告诉他们。"江临枫突然说。

"怎么？二老还不知道雅仪走了？"

"好久没有老人们的音信了，电话一直打不通。"江临枫的语调充满伤感，夹杂着一层深深的歉疚。

可是，当飞机顺道降落在那片熟悉的草坪上时，江临枫发现院落已经荒凉得令人心颤，栅栏破朽，杂草丛生，灰绿的艾蒿高得连小孩都藏得住身了。别墅的大门敞开着，那些熟悉的家具还照原样儿摆着，上面已经铺满厚厚的灰尘。江临枫找遍了所有房间，也没见到老人们的影子。

"唉,二老多半已经不在人世,雅仪可以跟他们团聚了。"江临枫心中涌起一阵悲凉。

江临枫他们走进"拯救地球委员会"那个扇形大厅时,会议已经开始,是关于能源危机的紧急会议。王浩发言后,各能源大国的能源部部长开始对本国的能源储备情况进行汇报,各国均出现不同程度的能源短缺情况,形势严峻:中东等主要产油国的石油由于近几十年的过量开采已经枯竭,各核大国的核原料也因为原子能太阳的大量消耗所剩无几,其他能源也将随着原子太阳的熄灭而自动消失。

经过一天的听证、辩论、表决,会议最后做出如下决议:

1.立即停止所有核电站的运行,集中核原料保证原子太阳运转。

2.成立特别行动队,立即对全球最后几百枚核弹头进行集中拆卸,以保障原子太阳的燃料供应。

3.夜间照明改用燃油,实行燃油供给制。

4.加强粮食生产,增加粮食储备。

5.解散各国军队,强化治安警备力量。

会上,高天云被任命为 Z 国特别行动队负责人,专门负责 Z 国最后几十枚核弹头的拆卸工作。

值得欣慰的是,所有国家都如实报告了核弹头的库存数量,连个别恐怖组织都把手里的核原料交了出来。在整个人类面临灭种的残酷形势面前,谁还有心思去保存所谓的核力量呢?

晚上,王浩安排了一个简朴的宴会招待全体参会委员。宴会气氛沉闷，几乎没人说笑，王浩也破例没有致祝酒词，熟悉的人之间也只是在互致问候时才勉强挤出一丝笑意。王浩招呼完其他委员后，坐到了江临枫和高天云中间，他明显老了，脸明显缩小了一圈，眼窝深陷，眼袋却很大，原本黝黑的寸头也变得灰白无光。王浩边吃边询问江临枫他们粮食收成情况。临近宴会结束，王浩见高天云去洗手间，悄悄告诉了江临枫一个不祥的消息：水晶球控制器失灵了，无论怎么点，那些控制行星推进器的符号都不再显示。他要求江临枫留下，以便一起解决这个棘手的问题。江临枫有些吃惊：在这个节骨眼上，怎么会出现这样致命的问题？水晶球失灵，意味着地球将以 0.9 倍光速一直飞驰下去，直到碰到某一颗星球爆炸为止？

这是关乎人类生死存亡的大问题，但江临枫留下来也没用，于是他对王浩说："我留下来意义不大，倒不如让我回到 H 市的研究所继续破译闲置基因，也许在那里才能找到问题的答案。"

王浩觉得江临枫言之有理，就同意了他的请求："好吧，人类的安危又一次交给你了，希望这一次跟以往的几次一样，能继续送一个惊喜给大家。"

"你们是在讨论水晶球失灵的事儿吧？"不知什么时候，高天云已经站在王浩的身后。

王浩被高天云的话吓了一跳，慌忙回头示意他坐下，然后压低声音对他说："小声点，别让太多人知道。"

高天云看了看对面两个正聊得起劲的委员，小声说："好多人都知道了，没什么大不了的，这不算个事儿。"

"怎么？你竟然认为这么关键的问题不算事儿？难道你知道水晶球失灵的原因？"王浩一半吃惊一半期待地望着高天云。

高天云想了想，之后说："应该是水晶球自动进入防误碰模式了，到时间它会自动解锁的。"

"你怎么知道的？"王浩和江临枫几乎同时发问。

"到时候就知道了。"高天云的语气中透出些许神秘。

王浩和江临枫交换了个眼神，都同时撇了撇嘴，那意思是说：不靠谱啊，还得我们自己来。

第二天一早，高天云就召集他原来的太空部队，组成了特别行动队，风风火火地向雁南山空军基地赶去。那里是 Z 国最大的核武库所在地，Z 国绝大部分核弹头都隐藏在那里。

高天云带着江临枫飞进了一片茂密的原始森林。这里地势险要、林木葱茏，连进入基地的公路也被隐藏在浓密的树荫之中。高天云根据定位仪的指引，准确地降落在一个山洞前。在洞口的视屏前，高天云输入了自己的 DNA 密码，得到确认后，就带着他的人马开进了洞内的一个篮球场大小的大厅。这里就是地下指挥中心，原是身材高大的马其夫中将的指挥部。高天云同马其夫中将做了个简短的交接，就开始布置拆卸工作。布置完毕，各小组分头行动，纷纷钻进那些错综复杂的岔洞里，开始对付那些令人生畏的核弹头。高天云和他的指挥班子坐在控制大厅里，从视屏上密切注视着各个区域的进展情况，随时回答提问，不断发出指令。

第二天下午，眼看一切工作进入正轨，高天云就对江临枫说："总算可以松口气了，我们到洞外去转转。"

江临枫一听要到洞外去转转，一下明白要去干什么，当即附和道："好啊，你总算要兑现给我的承诺了，我以为你一忙工作就给忘了呢。"

"怎么能忘呢，这也是我来这个基地的另一个目的嘛。"

"是啊，要不冲着这个，我就算吃错药也不会跟你来。"

"你跟我一样，也是个目的主义者，漫无目的的事儿不会去做。不过我有言在先，等会儿我们一人一杆狙击步枪，按狩猎的数量定输赢，无论大小。"

"一言为定！那你想赌什么呢？"

"让我想想……我看这样吧，我们就赌……"

还没等高天云把赌标想出来，代表6号区域的红灯突然闪动起来，广播中传来分队长急促的呼救声："1号1号！6号向你呼救！6号向你呼救！6号区域出现核泄漏！6号区域出现核泄漏！请求紧急支援！请求紧急支援！"

"混蛋！"高天云骂了一句，立即转身向6号区域跑去。

"防护衣！防护衣！"高天云的助手一边喊一边去拿防护衣，等他拿到手，高天云已经消失在通往6号区域的坑道尽头。

"愣着干嘛？还不快追！"江临枫大喊催促，那助手才拔腿向高天云追去，很快消失在6号坑道的转角处。

过了大约两个小时，高天云一脸倦容地回来了。江临枫急忙迎上前去问他："解决好了吗？"

"不解决好我们还能活着说话？不按规程操作，差点引爆核弹！"高天云顿了一下，接着说："老兄，我看你还是先回去吧，这里不安全。"

"可是，我连野味的毛都没捞到一根，你叫我两手空空如何回去？"

"在这样的时候，你还想逞口腹之欲？"

"可这是你让我跟你来这个鬼地方的交换条件啊！"

"算了吧，保命要紧，你赶紧走。"

"你让我保命，你呢？你就不要命了？"

"我是使命在身，何况我已经死过一次了，死不足惜。"

言尽于此，江临枫知道高天云赶他走的决心已下，于是不再争辩，只是最后问了高天云一句："那你，估计要几天才能回来？佳欣问起，我好告诉她。"

"恐怕还得几天。你回去告诉佳欣，就说我有任务在身，完事就回去。"

"好吧，千万要保重，特别要注意核辐射。"江临枫和高天云挥手作别。

江临枫飞回家里已是傍晚时分，大伙儿都聚在客厅中等着他们的消息。叶知秋一见江临枫进来，立即如小鸟般飞进他的怀里，像是分别了好几年似的。江临枫轻轻推开叶知秋，对正用眼神询问他的袁佳欣说："天云叫我先回来告诉大家，他跟他的几个老部下到雁南山打野味去了，一有收获立马回来。他说那山里的野猪獐子又大又肥，他一定会拉几头回来让大家一饱口福。"

高袁飞雪听说爸爸要打野味回来，兴奋得欢叫起来："嗬，我们有野味吃啰！我们有野味吃啰！"

可袁佳欣却根本不相信他的话："临枫，你就别骗我们了，今天视屏上已经对你们开会的情况进行了报道，天云去雁南山干什么我们都清楚。我就想不通,为什么凡是有危险的事儿都派天云去干呢?"

"是啊,难道高大哥不是血肉之躯?难道他的身体是铁打的,是机器,是神仙?"欧阳可心也走过来质问江临枫。

江临枫见大家都知道了实情,只好把他在雁南山基地的见闻告诉了大家。

当证实高天云正在指挥拆卸核弹头后,大伙儿都为他暗暗担心。因为谁都知道,万一发生核泄漏,那种强烈的核辐射可不是闹着玩儿的。

为了确保原子能太阳的核燃料供应,H 市的几个原子能发电站都停止运行了,电网中仅剩从西南电网送来的微弱电力。用电立即紧张起来,晚上常常通宵停电。这就让江临枫喝出的空酒瓶派上了用场,他找来铜管、棉线做灯芯,插在空酒瓶中做成了十几个油灯。他在每间屋子都放上一个,还送了几个给袁佳欣。他甚至宣称,他前段时间的拼命酗酒是有先见之明的,就是为了空出酒瓶来做油灯。搞得几个女人哭笑不得。

5 天后,高天云终于完成任务回来了。

在昏暗的油灯下,他把最糟糕的情况告诉了江临枫。他说,最新统计数据表明,地球上所剩核燃料最多还能维持 3 个月。3 个月后,整个地球将再度陷入黑暗,而这一次将比上一次的时间更长,情况更糟。因此,除了要大量储备粮食以外,还必须大量囤积木材之类的燃料。届时,吃饭和取暖就成了人类生存下去的两大重要条件。

"那我们现在该怎么办?"江临枫问。

"砍伐木材，尽可能多地砍伐木材。从明天起，我们全部出动，趁一般人还没意识到之前尽量多搬回一些！"高天云说着做了个下劈的手势。

"那工具呢？我们可没有现存的。"

"都准备好了，在基地时我就想到了这一层，所以悄悄搞了一些刀斧之类的工具。"

"还是你想得周到。"

"另外，我还顺便搞了些燃油和宇航服回来，今后都用得着的。"

"呵呵，没想到你也会利用职务之便了，你原来对此可是深恶痛绝的啊。"

"这都是被逼的，我们一大家子要活命啊。这阵子，从上到下都人心惶惶，为了生存，都在各显神通，看谁的生存资料准备得更充分，谁生存下去的机会就会更大。"

"是啊，这让我突然想起一句古话来——'灾荒年辰各顾各'，非常时期，谁还顾得了别人呢？"

"是的，生存资料的匮乏必然导致文明的没落、道德的沦丧和人性的泯灭。在原子能太阳熄灭后的日子里，不知又有多少悲苦大戏要上演了。"高天云长叹一声。

第二天，那10个"太阳"还未完全露脸，江临枫和高天云就带着女人孩子开始从屋后就近乱砍滥伐起来。

嘭！嘭！嘭！……清脆的砍伐声在清晨的山野中回荡着，传得很远很远。

　　高天云和江临枫负责砍树，袁佳欣、叶知秋、欧阳可心和高袁飞雪负责搬运。没有人叫苦，没有人喊累，谁都明白，现在所搬回去的东西，在不久的将来，都会成为他们生命中最温暖、最珍贵的太阳。

　　嘭嘭的砍伐声让城里人如梦初醒，他们四面出击，蜂拥而至，很快如潮水般把四周的山野铺满，所过之处，寸草不留，如春蚕席卷桑叶，如蝗虫横扫草场。嘭嘭的砍伐声，唰唰的倒树声，激烈的争吵声，枪声、喊声、哭声、惨叫声响成一片，汇成一曲人类最悲壮的生存乐章，在空旷的山野中回荡着。

　　江临枫他们的地盘遭到了许多亡命之徒的冲击，高天云不得不鸣枪警告，才使他们砍倒的树木没有被抢走。

　　傍晚时分，随着最后一棵树被拖离山坡，整个山野就像是被一把巨大的剃刀剃过一般，变得光溜溜、空荡荡的了。微风吹来，再也看不见树叶的摇曳和小草的颤动，只有那些随处可见的尸体上的衣裙，还在以招摇的姿势印证着风的存在。

　　回到家里，看着几乎堆满整个院落的树木，男人女人都露出了满足的微笑。还好，战果不错，也没人受伤，真是万幸！

　　"这下好了，我们可以烧篝火了，也不怕寒冷了。"高袁飞雪兴奋地说。

　　"是啊宝贝儿，等你过生日的时候，爸爸为你开个热闹的篝火晚会，大家围在一起吃烧烤。"高天云爱抚地拍了拍女儿的头说。

　　"可是，子豪走了，要是他也能来参加我的篝火生日晚会该有多好哇！"高袁飞雪忧心地说。

　　"子豪……"江临枫的神色一黯。

"别难过，临枫。在黑暗来临之前，我们一定会把他找回来的。"叶知秋安慰他说。

接下来的日子，大家一边四处寻找江子豪，一边抓紧种好最后一茬庄稼。

到了庄稼快成熟的时候，盗割庄稼的事儿已是司空见惯，甚至到了明目张胆的地步，田野上随处可见抢夺者或被抢夺者遗下的尸体。尽管高天云和江临枫不分昼夜在田间轮流值守，但还是对抢夺者防不胜防，就算你用枪口对着他，他也要拼命割上几把才肯跑开。江临枫怕再出人命，就带着大伙把还未完全黄透的庄稼收割了。

等粮食进了储藏室之后，高天云就召集两家人加上欧阳可心开了个会，对今后那段漫长的黑暗日子进行了大胆预设。大伙一致同意搬到江临枫家一起居住，都认为这样做既便于相互照应、安排生活、节约能源，又可以避免漫漫长夜中的无聊和孤独。

几天后，一道高高的围墙取代了那排木栅栏，把江临枫家牢牢地围了起来。又过了几天，江临枫家的客厅中出现了一个大壁炉。他们还把天花板打穿，让连接壁炉的铁管烟筒穿过楼上的几个房间，再接到屋外。这样，楼下的壁炉一烧，楼上的几个房间就暖烘烘的了。当然，这项看似简单的工作耗费了两个男人整整一周时间。特别是铁管的焊接，得等到偶尔有电的时候才能进行。

夜晚，熊熊的柴火第一次在壁炉中燃起来，温暖的火光把大伙的脸都映得跟红苹果似的。一想到在今后那些严寒的日子里，能偎坐于这个温暖的壁炉前排遣难熬的孤独，大家的心就熨贴了。高袁飞雪甚至还对即将到来的黑暗中的神秘产生了几许憧憬。而在这样的夜晚，江临枫最难受的，却是对离家出走的子豪的思念，以及对逝去妻子尚雅仪的怀念……

　　第二天，等叶知秋去帮袁佳欣搬家的时候，江临枫一个人悄悄驱车下山开进市区，他想在黑暗降临之前再碰碰运气，也许能把儿子找回来。汽车行驶在空荡荡的街道上，让人陡生一种难言的孤独和恐惧。所有商店都关了门，几个大型娱乐场也大门紧闭。他就这样一条街一条街地找啊找，星星岛、蓝湖、海滩……几乎找遍了 H 市的每一个角落。

　　傍晚，身心俱疲的江临枫把车开上西山，开到了尚雅仪的坟前。看着那堆失去了树林荫蔽的黄土，他默默地捧了几抔泥，把那些砍伐者践踏出来的脚印填平，然后"扑通"一声跪下，哽咽着说："雅仪，我求求你，在冥冥之中保佑我们的子豪吧！让他没事，让他赶紧回家！"

第 33 章　长夜漫漫

3 个月后的一天，上午 10 时，王浩一脸沧桑地站在那个泛着幽光的水晶球旁，做了题为《冲过黑暗，迎接光明》的演讲。他指出，人类在经历了几年的大灾大难之后，已经具备战胜诸多困难的经验和勇气。只要我们再坚持三四年，就能冲出黑暗，进入光明的 BL 星系。他把"三四年"说得随意而轻松，仿佛那只是一眨眼儿的工夫。

10：20 开始，那 10 个在黑色天幕上照耀了将近两年的"太阳"纷纷谢幕。江临枫站在那几棵没舍得砍掉的牛奶树下，最后一次把目光越过那堵刚刚砌好的围墙，投向暮色苍茫中的蓝湖和那堆割舍不下的黄土。雅仪，我就要和你一同分享无尽的黑暗与寂寞了，我离你越来越近了。

11：10，那幅黑天鹅绒般的天幕终于落下，地球再度陷入无尽的黑暗之中。

黑暗和酷寒，这对形影相随的孪生兄弟，再一次摧毁了地球的生机，冰雪再一次包裹了地球，所有液态物质都在几天之后变成了坚硬的顽石。江临枫和高天云，这对历经患难的兄弟，又干起了砸冰取水的老本行。因为有上一次黑暗赐予的经验，有刀耕火种中练就的强健体魄，挥铲抡镢和肩挑背磨这样的体力活儿，都别想吓倒他们了。

可是，高天云的突然昏厥却让所有人的心悬了起来。在这样的时候，他可是整个大家庭的脊梁啊。如果没有他的支撑，江临枫的肩膀可挑不起这一家子的重担啊。

过后的几天，袁佳欣的心一直悬着，她真担心高天云会生出大病来，在这样的非常时期，得病意味着什么大伙都清楚。这样又过了十来天，高天云又一次毫无先兆地晕倒在柴堆边，把在一旁打下手的袁佳欣吓慌了，慌忙呼叫江临枫出来把他背进屋里。江临枫把他背到壁炉边的沙发上，袁佳欣噙着泪水，唤他、摇他、掐他，好久都没能把他弄醒。难道，那个她一直担忧的最坏结果出现了？一股莫名的恐惧倏地袭来，她赶紧脱开高天云的旧大衣，准备为他做全面检查。

"天啊！天云，你怎么会这样？你为什么要瞒我？"袁佳欣惊呆了。那分布在高天云胸腹部密密麻麻的肿块，像闪电一样击中了她的眼睛。她这才明白，高天云最近一直没跟她亲热的原因——他已经患上了严重的辐射病，癌变的淋巴细胞已经开始在全身疯长。

"临枫，我该怎么办啊？"袁佳欣抓住江临枫的手，周身战栗着，发出一声痛楚的低号。

江临枫感到一阵晕眩，仿佛整座房子马上就要坍塌下来。他赶紧扶住快要瘫倒的袁佳欣，把她放到高天云身边坐下，然后故作镇静地说："佳欣别急，我看问题不大，只要能找到23号基因药，天云就不会有事。"

"可是……可是我这里没有啊！你家里有吗？知秋，你快去找，快找出来救你高大哥，你快去呀！"袁佳欣急得眼泪直流，恨不得马上就把 23 号基因药拿到手。

叶知秋站着没动，眼神避开袁佳欣，低声说："家里没有那药，只有一些感冒退烧的。"

袁佳欣一听，眼神暗淡下去，禁不住大哭："怎么会没有啊？天云，你可不能死啊，你可不能丢下我们娘儿俩不管啊！我真傻，当初怎么没想到从医院拿几瓶回来，我真后悔呀……"

听到母亲号哭，高原飞雪从楼上跑下来，看到父亲这个样子，以为爸爸死了，吓得扑到母亲怀里也哭起来。

欧阳可心从袁佳欣的哭诉中听到医院二字，赶紧说："佳欣姐，快别哭了，你们医院还有 23 号药吗？"

袁佳欣听欧阳可心这样一说，像突然抓到了救命稻草。"有，应该有的，肯定有！"

江临枫催促："事不宜迟，我带佳欣到医院去找药，知秋，你和可心在家照顾天云，可以先喂点姜汤给他喝，别让他冻着了。佳欣，快去换太空服，我马上带你去！"

"可是，院子里的几台车都没电了，你拿什么带我去？"袁佳欣指着门外的院子问江临枫。

江临枫两手一摊："没办法，我们只能靠自己的两条腿了。"

"你是说走路去？那得走多久啊？来得及吗？不是还有一架小型飞机吗？"

"飞机早没油了。赶快把太空服穿好，路上不是一般的冷。"

叶知秋听说江临枫要带袁佳欣步行去市医院，赶紧跑过来阻拦："临枫，你再想想别的办法吧，步行去太危险了，万一你们出个什么意外，咱们就更被动了。"

欧阳可心暗恋高天云多年，救他的心比谁都急切，听叶知秋这么一说，趁机建议道："要不这样吧，佳欣姐留在家里照顾高大哥，我陪江大哥去，我人年轻，身体好，跟得上江大哥的节奏，也好更快地把药取回来。"

叶知秋见欧阳可心不但不劝阻，反而要替代袁佳欣去医院，当即改变了态度："我看还是我去吧，我们两口子一块儿去，一路上也有个照应，各方面都要方便一些。"

袁佳欣见两个女人都争着要去，赶忙取下太空服往身上穿，边穿边对她们说："你们谁都不要跟我争，你们对医院不熟悉，去也没用，只有我才知道 23 号基因药放在哪里。"

听她这么一说，两个女人都无话可说了，只好眼睁睁看着他们消失在寒冷的黑夜中。

平常开车去 H 市医院要花半个小时，如果步行的话，一个来回至少需要 10 个小时，那还得用急行军的速度，这就是原始人力与机械动力的显著差距。在未来的黑暗日子里，人类几乎所有的依赖智慧发明加持在身上的"助力"都将清零，人类的生活方式将退行到几万年前的原始时代，人们将在极不情愿中慢慢适应原始人的穴居生活。

江临枫手中的防风灯照亮了很小一团空间，同时也把他俩的太空服照得荧光闪闪。他们一前一后摸索前行，像两个太空探险者穿行于月球的背面。夜色森森，一种莫名的恐惧让人汗毛倒竖。有好几次，江临枫都差点被白雪掩盖的死尸绊倒。

不知经过多久的艰难跋涉，江临枫手中的防风灯终于照亮了 H 市医院大门上的牌子。这就是那所曾经燃起万千病人希望之火的医院吗？这就是那所曾经创造无数起死回生奇迹的医院吗？如今却漆黑一片，阒寂无声，空无一人。袁佳欣看到了希望，等不及江临枫为她照亮，就冲进大门向黑暗中的门诊楼跑去。江临枫紧随其后，尽量让火光照到她的脚下，可袁佳欣还是数次被脚下的障碍物绊倒，但她已经顾不得疼痛，一骨碌爬起来又继续飞奔。终于，在他们的心脏和肺都快要达到承受极限的时候，设在门诊楼底楼的药房出现在灯光范围内。袁佳欣喘着粗气，推开药房的大门。映入眼帘的是倾倒的箱柜，满地狼藉。袁佳欣借着火光，开始在满地的纸箱纸盒中飞快翻找那种印着 23 字样的药瓶。可是，在翻遍所有纸箱纸盒和橱柜抽屉之后，不要说 23 号基因药，就连感冒药片也没找到一粒。但袁佳欣并不死心，她又带江临枫找遍了住院部药房、药品库房、护士工作室和所有可能存放药品的地方。结果，除了一具具面目可憎的死尸，就再也找不到别的东西。

袁佳欣绝望至极，情绪一落千丈，回程的路显得异常艰难和遥远，是见高天云最后一面的信念支撑着她，才让她有力气一直走下去，可她还是在快到家时倒下了。江临枫别无办法，只好丢掉防风灯，把袁佳欣背在背上一步一步往回走。

高天云的病迅速恶化，全身上下都长出可怕的肿块来，剧烈的疼痛经常把他折磨得昏死过去。袁佳欣内心的痛苦可想而知，因为作为一名医学专家，她明明知道丈夫得的是什么病，该用什么药，可是现在，她却只能眼睁睁地看着丈夫在痛苦中一天天等死，连镇痛的吗啡都没有。

高天云的病重对江临枫的打击同样沉重。他一方面要肩负起照顾大伙儿的责任，另一方面还得陪着不甘心的袁佳欣四处寻药。稍有空闲，他又要坐到高天云的床边，陪他闲聊，给他鼓劲儿，以分散他对痛苦的注意力。

高天云已经多次进入昏迷状态，巨大的痛苦扭曲了那张刚毅的脸，绝望的气息笼罩了整幢房子。欧阳可心和高袁飞雪整天守着高天云以泪洗面，袁佳欣的眼泪已经哭干，她一边帮叶知秋操持家务，一边默默地为丈夫准备后事。她把高天云那套结婚礼服找了出来，把它熨得平平整整的，她想要他体面地上路。

几天后，高天云突然醒来，显得异常清醒，他先是极其疼爱地抚摸了女儿，并轻轻吻了她的脸蛋和额头，然后就叫她把所有人通知到床边来。

袁佳欣、江临枫、叶知秋和欧阳可心都来了，他们都意识到即将到来的时刻。

高天云平静地扫视了大家一圈，用微弱的声音叫了一遍所有人的名字，然后吃力地说："我打算先走了。我是个自私鬼，在最困难的时候撇下大家，自己先走……对不起了！"

就在高天云准备一一向大伙交代后事的时候，一种不祥的颤动伴着嗡嗡的啸叫从地底传来，大伙还没明白是怎么回事，就感到后背被人猛推了一把，一齐跌倒在高天云的床前。紧接着就感到天旋地转，地动山摇，头上的吊灯和室内的家具都开始像打摆子似的剧烈震动起来。

"不好！地震！"江临枫吼了一声就把地上的女人、孩子拉起来往门外推。"快跑！到草坪上去！"

"天云！带上天云！"被推到门口的袁佳欣回头猛喊。

"快走！有我！"江临枫奋力把袁佳欣推出房门，回头对高天云大喊，"快！我背你下去！"

"不！你快走！不用管我！"高天云拼命往外打着手势。

"不行！我必须背你下去！"说着就要去抓高天云的臂膀。

可是，高天云却突然掏出一把枪对准了自己的太阳穴："别过来！快跑！不然我立即开枪！"

江临枫呆住了，没想到高天云会使出这一招。

"快！我扣扳机了！"

"别！别！我马上走！"江临枫见高天云手上的枪晃个不停，生怕走火，赶忙退出房门，跌跌撞撞地向楼下跑去。

等他跑到草坪上时，几个女人正在黑暗中抱成一团。

"天云呢？"袁佳欣颤声问。

"他死活不下来。"江临枫喘着粗气说。

"该死！这可如何是好？"

正着急，震动明显减弱下来。

"看来天云说得没错，水晶球恢复正常了。刚才的地震是推进器调整地球方向造成的，地球要减速了。没事了，这房子塌不了。"江临枫松了口气。

"我们可以进去了吗？"袁佳欣问。

"可以了，走吧。"江临枫话还没说完，飞雪就第一个跑进了客厅。

接着就听见她一声惊呼："这里有个药瓶！"

江临枫一步跨进去，接过来在昏暗的油灯上一看——23号："呵呵，23号！找到了，天云有救了！"

几个女人跟着涌进来，争抢着看那瓶神奇的药片。

"老天有眼啊！"袁佳欣喜极而泣，"快！给天云服下。"

"哈！一定是雅仪大姐存下的，被这地震震落下来了。"叶知秋一边兴奋地说一边跑去倒开水。

"雅仪，谢谢你了。"江临枫边说边往楼上跑去。

可是，眼前的情景却让他惊得说不出话来：高天云的床空了，高天云不见了！

都是将死之人了，怎么会不翼而飞？除非有人把他抢走。在这样的时候，谁还会去在乎一个奄奄一息的人呢？

江临枫的目光落到床头柜上的一张纸条上，上面有几行字，他拿起来一看，见是高天云的笔迹：

> 临枫、知秋、佳欣及飞雪：最后的凤愿未了，但与尔等的缘分已尽，我必须离开了。感谢你们的爱，就此别过。

江临枫匆匆看完，立即明白：他们再也见不到天云了，他是在以这样原始的方式向他们做最后的告别。

袁佳欣、叶知秋和飞雪都一齐围过来，从江临枫手中的纸条上明白了刚刚发生的一切。告别信上唯独没有提到欧阳可心，房间里也不见欧阳可心，大家心里又明白了一个事实：欧阳可心跟着高天云一起走了。也许正是她趁地震混乱时背着高天云从后门走的。

袁佳欣不愿承认眼前的事实，更不愿别的女人把高天云带走，她突然如梦初醒般叫起来："不！不能让天云走，快去把他追回来！"

众人也像才睡醒似的反应过来，一齐下楼向院子里追去。可等江临枫跑进院子，就见那架停在高天云家院子里的小型直升机发出一声轰鸣，接着盘旋升空，一个转身，朝山后的西方飞去。

望着飞机消失的方向，袁佳欣喃喃自语："那飞机不是没油吗？它怎么又飞起来了？"话音刚落，就直直地倒在了雪地上。

第 34 章　山穷水尽

噢，好冷，好像骨头都快结冰了。江临枫摸索着下了床，花了好长时间才穿上那套已经快抵御不住寒冷的太空服。窗外黑茫茫的，有几点微弱的星光在漆黑的苍穹上闪烁。自从离开太阳系以后，再也见不到那几颗亮星了，不知它们都逃到了哪里？江临枫摸索着走出房间，在经过袁佳欣的房门前，停了一会儿，想象着袁佳欣母女俩蜷着身子搂抱成一团的样子。江临枫已经习惯在黑暗中感觉，他的听觉和嗅觉越来越灵敏。他走下楼梯，一听到灶火燃烧的噼啪声，心里顿时就有了一股暖意。

叶知秋没有点灯，灶火把整个厨房映得忽明忽暗。她专注地坐在灶膛前，像一尊凝固的塑像。

江临枫咳了两声，叶知秋立即抬头："临枫，粥还没熬好呢，你还可以睡一会儿呀。"

"噢，床上没有了你这'火炉'，冷得像睡在冰洞里一样。"

"是壁炉熄了吧？快过来烤烤。"

"不了，我得去劈柴了，要不然，我们真的会守着一堆柴火冻死。"

江临枫脱掉太空服，让已经变得单薄的身体浸在奇冷无比的空气里，奋力挥动斧子，一斧一斧劈起木材来。劈了一阵，全身就渐渐暖和了。原先堆满后院的木材已被江临枫劈去大半，他真不忍心再劈下去了。粮食也越来越少，没想到高天云造的手摇打米机"吃"稻谷的胃口会这样大。饥饿的鼠群也不甘毙命，它们的盗窃技巧不断提高，让人防不胜防。江临枫忽然想起这样两句诗，不知是谁写的：

人类占据了白天，

把黑夜留给了老鼠和幽灵。

而现在全是黑夜，成了老鼠和幽灵的天下。先不说幽灵是否在房子中游荡，光是那成群结队的老鼠就让人伤透了脑筋。储藏室的门早被啃得千疮百孔，一层一层的木板补在上面，门已经不像门了。老鼠们已在房中某些暖和的角落安营扎寨，休养生息，大有喧宾夺主的架势。江临枫曾发动了几场灭鼠大战，但收效甚微。等他把所有房间翻箱倒柜清理一遍之后，最多仅仅能端掉几窝幼鼠而已。成年老鼠们深谙敌进我退之道，甚至以静制动、坚守不出，任随他怎样恐吓、袭扰，它们躲在家具背板或钻进床垫中，就是不出来，让他无可奈何。看来，他们只得和老鼠尽可能地和睦相处下去了 —— 只要它们不过多地偷吃稻谷，不动摇人在这个世界的主宰地位。但人类的主宰地位真的不可动摇吗？如果照这样发展下去，也许在未来的某个时刻，老鼠就会取代人类，成为地球的主宰。

江临枫满身疲惫回到客厅，壁炉已经烧得很旺，稀粥已经盛在碗里，搁在壁炉前的条几上。袁佳欣和高袁飞雪坐在条几前，正在等他吃饭。

"知秋呢？"江临枫把太空服往沙发上一扔，如释重负地坐下来。

"在卫生间里。也不知在干啥？进去好一会儿了。"袁佳欣说。

这时，叶知秋开了门，一张苍白的脸露出来："我突然觉得恶心。"

"恶心？"江临枫心里咯噔一下。难道她也像高天云那样受到了核辐射？

"是的，特别难受。"

袁佳欣看了看叶知秋的脸色，问："知秋，你现在是不是特别想吃泡辣椒酸萝卜之类的东西？"

"是啊，你怎么知道？"叶知秋吃惊地望着袁佳欣。

"我是你肚子里的蛔虫。恭喜你！你怀孕了。临枫，也恭喜你呀，你又有孩子了。"

"怎么可能？"江临枫大感意外，突然也感到一阵恶心，差点把喝到嘴里的稀粥吐出来。

"怎么不可能？天天住在一起，也没老闲着。"袁佳欣白了他一眼说。

"可是，他来得不是时候呀！我们拿什么来迎接他呢？"叶知秋急得快哭了。

"佳欣，有办法打掉吗？"江临枫冷冷地问。

"临枫，难道你不想知秋给你生个孩子？那可是你的亲骨肉啊。"袁佳欣用诧异的眼神看着江临枫。

江临枫一脸麻木，默不作答。

"我明确告诉你，江临枫，在目前这种情况，我们只能顺其自然。"

"佳欣大姐，到时候你可要帮我啊？我可从来没有怀过孕。"叶知秋望着袁佳欣，一脸乞求的样子。

"这个没问题，从现在起，你只要按照我说的做就行。首先，你不能干重活儿了，要注意保养身体，增加营养……"

"增加营养？连起码的营养都不能保证，拿什么来增加营养？嗨——"江临枫重重地叹了口气，仿佛已经看到一个缺胳膊少腿的婴儿正从叶知秋的肚子中滑落出来。

吃过早饭，江临枫又要去找冰了。蓝湖的冰早被挖得一块不剩，附近的水田池塘也找不到一丁点了。江临枫只得翻过西山到很远的郊外去碰运气，路程一次比一次远，挑回的冰却一次比一次少了。以前，叶知秋不放心江临枫一个人去，总是跟他同去，顺便帮他照个明什么的。可从今天开始，这项工作将由袁佳欣接替了，这让她心里怪怪的，就像他的男人马上就会被人抢走一样。

袁佳欣跟着江临枫上路了，她手中的防风灯照亮了很小一团空间，厚重的黑暗紧紧地把这团空间挤压着，不让它向四周扩散。没有一丝风，寒冷却能穿透厚重的宇航服，透彻骨髓。

"你冷吗佳欣？"江临枫问。

"冷，从头到脚一直冷到心里头。"

"你怕吗？"江临枫又问。

"怕。怕在黑暗中飞来飞去的幽灵。"

"我早就不怕了，管'怕'的那根神经已经麻木了。"

"有一天我看到天云了，欧阳可心牵着他在雅仪姐的坟头边一边跑一边笑，玩儿得可开心了。"

"你是在做梦吧？"

"好像是，好像又是真的。"

"别去想他了，他早死了。只是欧阳可心，不知还在不在这世上？还有子豪，可能也死了，不然他一定会回来的。可如果他还活着呢，一个人孤孤单单的，怎么过下去啊？"

"现在这个样子，活着跟死了又有什么两样？倒不如死了好。"

"是啊，死了就什么都不知道了。"

接下来就是关于生与死、天堂与地狱的讨论。在临近目的地时，他们得出了这样一个结论：无论地狱，还是天堂，只要天长日久、习以为常，地狱就不再是地狱，天堂就不再是天堂，一切都会变得平淡无奇、风轻云淡。

一路上说着话，不知不觉就来到江临枫上次找冰的那个池塘，但那池塘已经空空如也。正失望间，突然看到前面土坡那边有亮光，还听到几个男人的吼叫声。江临枫立即警觉地摸枪，并叫袁佳欣赶快熄灭防风灯，随即爬上土坡，趴在一块石头后向亮光处望去。只见几个凶神恶煞的男人已经把一个人打倒在地，正在生拉活扯地剥他身上的宇航服。另一个个头瘦小的人被两个高大的男人死死挟着，正一边拼命挣扎一边大声哀求，听声音是一个女的。很快，地上那个人的宇航服被剥了下来，他瑟缩着站起来，拼命去夺自己的宇航服，可是，零下数十摄氏度的超低温迅速冻僵了他，还没等他迈开步子就如一根木头般倒了下去，纤细的双腿抽动了几下就再无动静了。

那伙人终于带着抢夺的太空服和那个女人走远了，江临枫赶紧牵着袁佳欣向那个躺在地上的人摸过去。

借着微弱的星光，江临枫摸到了冰面上那个模糊的黑影，他赶忙点燃了袁佳欣手中的灯，让灯光照到那人的脸上。

好像是子豪？子豪！是子豪！

子豪显得极其瘦弱，就像一根在暗室中生长起来的豆芽菜。他满脸青肿，嘴唇发乌，薄薄的毛衣包裹下的身体被冻得瑟瑟发抖。

"他还活着！他还活着！"江临枫激动地叫着，一把将他抱起，"走！赶快把他背回家去，不能让他再有个好歹。"

"不行！临枫，必须立即给他保温。"袁佳欣说着就要脱自己的宇航服。

"不！脱我的。这样我会跑得更快。"江临枫把子豪交给袁佳欣抱着，自己飞快脱下宇航服穿在了儿子身上。

江临枫背起儿子，踩着灯光投下的光影一路小跑，两耳间寒风呼呼，脚下高低不平的路不断后退。他脑中已是一片空白，心中只剩一个信念——回家！回家！背儿子回家！

经过半个小时的狂奔，江临枫终于把他魂牵梦萦的儿子背回了家里。见找回了江子豪，叶知秋和高袁飞雪又惊又喜。特别是高袁飞雪，好像突然注入了兴奋剂似的，为江子豪跑上跑下地忙活起来。

在暖和的壁炉烘烤下，江子豪慢慢苏醒过来，他刚一睁眼就坐起来大喊："美惠子！美惠子！你们放开她！你们放开她！"

当看到江临枫正慈祥地看着自己时，他像明白了什么似的大喊一声"爸爸"，就扑到父亲怀里痛哭起来。

"儿子，你受苦了，爸爸对不住你……"江临枫老泪纵横。

"不！爸爸，是儿子不孝。连妈妈的葬礼我都没有参加。"江子豪抬起头，哽咽着说，"其实，我都看见了，就在对面的那个山头上。"

"你……你怎么不回家？"

"我……我……"江子豪泪眼汪汪地望着父亲，不知从何说起。

"好了好了。"袁佳欣拍了拍江子豪的肩说，"回来就好，这下你爸爸又有精神喽，你看，你都长成男子汉了，我们就更不用怕了。"

"是啊，都快有你爸爸高了。该有 16 岁了吧？"叶知秋也过来摸摸子豪的头，高兴地说。

"谁还记得时间呢？我也不知道自己多大了。"江子豪擦了擦眼泪，不好意思地说。

"我知道，"高袁飞雪抢着说，"你现在是十六岁零三个月，你离开我们两年零一个月。我们大家在第二次黑暗中已经度过一年零五个月了。"

"你没记错吧飞雪？"江临枫惊讶地看着她。

"没有，江叔叔。我天天按爸爸的原子表记的。"高袁飞雪认真地说。

"唉，子豪、飞雪，你们还记得那次在月球上过生日的情景吗？"江临枫问。

"记得，是子豪的 10 岁生日。"飞雪抢着回答。

江临枫叹了口气："唉，当时的情景恍若昨天，想不到一晃就是 6 年。我们离开太阳整整 6 年了，你们也长大了……"

"还是先听子豪讲讲他这两年来的情况吧。"叶知秋打断他，害怕他又把大家带入那些不堪触碰的伤痛中去。她的父亲叶沃、雅仪大姐、天云大哥、欧阳可心、小子都……还有好多好多的人，都被这无尽的黑暗吞没了。

子豪开始讲自己的经历。

他从医院跑出来后，一口气跑到了北郊的荒野上。他累了、饿了，不得不停下来，开始漫无目的地游荡。他已经不打算活了，他想要去陪伴他的妈妈。可是，在他还没来得及想清楚该怎样了结自己的时候就昏倒了。等他醒来时，发现松下美惠子正坐在他的床边微笑着。就这样，他和美惠子住在了一起。后来，他才知道神罚教黎洪石已经被打死，美惠子以圣母的身份继承了他的位置。但是，此时的神罚教已今非昔比，追随在美惠子周围的也不过几百人，真正忠心的更是找不到几个。子豪加入后，也只能跟着美惠子及其手下搞点小打小闹，小偷小抢，好在日子还过得去——因为目标小，不易被政府察觉。然而好景不长，再次进入黑暗后不久，卓尔就带着一帮人闯了进来，很快就控制了局势，并自封"圣主"，把子豪和美惠子关了起来。卓尔放出话来，只要美惠子答应做他的女人，就放了子豪，如若不然，就一同杀了他们。危难之际，美惠子的一位心腹偷偷放了他们，并把他们安排在自己的家里躲起来。也许是黑暗与严寒的缘故,卓尔也不再追查,他们就在那名心腹的家里住了下来。后来,就有了到西山后面去找冰遇险的那一幕。

子豪的经历让大家都唏嘘不已,江临枫的内心更是充满了对上苍的感激,感谢上苍让儿子完好无缺地回到家里。

随着时间的推移,子豪回家所带来的喜悦渐渐在江临枫的心中淡去,粮食越来越少,木材快烧光了,冰块也越来越难找。叶知秋的肚子日渐突出,江临枫真不敢想象那肚子里长的是个什么东西,他甚至对叶知秋的大肚子产生了一种强烈的厌恶和恐惧。

好在袁佳欣非常理解他,常常安慰他、鼓励他,与他共同肩负起家庭重任。眼见着粮食一天天减少,袁佳欣就突然想出一个主意 —— 到山上挖葛根、首乌等植物的根茎充饥。这样,不但食物的问题解决了,而且缺乏维生素的问题也可以一并解决。只是,挖块根的工作异常艰辛,必须不停地挥动好半天锄头才能挖出一个来。

日子就这样一天天过去。在江临枫和袁佳欣为找冰和挖根茎整日奔波的时候,子豪就接过了父亲手中的斧子,担负起劈柴和舂米的重任。高袁飞雪自然就当起了江子豪的助手,递毛巾、抱柴火,一起在油灯下拣择米中的沙粒……渐渐地,高袁飞雪的脸色红润起来,精神也开朗多了,但身体仍然很单薄,活像一个十二三岁的小学生。

一天早餐时,大家刚端上碗准备吃饭,高袁飞雪突然一阵恶心,慌忙跑进卫生间。一阵搜肠刮肚的呕吐把她折磨得脸色苍白,眼泪直流。袁佳欣顿觉不妙,等她平息之后,就把她叫上楼去。经过母亲的再三追问，高袁飞雪终于道出了实情。她说最先是子豪要她，后来是她自己愿意。袁佳欣一阵揪心。不过她考虑的倒不是女儿的名誉，此时名誉已不在考虑之列。让她担心的主要是女儿的身体，她那发育不良的身体难以承担生育重任——肚子里的孩子会随时要了她的命。

"哎！我苦命的傻丫头哟！"袁佳欣把女儿抱在怀里，失声痛哭。

"妈妈，是女儿辜负了你，女儿不该做那样的事情。"飞雪呜呜地哭起来。

"不！这不是你的错，妈妈只想问你，你爱子豪吗？"

"我不知道，妈妈。只是……只是我不能没有他，其实……"

"其实什么？"

"其实，他身上有许多我讨厌的东西，他已经不是原来的子豪了。"

听到这里，袁佳欣一阵沉默。过了许久，才说："可怜的孩子，如果你讨厌他，你就干脆不理他算了。"

"不行啊，妈妈。离了我，子豪会发疯的。"

"对，袁阿姨，我会发疯的。"不知什么时候，江子豪已经跪在袁佳欣面前，"求求你，把小雪嫁给我吧！我一定改正所有她不喜欢的毛病，好好待她。我一定会让她过得开心的。请您相信我！"

江临枫已经站在江子豪身后，看着一脸无奈的袁佳欣说："佳欣，事已至此，我们就成全他们吧，只要他们过得快乐就行。"

　　袁佳欣沉默了许久，终于点了点头："好吧，我们今天就为你俩举行婚礼。"

　　江子豪欢快地跳起来，和飞雪拥在一起。

　　江临枫和袁佳欣相视苦笑。

　　粮食越来越少了，饥饿已经在威胁着大家的生命，为了让两个孕妇吃饱，江子豪也加入挖根茎的行列。江临枫带着袁佳欣和江子豪，整天在山坡上挖呀刨，双手刨出了血泡，打出了老茧，长满了冻疮。

　　这天，江临枫又带袁佳欣和江子豪出门了，把孤寂和冷清留给了两个行动不便的女人。临别时，叶知秋像有什么话要对江临枫说，但欲言又止。江临枫瞥了她一眼，扭头走了。

　　哪知当江临枫拖着满身疲惫回到家中时，叶知秋已经倒在谷仓前的血泊之中，飞雪也昏倒在地上。

　　叶知秋已经没有了心跳，但飞雪却还有气息。江临枫救醒飞雪，其后才知道卓尔带人来过，抢走了谷仓中的最后一袋粮食，叶知秋为了阻止他，被他狠命一推，后脑勺磕到了坚硬的壁炉上……

　　"又是卓尔！"江临枫牙齿咬得咯咯直响，豁地站起来，掏出枪，向门外狂奔而去。江子豪怕父亲出事，赶紧跟着追了出去。

　　袁佳欣和高袁飞雪一边流泪，一边为叶知秋换好了出殡的衣服。

　　几个小时后，江临枫回来了，后面跟着疲惫不堪的江子豪。袁佳欣问他找到卓尔没有，他一言不发。袁佳欣又问他叶知秋的后事如何操办，他略微愣了一下，便一言不发地走到叶知秋身旁缓缓跪下，用手轻轻摸了摸她的脸，又俯下身吻了吻她的唇，然后伸出双手把她横抱起来，颤颤巍巍地向门外走去。

"你要把她抱到哪里去？"袁佳欣问。

江临枫没有回答，继续向黑暗中走去。

"快，子豪！给你爸爸照路。"袁佳欣把防风灯递给江子豪，自己则抓了一床被子跟了过去。

江临枫走得很慢，灯光把他横抱叶知秋的影子拉得忽短忽长，最后定格在后院车库中的那辆房车上。袁佳欣领会了他的意思，上前为他打开车门，随即把座椅拼成了一张大床。江临枫把叶知秋抱上车，把她轻轻放在那张大床上，就像放下一个熟睡的孩子，接着从袁佳欣手中接过被子，小心翼翼地盖在她的身上，像生怕把她弄醒似的。然后，就坐下来，轻轻哼起了只有他自己才听得懂的安魂曲……

第 35 章　南方的启明星

在后院房车里，江临枫就这样坐着，伴着孤灯，伴着叶知秋僵硬的尸体，不再下车，也不吃喝。

袁佳欣的劝慰，孩子们的哀求，已经融化不了那颗比冰冻的地球还坚硬的心。

袁佳欣知道，江临枫的心中已无他念，他已经看到了他的"目的"，也就是他曾经说过的"墓地"。饥饿和酷寒，正在帮助他，让他能毫不费力地走向那里。袁佳欣不想让他得逞，她叫子豪在房车旁燃起一堆篝火，让飞雪整天守在那里，让火越烧越旺。

尽管心中很痛，袁佳欣还是带着子豪，肩负起找冰块儿和挖块根的重任。他们除了短暂的睡眠时间，连一分钟也不敢浪费。稍不留神，就有断炊断水的危险。

终于有一天，子豪背回的不再是冰块，而是昏死过去的袁佳欣。江临枫这才猛然清醒，无论多难、多苦、多痛，他都必须坚持到底——高天云去了，尚雅仪走了，叶知秋没了，袁佳欣又昏倒，这个家如今只有他一个成年人，他没有理由再逃避！

江临枫走下房车，拖着那双冻伤的僵腿，重新上路，穿行于冷酷的荒原，去寻找可以维持一家人活下去的根茎与冰块。

　　高袁飞雪的产期已经临近，袁佳欣开始为她准备接生用品。她找出自己的棉质旧装，改制出一件件小衣服。快当外婆的喜悦和害怕出意外的恐惧交织在一起，但一想到坚强起来的江临枫，她的心就安定了许多。

　　江临枫和江子豪更加不敢懈怠，木材已经烧尽，挖树桩成了一项新的艰巨任务。有时，为了挖出一个较大的树桩，常常会耗费他们整整一天的时间，而要把一个大树桩劈成能放进壁炉的柴火，更是难上加难。燃油也将耗尽，剩下的半桶油只能供室内照明用了。

　　这一天（其实已经没有天的概念），江临枫和儿子照例摸黑来到后山，开始新一天的挖掘工作。挖了不到半小时，饥渴和严寒就把他们折磨得没了力气。江临枫就和子豪坐下来，想休息一下，嚼几块冰块儿解渴。他们刚一坐下，子豪突然亢奋地惊叫："爸爸，快看，南方有颗亮星！"

　　江临枫抬头遥望南天，发现一颗耀眼的星星正从南方的地平线上升起，有零等星那么亮。

　　"是 BL 星！"江临枫一阵惊喜，"是我们的新太阳！"

　　"是吗？可它那么小，不像一颗太阳啊。"江子豪不敢完全相信父亲的话。

　　"那就是我们的新太阳，它会慢慢变大的。这说明，我们的行星推进器控制中心还在工作，它已经控制推进器的转向器让地球调了头，现在已经在做减速飞行了。现在是南极在前北极在后。"

　　"爸爸，怎么会这样？要减速，关掉推进器不就行了吗？"

　　"不行。你这是建立在空气中的物体运动概念。在宇宙真空中可不是这样，没有外力的作用它的速度是不会降低的。要想让它减速，只能在相反方向给它加力才行。现在，行星推进器正在向前方喷射气流，让地球变慢。"

"可是爸爸，怎么没像第一次启动时那样发生海啸、火山和大的地震呢？"

"这还想不通？上次在黑暗中的地震你忘了吗？那次地震就是地球转向造成的。只不过现在地球表面已经过度冷却，被厚厚的冰层和冻土紧裹着，没有了发生火山和地震的能量。再加上经过上次的震动，地壳已经形成了新的平衡，该释放的能量已经释放得差不多了。"

"那我们的地球还需要多久才能进入轨道呢？"

"快了，最多还有几个月吧。好了，我们加紧干，我们一定要挺过去。"江临枫飞快地挖掘起来，好像又有了使不完的劲儿。

可是，意外往往发生于惊喜之后，就在江临枫喜出望外、忘情挖掘的时候，却在黑暗中不小心退下了身后的悬崖。等子豪借着星光绕下悬崖摸到父亲时，发现父亲正痛得嘶嘶吸气，已经动弹不得。

"爸爸！爸爸！你摔着哪儿了？不要紧吧？"

"还好，没摔死。只是右腿，好像动不了了。"

"我背你回家，爸爸，你先忍忍啊，回家让袁阿姨给你看看，她能治好你的。"

江子豪一口气把父亲背回家，正要喊袁阿姨过来给父亲瞧瞧，却发现飞雪正躺在临时搭建在壁炉前的手术台上大喊大叫。袁佳欣正在她的两腿间一边手忙脚乱，一边不停地叨念着：

"天哪，怎么会这样，怎么会这样？……"

"妈妈，小雪她……她怎么啦？"江子豪喘着粗气，慌张地问。

"快生了，是难产。我可怜的雪儿哟！"袁佳欣抬起头，一眼看见江子豪背上的江临枫，"噢？你爸爸怎么了？"袁佳欣惊愕地看着父子俩。

"他不小心滚下山坡，把腿摔断了。"

"唉，真是屋漏偏遭连夜雨！不想让人活了吗？"袁佳欣几乎是吼了起来。"快放到沙发上，等我弄完这个要命的再去看他！"

飞雪疼得更加厉害了，淋漓的大汗已经湿透了她的衣服和头发，一见子豪来到身边，就一把抓住了他："子豪！快抓紧我！快点！我受不了啦！疼死我啦！"

子豪哪里见过如此吓人的场面，早被吓得手足无措，他唯一能做的就是一个劲儿地哄着飞雪："好好，我把你抓紧！我把你抓紧……"

看到眼前的紧迫场面，江临枫把腿上那深彻骨髓的剧痛也忘了，他大声喊道："小雪，你要挺住啊！我们已经看到 BL 星了！我们就要胜利了！佳欣，我相信你，你一定能帮助小雪渡过难关的！一定能！"

"我能，既然 BL 星出现了，我们就有希望了。我一定会让小雪平平安安的，还有我们的小孙子，我要亲自接他（她）来到这世上。"

袁佳欣一边给自己鼓着劲儿，一边在高袁飞雪的盆腔前收拾着。

　　终于，袁佳欣弄顺了胎位，抓住了小外孙的小脑袋，轻轻往外一拖，就把他（她）拖出来了，痛得飞雪差点昏过去。幸好，由于胎儿很小，袁佳欣一直担心的大出血没有发生，飞雪渡过了难关。

　　"哈！是个丫头，她不哭呢。不行！你得给我们大家一个见面礼，你得唱首好听的歌给我们听听。"袁佳欣说着提起瘦得像小老鼠似的外孙女的小脚丫，爱怜地在她的小屁股上拍了两下。

　　"哇……"小家伙哭了，那哭声就像一只受到惊吓的小猫在叫。

　　"嗬！她在抗议我们把她接到这黑暗的世界上来呢！"江临枫兴奋地说。

　　袁佳欣熟练地给小家伙剪掉脐带，包扎好肚脐，穿好衣服，就把她抱到了女儿的身边。

　　"来，让爸爸妈妈看看自己的宝贝女儿吧！"

　　"妈妈，她好可怜哟，怎么会这么小？小脸皱巴巴的，太难看了。"看着这个瘦小得不成样子的女儿，高袁飞雪的眼泪扑簌簌地滚落下来。

　　袁佳欣赶忙安慰女儿说："她会长大的。要不了多久，她就会出落成一个聪明伶俐的小姑娘。子豪，你当爸爸了，给孩子取个名儿吧。"

　　"这……"江子豪感到为难了，他还没有做好当父亲的准备呢。

　　"这个，还是爸爸给取一个吧。"

　　"好吧。"江临枫略加思索，说道，"今天是个好日子啊，我们刚刚见到 BL 星她就赶来了，她就像一颗黎明前升起的新星，就叫'晨星'，你们看行吗？"

"行！行！"大家都一致叫好，"就叫'晨星'吧。"

忙完女儿的事，袁佳欣才想起江临枫摔断的腿："临枫，真是太难了，在这个节骨眼儿上，没想到你又伤了。"

"都怪我太粗心，给你添麻烦了。子豪，给我做副拐杖吧，我得自己照顾自己，不能再给这个家增加负担。"

子豪难过地点点头。

"别多想，临枫，你安心养伤，我们再坚持一下就挺过去了。你先别动，我一会儿就回来。"袁佳欣说着，提着灯出去了。

几分钟后，袁佳欣拿着一些树皮草根之类的回来："子豪，快把这些草药捣碎，捣烂一些，等会儿好给你爸敷上。幸好天云以前在我家后院种了些治跌打损伤的中草药，要不然，你这伤就没治了。"

袁佳欣在江临枫的腿前蹲下来，小心地为他脱去厚厚的防寒裤，再把里层的单裤轻轻绾上去。她看了看已经痛得汗珠直冒的江临枫，说："你可要挺住哟，我这就把错位的骨头复位，会很痛的。子豪，药准备好了吗？"

"好了。"江子豪把一碗捣碎的中草药端过来，弄得满屋都是中药味儿。

"好，放在旁边，你快扶着你爸。"袁佳欣说着，一手按住那条伤腿的膝盖骨，一手捏住脚跟儿用力一扯。

"哎哟！"江临枫大叫一声，痛得面部肌肉一跳一跳的。

"好了，临枫，骨头已经复位，千万别动，我这就给你包扎。"

袁佳欣小心翼翼地把捣成糊状的草药敷在江临枫的伤腿

上，再找来细布条缠上，然后又找来两块木板作为夹板把伤腿固定，这才松了口气。她一边给江临枫擦汗，一边心疼地说："临枫，从现在起，你的任务就是养伤，千万别动那只伤腿，要是再次错位就麻烦了。家里的事儿，你千万别管，我和子豪能够对付过去的。"

江临枫心里一热，哽咽着说："真难为你了，佳欣。我……"

"别内疚了，临枫，我现在要安排下一步的工作。先说住吧，从目前的情况看，我看还是都住在壁炉边吧。子豪，等会儿去扛3张床垫下来，你们三口睡中间，我和你爸爸在两边。这样既暖和，又便于相互照顾。"

江子豪按照袁嘉欣的吩咐把3张床垫扛下来，挨着壁炉铺好，一家人就这样安顿下来。躺在暖和的床垫上，江临枫感到一种说不出的温馨和安慰。不知不觉中，江临枫像是躺在被太阳晒得暖洋洋的草地上，周围盛开的野花传来阵阵宜人的清香，小鸟儿在附近的树林中呢喃，白云在蔚蓝的天空中悠闲地飘荡……

江临枫在袁佳欣的精心照顾下，腿伤一天天好起来，疼痛明显减轻。但是，由于复位欠佳，伤腿还搭不上力气，他只能借助子豪给他做的拐杖下床活动。

晨星已经会睁着一双惶惑的小眼睛看人，但高袁飞雪的奶水很少，饥饿常常折磨得小晨星呱呱大哭，哭得高袁飞雪眼泪直流，哭得江临枫手足无措。

一天，晨星又饿得大哭不止。袁佳欣无意中说了句"要是有牛奶就好了"，这就让江临枫想起了那几棵牛奶树。他立即叫子豪扶他到院子里去。那几棵牛奶树还在。当初是江临枫特意把它们留下的，他不想砍掉那些美妙的早晨和对树牛奶的记忆。看看那几棵在灯影下枯黄静默的牛奶树，江临枫说："随便砍一棵吧。"子豪就嘭嘭地砍倒一棵，把一段树干拿进室内，放到壁炉边，一烤，就有乳白色的液体从断面滴下来，滴滴答答滴进碗里。江临枫沾了一点儿在舌尖儿品了品，浓浓的奶香味儿依然存在。

"嗯，不错！我们的小宝贝有口粮了。"

"来，小宝贝，喝一口，尝尝这树牛奶的滋味，好吃得很呢，这可是你爷爷专门为你留着的口粮呢。"袁佳欣一边喂着晨星，一边与她说话。

从那天起，就再没听到晨星那令人凄惶的啼哭了。

日子一天天过去，晨星一天天在长大。

突然有一天，江子豪奔进客厅大喊："爸爸！飞雪！我们看见了！我们看见了！"

"看见什么了？子豪，你看见什么了？"飞雪忙问。

"一定是看得见周围的原野和景物了吧？"江临枫快活地说。

"是啊爸爸。已经看得出山坡和房子的轮廓了。"

"好！飞雪，我们一起去看看！"江临枫拄着拐杖，一瘸一拐地走出客厅，跨下那3级熟悉的石阶。

"佳欣，我出来了，我看见你了！"江临枫对着院门外站着的那个影子快活地喊道。

"呵，临枫，我也看见你了！飞雪也来了？噢，我全都看见了！全都看见了！"袁佳欣活像一个小孩似的蹦跳着，把江临枫拉到身边，"快让我看看！快让我看看！鼻子、眼睛、嘴巴，全都看得见了。你看看我，你也看见了吗？看见了吗？"

"呵！看见了，我看见我孙女的年轻外婆了。"

"快看呵！看那颗启明星！"子豪手指南天叫了起来。

在子豪手指的方向，在靠近南方地平线的地方，一颗小月亮般的淡黄色光球正在发出柔和的光亮。山体和城市，已经现出明晰轮廓。在南面的山坡上，甚至已经看得出那堆黄土的轮廓了。哦，雅仪，你也感受到大地的光亮了吗？

BL 星，我们的新太阳，我们就要投入你的怀抱了。

第36章 有如神助

人类见到新太阳的欣喜只持续了 20 来天，就被那颗从南方升起，从北方落下的太阳再次带入无尽的黑暗中。

见证新太阳南升北落现象的人多半住在东半球，他们都看到了这个新太阳从南方一边升起一边变大，随后又从北方一边下落一边变小的全过程，这个过程不是一天，而是长达 23 天之久，可以说是人类历史上最长的一个白天！但凡见到这个过程的人都心怀不安，他们都在欣喜之余，对这颗新太阳的诡异表现大惑不解，甚至充满恐惧。

全球的通信网络早已完全瘫痪，人们不可能从视媒上获得任何关于新太阳的最新情况，消息的不对称让所有人都成了聋子。

只有"拯救地球委员会"还在苦苦支撑着，此时的 361 兵工厂山洞正乱作一团，十几个仅存的委员正在为已经陷入绝境的地球狂躁不已。他们非常清楚，东半球上的人看到的过程，正是地球因行星推进器失控所造成的地球与 BL 星擦肩而过的过程。也就是说，地球以离 BL 恒星很近的距离穿越了 BL 星系，这个穿越过程只用了短短的 23 天，现在已经飞离 BL 星系正向茫茫的宇宙深处一路疾驰。而这一切，都是水晶球控制器失灵惹的祸！

王浩颓然坐在控制台前，却对眼前已失灵的控制器无能为力。王浩显得更加老迈，一头白发又脏又乱，眼眶因面部肌肉的消失而显得更加深陷，身上的制服又脏又破，看上去像好多年没有脱下来洗过。控制台上的金属支架上，那个曾经控制地球脱离绝境的水晶球还好好地放在上面，但已经蒙上了一层灰，在油灯光线的照射下再也发不出晶莹的光亮。

面对这样的处境，王浩和在场的委员心里都明白，"拯救地球委员会"已经没什么可拯救的了，如果让它继续存在下去那就是个笑话。地球已经义无反顾地穿过了 BL 星系，虽然在几年前因掉头减速慢了许多，但并不能阻止它一往无前地远离 BL 星的步伐。一切都白忙活了，所有的努力都将前功尽弃。地球将把人类带入宇宙的深渊，人类再也没有机会，再也承受不起第三次同样的打击！黑暗与酷寒，将很快把人类希望的火苗浇灭。结局已经注定，人类文明即将终结！

尽管如此，王浩还是不甘心，他最后一次拿起手中的碳晶笔去点击水晶球，希望出现奇迹。他已经记不起自己重复了多少次如此单调的点击动作，从一个多月前进入变轨预备开始，如果每天点击 1 000 次的话，他一个人点击的次数之合已超过 30 000次，这还不算其他委员在他休息时点击的数量。不管怎么说，再试一次吧。王浩坐直身体，正了正衣冠，做 3 次深呼吸，然后双手合十，双眼微闭，两片干裂的嘴唇上下翕动、念念有词。坐在他身后的十几个委员见王浩这样，也跟着正襟危坐、双手合十、默默祈祷。做完这一切，王浩握着碳晶笔的手颤抖着，笔尖再次点到水晶球上，但水晶球还是黯淡无光，没有丝毫反应。

王浩并不失望，因为他早料到会是这样的结果。他默默地站起来，双手握紧碳晶笔，缓缓转身，同时双拳慢慢举高，用力一掰——啪，碳晶笔断为两截，被弃于地："一切都结束了，解散吧。"

"等等！"从后面的门洞处传来一位女性的声音。

王浩回身望去，只见一位高大的女性正走过来，她的身后还跟着一位走路有些怪异的男人。其他十几个委员听到动静也一齐回头，看着一男一女从容不迫地走过来。等那两人走近了，才发现那女的身材修长，穿着风衣，戴着面纱，长发披肩，步履婀娜；那男的身形高大，身材略瘦，戴着金属面具，一身黑色的披风显得松松垮垮，好像一不小心就会掉到地上。

他们不请自来，如入无人之境，径直走到王浩的面前才停下。只听那女的对王浩说："别诧异，我们是来帮助你们的。"

王浩还傻傻地看着，听她这么说，才赶忙从控制台前的主座上让开，随即问道："请问二位从哪里来？我们这里好像不需要什么帮助了。"

"从哪里来不重要，重要的是你们需要我的帮助。"那男人在主座上坐下，话音从面罩后传来，听上去瓮声瓮气的，像是特地做了变声处理。

王浩开始后怕自己在几分钟前的行为，他那狠命的一折，折断的不仅仅是一支碳晶笔，会不会还折断了人类文明的血脉呢？他有些心虚地问："您的意思是，您能让水晶球恢复正常，然后控制地球飞回 BL 星系？"

"差不多是这个意思。"

"可是……可是……我把那支碳晶笔……折……折……折断了，这可如……如何是好？"王浩急得满头冒汗，话都说不完整了，他慌忙指着后面的委员大声喊，"你……你们快……快去找……找一支碳晶笔！"

这时，只听那瓮声瓮气的话音又从面罩后传出来："不用找，那东西没有用。"说话间，那人伸出右手，掌心对着面前的水晶球轻轻晃了两晃，奇迹就在他手掌离开的时候发生了！

所有人都被惊得张大了嘴巴，眼睛都直直地盯着那个逐渐亮起来的水晶球。只见那水晶球在亮到一定程度后，突然从球中跳出一个悬浮界面，界面闪着幽蓝的光线，里面布满密密麻麻的小白点。那男人见界面出现，手指随即在那界面上飞快弹跳起来，弹跳的速度比钢琴手最急速的弹奏还要快得多。对，应该说就是在弹奏，那弹奏的指法出神入化，快得离谱，地球上最顶尖的钢琴家都无法比拟。与此同时，界面上的小白点不断明明灭灭，越弹越多，越弹越快，到最后跟那视屏无信号输入时满屏闪烁的白噪点毫无二致！

这样的过程持续了不到 20 秒，那双舞动的手戛然而止。与此同时，他瓮声瓮气向在场的人发出了警告："快坐好，地震要来了。"

话音未落，所有人都像是被人猛推了一掌似的仰到椅背上，持续的震动把座椅震得瑟瑟发抖，十几个委员都被一股强大的力压到椅背上动弹不得。油灯的火苗被震得前后摇晃，水晶球却自动悬浮起来，像悬停的无人机似的定在金属支架上方。水晶球上的界面开始变幻着大小与色彩，变着变着就有一束强烈的光束照亮了整个大厅，所有人都受不了那刺眼的光亮赶紧闭眼。等他们再次睁开眼睛，出现的场景超出了所有人的想象。

王浩发现自己正坐在一艘飞行器上，飞行器中只有他自己，前后左右和上方都是透明的，飞行器似乎无须驾驶，应该处于自动驾驶状态，它行进的方式也很特别，在直线行进的同时还在缓缓旋转，可以让人不用转头就能欣赏到前后左右的风景。"风景"只是王浩脑中临时冒出来的一个词语，他也不敢肯定，他眼中看到的可不可以归入"风景"的范畴，但他确实没有办法，他想不出一个更准确的词语来概括他看到的一切。

王浩的感觉是，自己处于一个高高在上的位置，离下面至少有上百千米之遥。从上面往下看去，看得出是一颗星球的轮廓。这是一颗奇异的星球，跟在太空中看地球的感觉完全两样，虽然也有一些白云遮挡，但星球表面的景物却大相径庭。只见在那稀薄的云彩之中，细密的网状物包裹着星球，看上去就像一个巨大的篮球装在一个细密的球网中。那些"网"是用来干什么的？为什么偌大的星球要用这些"网"包裹着？王浩决定下去探个究竟。他这个想法刚一冒出，飞行器就急速下降，转眼间就悬停于那些"球网"的上方，速度快得来让他怀疑这飞行器遵循的是不是这个宇宙的物理定律。更让他惊异的是，在如此巨大的加速度中，他居然一点都没感受到 g 值的变化，这又让他怀疑自己是不是置身于一个只遵守"非定域性"的量子世界。他想不通，也不再多想，因为他的目光已经被下面那些特别的风景吸引了。他发现飞行器已经离那些"球网"很近了，大约不到 10 千米的距离，从这个高度看下去，说它是"球网"已经不能成立，因为映入眼帘的是一根根架在半空中的圆形管道，这些管道纵横交错、相互通连，形如蛛网，一直铺展到地平线尽头。而最让他大惑不解的是，这些管网居然完全悬空，并不见他想象中的一根根支撑立柱直插星球表面。王浩不得不改变思路，把它想象成一颗包围着整个星球的"网状卫星"，对，它就是一颗最特别的"卫星"，因为他看到了它与地表参照物之间的位置变化 —— 整个管网正在绕着下面的星球缓缓旋转！

王浩看得有些傻眼，对如此怪异的建筑感到莫名其妙，他想透过那些管网的缝隙，去搜寻这个星球上的城市和那些连接城市的交通网路，但他没能发现地球上那样的钢筋水泥森林，连地球上那种小规模的聚居点都没能找到一个。看到的只有一望无垠的森林和绿地，还有就是波光粼粼的蔚蓝海洋。奇了怪了，这些管网难道是自己长出来的？它明明就是一个异常庞大的人工建筑，庞大到覆盖了整个星球，庞大到让这颗星球的直径都增加了几十千米！怎么看不到它的建造者？建造它的人住在哪里？他们会不会就住在那莽莽林海中的树屋上？或者住在林海之下的地宫中？抑或是他们早已灭绝，这个管网建筑只是他们留在这个星球上的遗址？这个管网建筑究竟是个什么东西？是谁建造的？功能和用途何在？

王浩大脑中的问题接二连三地冒出来，没想到这些问题刚一提出，飞行器中就有温柔的女声传来：

"这里是奥古特星，你看到的是这颗星球上唯一的城市，它的名字叫塔雅城，翻译成地球的名字就叫'互联城'。它是神类建造的，已经有 16.8 万年的历史，建造它的材料是超合金和超纤维，可以确保这座城市历经 500 万年屹立不倒。它的功能和用途几乎可以满足神类的一切生活所需，涵盖了衣食住行和社交娱乐等所有领域。这里早已淘汰了陆上和水上交通工具，像你乘坐的这种圆盘形近空飞行器也少有神类使用了。除此之外，停泊在同步轨道上的星舰才可以被称作交通工具，在离星球表面 500千米至 3 000 千米的空域被划为私家星舰停泊场，几乎每一个神类都至少有一艘星舰停泊在那里。你可能在想，如果要到陆地和海上旅游怎么办？我可以这样告诉你，神根本不屑到陆地和海上旅游,陆地和海洋已经对神毫无吸引力,神类需要的资源也不再从母星汲取,母星的唯一功能就是为神类提供新鲜空气 —— 这就跟你们人习惯了在海里游泳,就不愿再到自家的游泳池中游泳一样。这个管网城市就是一个家,几十亿神类都住在这个大家庭里,每个神出生不久就能通过内部快通网很快熟悉这个家的每一个角落,谁还愿意在这个家的附近转来转去呢?神们向往的是星辰大海,诗和远方。"

这里有学校吗?孩子们都学些什么?

"要在这颗星球上追溯学校的历史得一直追溯到 19 万年前,在脑芯片取得突破后学校就消失了,大脑与整个星球文明成果联网,所有知识都可以即学即用,教师这个职业也跟着消失了。"

我可以去看看神类的生活情况吗?

"去吧,也许你会觉得神类的行为不可理喻,但请原谅,我爱莫能助。"

王浩的飞行器已经从管网的一个入口飞进去,沿着一条曲度很小的立体街道慢悠悠飞起来。说它是立体街道一点不为过,因为那些高低错落的方形房子(王浩第一眼见了就认为它是神类住的房子)不分上下左右沿着管壁一路铺展,几乎是管道延伸到哪里,它们就铺展到哪里。但让王浩不解的是,那些方形房子都没有门窗之类的设置,不知那些神类从哪里进出?

正当王浩不解之际,正上方的一个方形房子开了个圆形的门洞,飞行器毫不迟疑,嗖地钻了进去。进入王浩视线的是一个方形房间,房间内空无一物,6 面墙壁几乎一模一样,都是一样的灰白,一样的透出一层朦胧的辉光。王浩不禁诧异:这就是神类的家吗?未免太简单了吧?总该有一张床吧?

　　他的想法刚一冒出来，房间的一面墙壁就出现了两个人影，那人影最初看上去像是平面的，但很快就变成两个立体的人走了出来。一看就是一男一女，都穿着一色的乳白紧身衣，男的身形高大，体格健壮，看上去就像大卫的雕像复活后的样子；女的身材修长，三围比例得当，五官精致迷人，就跟接上手臂的维纳斯一个模样。王浩看得傻眼，看了好久他才醒悟过来，他们不是人，是神类，只有神类才拥有如此符合黄金分割的身形比例。两个神类走进房间沿着墙根转了一圈，就拉着手开始做出一些突兀的动作，说不上是拥抱，也算不上是亲吻，应该算是男女之间的一种亲昵行为。这个过程有些漫长，很有仪式感，但在人看来非常乏味，让王浩有了昏昏欲睡的感觉，他想，要是有一张床该有多好啊。随后他就看到二神开始跳起舞来，他们的舞姿有些像芭蕾，又有些像踢踏舞，难度极高，有一种难以言说的美感。这个过程不太长，王浩看得傻傻的，还没看尽兴他们就戛然而止。随后就看见他们分别站到房间的一个角落，抬起右手在空中胡乱比画 —— 王浩看不出所以然，但接着出现的情况证明王浩的大脑在神类面前极端缺乏想象力。

　　首先发生变化的是地板，只见地板的中间部分有一处两米见方的地方开始凸出平面，很快就凸出到半米左右的高度静止下来，接着就看见凸出的几个面开始变幻颜色，最后就变成一张看上去非常舒适的床。

　　接下来，四面的墙壁和天花板开始发生微妙变化，它们逐渐褪色淡化，渐渐变得六面通透，转眼间幻化成一片灿烂星空 —— 那张床就像阿拉伯飞毯一般很快悬浮于星空之上了。

　　之后男女两个神类隔着那张床相互对望了一眼，就昂着头，踏着星空，如履平地般向那张床走去，等他们如两根木桩般平躺在床上时，星光自动暗了下来，只看得见他们一动不动的朦胧轮廓。

王浩看到这里，觉得神的生活不过如此，实在无趣，还不如回到现实来得真切。

他的愿望立即得到了满足，他发现自己已稳稳地坐在 361 兵工厂山洞控制台旁边的椅子上。水晶球已重新回到了金属架上，不再发光。而更让他感到诡异的是，那两个帮助他们的不速之客不见了，也没留下任何他们来过的痕迹。他们是几时离开的？他们到哪里去了？他们还会不会再来？对这些问题，王浩根本没办法回答。

十几个委员的情形跟王浩差不多，他们也是一副如梦初醒的样子，对刚刚发生的事情莫名其妙，难以置信。

他们都以为是在做梦，但真切地感到地球正在变轨的事实又让这一切不能用梦来解释。最后，他们在王浩的召集下对这件诡异事件进行了长时间讨论，结果最终只有一个指向 —— 神类的确来过了！

第 37 章　新太阳

　　在那个长达 23 天的长白天之后，小晨星一直哭闹不止，把一家人搞得烦不胜烦。23 天的短暂光明几乎让江临枫一家相信：搬家成功了，人类胜利了，地球就要在新太阳的照耀下安身立命了！可是，他们的美好愿望并没有将那颗刚刚给地球带来些许温暖的太阳留住，它最终变成一颗亮星隐没于北方的地平线之下。绝望的气息再次笼罩在人们心头。只有江临枫明白这个新太阳的南升北落意味着什么，但他不能说出真相，只能选择隐瞒，他甚至还得不厌其烦地对袁佳欣和江子豪提出的疑问进行解释，告诉他们现在的黑暗是暂时的、短暂的，行星推进器正在对地球的姿态进行调整，地球很快就会进入一个合适的轨道，绕着 BL 星运行。

　　但随着时间的推移，不见地球任何动静的袁佳欣开始怀疑江临枫说的话，很快她也明白了是怎么回事。但他们决定瞒着孩子们，尽量瞒得久一些，就算他们最终会知道这个最坏结果，也要让他们尽量少受一分绝望的煎熬。

　　直到又一次地震发生，江临枫才如释重负：没想到自己的胡编乱造居然成真 —— 地球真的在变轨！

　　H 市的幸存者们，都翘首北方，注目那颗横空出世的亮星从北方的地平线上缓缓升起。时间一天天过去，辉光渐甚，渐渐亮如满月，令人恍若置身中秋之夜。

可是在几天之后，就在所有人都期盼着它变成一颗火红的太阳高挂中天的时候，那个"月亮"，那个让所有人都为之揪心的"月亮"，却又毫无预兆地急速向东方坠落。

正在院中劈柴的江子豪被吓得惊慌失措，因为他只见过太阳和月亮东升西落，这种"月亮"从东方落下去的怪事他还是头一次见到。这让他坚信，这一次躲不过去了，真正的末日来啦！他丢下斧头冲进客厅，把这个可怕的事件告诉了父亲。

江临枫坐在暖暖的壁炉边，正用一片牛奶树的枯叶，逗小晨星儿玩儿。听了江子豪的话，江临枫呵呵直笑。

"临枫，你怎么还笑得出来？你没听子豪说吗？"袁佳欣问。

"难道你要我哭？我有必要去哭吗？是不是啊，我的小晨星？"江临枫继续逗着他的小孙女。

"爸爸，你？"飞雪异样地看着他，想起他坐在叶知秋遗体边的情景。

"哈哈，我逗你们玩儿呢。我太高兴啦，说是欣喜若狂也不过分。你们想啊，BL 星朝东方落下去意味着什么？意味着我们的地球已经重新进入了 BL 星系，意味着我们的地球正在进行变轨作业！要不了几天，一个崭新的太阳就要从东方冉冉升起来了。我们的晨星也不会再哭闹了，大家都准备迎接新太阳的光辉吧！"

袁佳欣还是有些将信将疑："临枫，你是在宽我们的心吧？会不会是推进器失控了呢？"

"放心吧，我相信 361 兵工厂山洞的控制中心，我相信王浩！"

"对，妈妈，我们要相信爸爸。你看我们的'晨星'都升起老高了，太阳应该马上就出来了。"飞雪说着把晨星高高举起，逗得她咯咯直笑。

果然，又过了 3 天，小晨星用嘹亮的起床号般的啼哭唤醒大家，在人们睁开眼睛的一刹那，就看到了那几缕斜射入窗的圣洁阳光。顿时，一种难以言状的喜悦与激动注满了大家的心。江临枫与袁佳欣相视一笑，随即翻身起床，快乐地大叫起来："天亮啰！起床啰！太阳晒屁股啰！"多么耳熟的一句话啊，但他们却已记不起多久没有说过了……

他们顾不得穿戴整齐，就兴奋地走出客厅，走出这个冬眠了好久好久的巢穴，走向那个曾经有过无数美丽早晨的草坪。

江临枫，袁佳欣，江子豪，高袁飞雪，还有晨星，他们就这样，走进了这个无与伦比的奇妙早晨。

江临枫眯缝着一双还不适应光亮的眼睛，从那个曾经耸立着镇海塔的地方，从那个有无数海鸥飞过的地方，找到了那颗似曾相识的太阳。看啊，它是那么干净而明亮，像是被谁用大把大把的雪刚刚擦过；它又是那么沉稳而柔和，恰似一位站在高岗上的慈母，正在不动声色地注视着受伤归来的游子。

太阳！橘红色的太阳！崭新的太阳！我们终于来了！我们终于穿过长达 8 年的黑暗，擦过死神的肩膀，跟跟跄跄、奄奄一息地来了！

"多么温暖的阳光哟！"袁佳欣温情脉脉地注视着阳光中的江临枫，"临枫，看你脸上的皱纹，都快成老头子了。"

"你也快成白毛女了。"江临枫神色一黯，他看到了袁佳欣身后那辆房车，蓦然想到了叶知秋。

那辆停放叶知秋的房车，同样沐浴在晨光中，显得很安详。江临枫踏着满地的木屑，一瘸一拐地走近它，一种熟悉的感情在聚集，遥远的记忆冲撞着尘封的大门。江临枫有一种感觉，他这是去一个熟悉的地方，去会一位旅途归来的故人。他怀着一种渴望，战栗着打开车门。叶知秋安稳地"睡着"，身上盖着袁佳欣拿来的花棉被。江临枫跪到她的身边，吻了吻她冰凉冰凉的额头，用心灵与她交谈："知秋，快睁开眼睛，看看这个光明的世界吧！我们到家了。"

"我知道，我真高兴。记得你答应过我要带我冲出黑暗的，你办到了，我感受到了光明。谢谢你！"江临枫似乎听到叶知秋的回答。

"知秋，你真好，我爱你，永远爱你！"

"我也是。你是我唯一爱过的男人，我真舍不得你！可是，我已经把自己交给了黑暗，我不得不对你说，我要走了……"

"不，知秋，你不要走，不要走！"

"你带我到海上去吧。在山与海之间，我更喜欢大海的壮阔。"

"好吧，我答应你。"这最后一句，江临枫说出了声，一旁的袁佳欣莫名其妙。

"临枫，你又怎么啦，千万别再……"袁佳欣生怕江临枫再次陷入恍惚之中，那可不是她愿意看到的。

"没什么，佳欣。知秋要我送她到海上去。"江临枫一边说一边坐到了驾驶座上。

因为阳光，车子居然发动了。

"佳欣，你开另一辆光能车跟在后面。"江临枫开动了汽车，缓缓驶出院落。

"孩子们，快上车，为你叶阿姨送行。"

阳光灿烂，轻风徐徐。两辆车缓缓驶下盘山公路，穿过湖滨路，向滨海大道开去。一路上，满目荒凉，尸横遍野，惨不忍睹！

已经有人在街上活动，也有几辆车从大街上开过，给城市平添了几分生机。

十几分钟后，江临枫他们的车开下海滩，绕过星星岛，向辽阔的海面开去。大海的冰面反射着耀眼的光辉，天海茫茫，一片光的世界。载着叶知秋的房车就像在开往圣洁的天堂。

在离海岸几百米的地方，江临枫把车停下来，让车头对准西山，然后打开房车的顶盖，让和煦的阳光投射到叶知秋身上。他要让叶知秋在尽情享受阳光的抚慰之后，随那慢慢融化的海面沉入大海的怀抱。江临枫跪在叶知秋身边，最后一次握住她冰凉的手，同她做最后的吻别，两行清泪汩汩而下，滴落在那张表情凝固的淡紫色的脸上。

第一场雪飘飘悠悠地降临，给荒漠的原野穿上了洁净的银装，很快就把痛苦和不幸的痕迹通通掩埋了。

气温在迅速回升，久违的风开始在地球的每一个角落呼啦啦地刮起来，虽然依然寒冷，但已经有无限的春意在那还不算狂野的躁动中悄悄地孕育。

一声惊雷，在一个乌云涌动的下午猝然炸响，第一场雨，就从那被闪电撕裂的天空中铺天盖地地倾泻下来。这场雨一下就是一个下午，那磅礴的气势似乎想一口气把人类的伤痛和灾祸冲刷得干干净净！

傍晚，骤雨初歇，一桥彩虹横跨西山。光秃秃的西山被雨水冲出千沟万壑，那座用黄土垒成的坟茔被冲刷一新，飞架的彩虹成了上帝送给他们的七彩花环。

3 天后，电力恢复了，通信也随之恢复。江临枫打开电子邮箱，发现已经有一封来自"拯救地球委员会"的问候信在等着他阅读——

> 江临枫、高天云、叶知秋和袁佳欣等几位先生、女士：
>
> 你们好！值此地球胜利进入 BL 星系之际，我谨以"拯救地球委员会"的名义向你们致以最诚挚的问候！在那黑暗的岁月里，你们以卓越的智慧和不屈的精神，为人类的新生做出了不朽的贡献——行星推进器的发现、原子能太阳的升空以及对宇宙病毒的攻克，无不浸透着你们的汗水和血泪。对此，我代表全人类向你们表示最诚挚的敬意和谢意！当然，我们决不能忘记那位为拯救人类献出生命的伟大女性，我们将永远记住她的名字……

看到这里，江临枫眼里涌出了泪水，一种喜悦与痛楚交织的复杂感情占据了他的心。在以下的内容中，王浩还告知江临枫，地球在历时 8 年多的苦难历程之后，终于如期飞入 BL 星系，开始绕着 BL 星运转了。最后，王浩说他已经被选为国家元首，真诚邀请他加入国家的重建中去。

读完王浩的信，江临枫郁闷的心豁然洞开，他以一种少有的畅快口气向王浩发去了贺信。不过，对王浩的邀请却婉言谢绝了，他说他的根已经植入 H 市土地中了。

几天后，一件意想不到的事情发生了 —— 江临枫被任命为 H 市市长。

"见鬼，他妈的喝橡胶啦！"这是江临枫接到任命书时说的第一句话。

袁佳欣和江子豪他们却对这个任命倍感欣慰。当晚，袁佳欣还特地用块根做了几道"菜"，以示庆贺。吃饭时，又不知从哪里翻出一瓶酒来助兴。而这个任命对于江临枫来说，与其说是一种意外的收获，倒不如说是一个额外的负担，因为现在的江临枫已经不是那个一心想"让地球人都知道"的江临枫了。

江临枫多次推辞，都未获批准，他只好撑着那张伤疤脸，拖着一条瘸腿去走马上任。在那间宽敞的市长办公室里，江临枫组建了他的高级领导班子和几大主要机构，其中治安局、粮食局、环境净化局、能源局和电视通信局等成了当时最重要的机构。所有工作几乎都围绕这几方面开展起来。

江临枫首先通过电视网络向全市人民发表了动员令，他号召全市人民立即行动起来，积极投入环境清理工作中去。他领导环境净化局成立了 H 市环境净化总队，并按区域成立了几十个分队。一支由幸存青壮年参加的 10 万人环境清理大军组建起来。这支大军配备了运输车辆，以扫帚、撮箕、铁铲和担架等为武器，迅速展开了一场声势浩大的环境清理战。一具具尸体被抬上卡车，一车车尸体被运往郊外的火葬场，火葬场的焚尸炉昼夜不停地燃烧起来，浓烟滚滚，遮天蔽日。很快，源源不断运来的尸体堆满了火葬场的每一个角落，堆成了一座座巨大的"尸山"。气温一天天升高，尸体开始腐烂，尸水横流，恶臭扑鼻，令人作呕的气味像无数的阴魂在 H 市的空气中弥漫着。

于是，如何迅速处理这些为数众多的尸体成了 H 市政府的当务之急。但这个问题实在太棘手，把环境净化局的官员们搞得挠耳抓腮、焦头烂额。后来，还是江临枫从叶知秋的葬礼得到启发，让他想到了集体海葬。

几天后。茫茫冰面，阳光惨白。江临枫伫立在汽车搭成的临时高台上，如一尊雕像。身后，是一片黑压压的死人的海，铺满数平方千米的冰面；面前，是一片哭声不断的活人的海，明显比身后的"海"要小。江临枫以一种极具沧桑的语调，为所有的死难者致悼词。他声情并茂、声泪俱下的诵读，让苍天动容，令大海哀哭。

通过这次追悼大会，江临枫还达到了另一个目的，他完成了灾难之后的第一次人口普查。根据统计，H 市人口已由 1 200 多万锐减到 20 万人。也就是说，在这次历时 8 年多的灾难中，H 市损失了 1 200 万左右人口！这是一个多么令人心惊的数字！

土地已经解冻，蓝湖已蓄满一湖波光粼粼的春水，西山也呈现出一片浅浅的绿色。

粮食生产，被又一次摆上了江临枫的议事日程。

在第一次播种的那天，他亲自带着他的领导班子来到西山后的那片田野，对着摄像机的镜头撒下了第一把种子。现场一片欢呼……

在回来的路上，江临枫顺道来到尚雅仪的墓前，告慰了她的亡魂。尚雅仪的坟上已有小小的黄花盛开，就像她平日里淡淡的笑容。

3个月后，第一季庄稼如期收获。丰收的喜悦在所有人的脸上闪烁。"尝新"的仪式再一次在江临枫家上演，江临枫第一个尝到了由新太阳照耀下长出的新米做出的饭的味道，他感到了一种特别新颖的清香。

只是，当袁佳欣问到 "物种保存计划"时，江临枫叹了口气，不无忧虑地说："佳欣，我不得不痛心地告诉你，我们的'物种保存计划'多半失败了，估计有超过半数的物种已经消亡，其中包括我们人类最忠实的奴仆 —— 狗。它们都被自己的主人吃掉了。不知怎么搞的，当时竟然未把狗列入物种保存计划。而最令人类讨厌的家伙 —— 老鼠，却顽强地生存下来，它们几乎是除人类之外，唯一不依靠'物种保存计划'而幸存下来的动物。"

"怎么会这样？"

"原因是多方面的，有自然的，也有人为的。有许多物种细胞因保存条件失效遭到破坏，也有许多是因为研究者死亡而遗失了。"

"那么，幸存的那部分呢？在开始恢复了吗？"

"已经开始了，很快就有许多物种重新出现在地球上。然而，那些失去的就永远失去了，当然也包括一些科学技术。我们人类不得不面临重新研究、重新发明的局面，我们的历史不知将倒退多少年。"

"可是，临枫，经过这场劫难，我们人类在损失惨重的同时，总该有些收获吧？"

"收获当然是有的。第一，这次灾难根本地解决了日益增长的人口问题，让世界人口由80亿锐减至2亿。第二，这次危机彻底销毁了核武器，解开了高悬于人类头顶的达摩克利斯利剑。第三，这次灾难让人类有了逃避大灾难的经验，大大增强了应对灾难的能力。"

"那么，人类今后的路该怎样走呢？"

"休养生息，改善环境，发展生产，为抵御类似的大灾难打下更坚实的基础。"

第38章 一万年太久

一层浓浓的绿色重新包裹了地球。在碧波万顷的大海上，已有舰船在海面犁出条条白浪。春夏秋冬渐次分明，风云雨雪再次出现。小溪在山间欢唱，大河在原野奔流。许多对人类关系重大的物种已经恢复，昆虫开始为农作物授粉，蛇类又成为老鼠的天敌。生产日常用品的工厂已经投产，社会正在按人们的需要重新分工，各种必要的机构建立起来，人类又穿上了"文明"的外套。商店开门，学校复课，医院的病床上，又有病人躺着安心静养。那些上了瘾的球迷们，又开始谈论"英超"和"意甲"的话题。

地球迁徙8年后的元月28日早晨，江临枫刚把8棵牛树奶苗栽到房子前的草坪上，就接到了"拯救地球委员会"的会议通知。

当江临枫走进那个熟悉的扇形会议大厅时，与会者只有几十个人。许多熟面孔都不见了，剩下的这几十个人萎靡地坐在会场内，显得异常老迈。王浩看到江临枫进来，蹒跚着从主席台上走下去迎接他。王浩已经须发皆白，原来板直的腰背如今已佝偻如锅。江临枫眼底一热，伸出双臂，百感交集地与王浩长时间拥抱。

"拯救地球委员会"最后一次会议开始了，出席会议的都是委员中的幸存者，多是接到通知后从世界各地赶来的，一共53人。

作为"拯救地球委员会"主席，王浩首先对这8年的地球搬迁历程做了回顾，并向江临枫、高天云、尚雅仪、叶知秋等所有为人类做出重大贡献和牺牲的人致敬。之后，他又对近期地球家园重建工作进行了总结，充分肯定了幸存者们在清理环境、改变生态、发展生产等方面做出的努力。最后，他又满怀信心地提出，要大力发展科学，向未知领域进军……

接下来是会议的第二个议程，全体会员一致通过了一项特殊决议：让行星推进器以整装状态永远保存下去，以昭示后人——危机尚未真正结束。

会议第三项，是宣布"拯救地球委员会"使命完成，立即解散。

就这样，这个曾经在过去的 8 年中领导人类走出重重危难的临时机构不复存在了。白发苍苍的王浩老泪纵横，一一同委员们拥抱告别。当王浩和江临枫再次紧紧拥抱时，因为激动，两人竟至相拥无言。

带着万千感慨，江临枫回到了 H 市。他一下飞机，就驱车来到国家基因研究所，独自一人步入那个熟悉的大院。一种亲切、眷恋从心底油然涌起。一切都是那么熟悉，一切又是那么陌生。他像往常上班一样，跨进二楼，穿过走廊，来到自己从前的研究室前，推门走了进去。一男一女正坐在他昔日的工作台前。

"请问，你们……"江临枫迷惑地望着他们。

"江市长！"那女孩儿眼尖，一眼认出了他，亲热地喊道。

"哦！是老前辈指导工作来了，欢迎欢迎！"那男青年连忙站起来，有些腼腆地看着江临枫。

"老前辈？我真的老了吗？"江临枫在心里问。

那女孩站起来让坐："江市长，您请坐。您是权威，多给我们指点指点吧！"

女孩说话的语气声调极像叶知秋，江临枫有些恍惚，恍若一下子回到了九年前。他坐了下来，一边熟练地敲击键盘，一边问道："有什么新的发现吗？"

"有！"女孩抢着回答，"在我们刚刚接手工作那天，我们一打开电脑，就发现在你破译出来的基因信后面又多了几句话。我给您调出来！"

女孩点击鼠标，麻利地调出一个界面，只见在基因信的日期下面，多出了这样一段文字：

可怜的人类小朋友，最后补充几句吧。我们这 10 个神就要一去不返了，我们打算飞回自己的故乡，在无欲无求中慢慢老去。千万别再指望我们，一切只能靠你们自己了。最后有些忠告要留给你们：千万不要自以为是，即使站在食物链顶端也不可为所欲为。记住，没有至高无上，只有相互依存，地球上的万千物种都是你们进化之路上的伙伴和帮手。记住我们的教训吧，所谓的神圣不可侵犯，都是为了保全自己的一己私欲所编织的最大谎言。任何时候都不要忘记：平安中孕育着危机，静好中隐藏着灾难，没有永恒的太阳，也没有永远的生命，文明的演进，注定是一场永无休止的探索与流浪。永别了，小朋友们。

读罢这段文字，江临枫不由打了个冷战，蓦然想起新太阳可能会在一万年后爆发的事。到那时，人类再无依靠，一切都只能靠自己了。一万年，以人类尺度衡量，似乎非常久远，但放在宇宙的尺度上，又短得不过一瞬。念及于此，江临枫不禁自言自语："我们得居安思危啊！要抓紧了，一万年，一万年……"

图书在版编目（CIP）数据

第三个太阳 /银河行星著．--北京：北京理工大
学出版社，2022.8（2023.5 重印）
　ISBN 978-7-5763-1419-9

　Ⅰ．①第… Ⅱ．①银… Ⅲ．①幻想小说 - 中国 - 当代
Ⅳ．① I247.5

中国版本图书馆 CIP 数据核字（2022）第 110039 号

出版发行 / 北京理工大学出版社有限责任公司
社　　址 / 北京市海淀区中关村南大街 5 号
邮　　编 / 100081
电　　话 / （010）68914775（总编室）
　　　　　（010）82562903（教材售后服务热线）
　　　　　（010）68944723（其他图书服务热线）
网　　址 / http:// www.bitpress.com.cn
经　　销 / 全国各地新华书店
印　　刷 / 三河市华骏印务包装有限公司
开　　本 / 880 毫米 ×1230 毫米　1/32
印　　张 / 11.25　　　　　　　　　　责任编辑 / 李慧智
字　　数 / 212 千字　　　　　　　　　文案编辑 / 李慧智
版　　次 / 2022 年 8 月第 1 版　2023 年 5 月第 2 次印刷　责任校对 / 刘亚男
定　　价 / 48.00 元　　　　　　　　　责任印制 / 施胜娟